ars vivendi
Krimi

Der Autor

Thomas Kastura, geboren 1966, lebt mit seiner Frau und seinen beiden Töchtern in Bamberg, studierte Germanistik und Geschichte und arbeitet als Autor für den *Bayerischen Rundfunk*. Seit 1998 veröffentlichte er zahlreiche Erzählungen, Jugendbücher und Kriminalromane. Thomas Kastura ist außerdem Herausgeber der Krimianthologien *Tatort Garten* und *To die, or not to die* (beide bei ars vivendi). Im Herbst 2012 erschien im *ars vivendi verlag* unter dem Titel *Drei Morde zu wenig* der erste Sammelband mit seinen Brandeisen & Küps-Geschichten.
www.thomaskastura.de

Thomas Kastura

Fünf Leichen zu viel

Brandeisen & Küps ermitteln

Kriminalgeschichten

ars vivendi

Originalausgabe

Erste Auflage April 2015

www.arsvivendi.com

Lektorat neue Kurzkrimis: Dr. Felicitas Igel
Umschlaggestaltung: ars vivendi unter
Verwendung einer Fotografie von Thomas Kastura
Druck: CPI Ebner & Spiegel, Ulm

Printed in Germany

ISBN 978-3-86913-505-2

Fünf Leichen zu viel

Inhalt

Vorwort

Nach *Drei Morde zu wenig* erscheint nunmehr der zweite Band mit Kriminalgeschichten um das Bamberger Ermittlerpaar Brandeisen & Küps. Diesmal haben der hochgewachsene Staatsanwalt und der quadratische Kommissar ihren Wirkungskreis noch einmal erweitert: Bis nach Schottland führt sie die rastlose Verbrecherjagd, ins Fichtelgebirge, den Steigerwald und sogar nach Sachsen-Anhalt. Doch auch das heimische Bamberg kommt nicht zu kurz. Die Geschichten sind separat lesbar, was den Einstieg in die Welt der beiden eigenwilligen Gesetzeshüter erleichtert.

Fast alle Ortsnamen halten einer Überprüfung durch die Wirklichkeit stand – ausgenommen Gloomis Castle in der Erzählung »Der Geist der Wahrheit«, welches jedoch dem realen Glamis Castle in der Grafschaft Angus nachgebildet ist.

Gleich drei Mundartkrimis sind in diesem Band enthalten. Warum? So manchem gilt Dialekt als derb und provinziell. Für mich stellt sein Sprachwitz und seine Lakonie jedoch eine literarische Bereicherung dar. Ich hoffe sehr, dass sich dem geneigten Leser etwas vom Charme des Fränkischen mitteilt.

Thomas Kastura
Bamberg, im März 2015

Partnersuche

»Unvorstellbar! Was für eine Schande. Dass es so weit kommen musste! Man möchte vor Scham im Boden versinken.« Staatsanwalt Brandeisen holte tief Luft. »Ich weiß nicht weiter.«

Küps raufte sich das dünn und dünner werdende Haupthaar. »Zwei Wochen sind wir schon an dem Fall dran. Und wir haben nichts, niente, nada. Es ist zum Auswachsen!«

Wenn der Kommissar schon Fremdsprachen benutzte, war guter Rat teuer. Brandeisen betrachtete die Weißwandtafel im Büro seines langjährigen Ermittlungspartners. Außer dem Tatort war dort nicht das Geringste verzeichnet. Ein großes X und der Schriftzug »Maxplatz«, mehr stand da nicht.

Wie das? Bamberg war von einem spektakulären Sprengstoffanschlag erschüttert worden. Zum Glück hatte er sich um drei Uhr nachts zugetragen, als die Besucher des diesjährigen Blues- und Jazzfestivals längst nach Hause gegangen waren und auf dem Maxplatz gähnende Leere geherrscht hatte. Ein friedliches Bild hatte sich geboten: die Bühne verwaist, alle Pappbecher ausgetrunken, Stille im Karree – bis der Bierausschankwagen einer auswärtigen Brauerei mit einem krakatauartigen Knall in die Luft geflogen war. An seiner Stelle befand sich jetzt ein Krater, bedeckt vom Fallout verdampften Bieres.

Die Explosion war noch in Laibarös zu hören gewesen, 57 Fensterscheiben waren dabei zu Bruch gegangen. Das am Maxplatz gelegene Rathaus war so sehr in seinen Grundfesten erschüttert worden, dass die städtischen Beamten Sonderurlaub bekommen hatten, um Personenschäden durch Zugluft oder herabrieselnden Putz vorzubeugen. Ein Statikerteam hatte begonnen, das Gebäude auf Einsturzgefahr zu überprüfen. Dabei waren Risse im Mauerwerk und durch puren Zufall auch mehrere mumifizierte Staatsdiener entdeckt worden. Man hatte sie in ihren Amtsstuben vergessen, weil sie sich seit Jahren um keinen Millimeter bewegt hatten – im Dienst entschlafen.

Doch was den atomisierten Bierausschankwagen betraf, fehlte buchstäblich jede Spur. Es gab keine Zeugen, keine Verdächtigen, keine Hinweise oder Anhaltspunkte, nur Spekulationen und ein vages Motiv.

»Gehen wir alles noch mal durch«, sagte Küps. »Dass die Bamberger kein Industriebier mögen, ist ja bekannt.«

»Sie lehnen es sogar leidenschaftlich ab, zumindest die Lokalpatrioten.« Brandeisen warf einen Blick auf den Bürokühlschrank. Dort lagerten, wie er wusste, stets einige Flaschen besten Rauchbieres, welches mit den Massenprodukten der Branche so viel gemein hatte wie edler Champagner mit Keller Geister. »Ich frage mich, warum diese Brauerei auf dem Blues- und Jazzfestival überhaupt zugelassen ist.«

»Die sind der Hauptsponsor. Irgendwie muss man solche Veranstaltungen ja finanzieren.«

»Manch einer betrachtet das womöglich als Übergriff auf heimisches Territorium. Und von der Infiltration zur Invasion ist es nur ein Schritt. Wir haben zehn Brauereien allein im Stadtgebiet und neunzig im Umland. Vor allem die kleineren würden auf der Strecke bleiben, wenn sich ein Großkonzern hier breitmacht.«

»Meinen Sie, die Bamberger Brauer haben für den Anschlag zusammengelegt, um die Konkurrenz einzuschüchtern?« Küps überlegte. »Sind die nicht total zerstritten?«

»Oder einer hat das Heft in die Hand genommen. Nach dem Motto ›Wehret den Anfängen‹.«

»Das setzt aber eine erhebliche Gewaltbereitschaft voraus.«

»In existenziellen Fragen sind Oberfranken nicht zimperlich.« Brandeisen öffnete seinen Aktenkoffer und holte eine Bierflasche heraus. Sie trug das Etikett der umstrittenen Fremdbrauerei.

»Was soll das werden?«

»Ein Selbstversuch.« Der Staatsanwalt stellte zwei Gläser auf den Tisch, entfernte den Kronkorken und schenkte ein. »Schließlich müssen wir wissen, worüber wir reden.«

Diese ungewöhnliche Maßnahme verriet, wie verzweifelt die Situation des unerschrockenen Duos war. Nach einigem Zögern und gegenseitigem Taxieren nippten Brandeisen und Küps gleichzeitig an ihrer Probe. Sie fühlten sich wie Madame Curie und ihr Mann Pierre, die freiwillig mit radioaktiven Elementen hantiert und dadurch ihre Gesundheit ruiniert hatten.

»Pfui Deufl!« Küps spuckte das Bier ins Glas zurück.

»Widerliches Gesöff«, bestätigte Brandeisen. »Höchstens eisgekühlt trinkbar, sonst kriegt man das nicht runter.«

»Zu Risiken und Nebenwirkungen fragen Sie Ihren Arzt oder Apotheker. Kein Wunder, dass jemand diese Bierbude ins Nirwana gejagt hat.«

»Ein psychisch gestörter Einzeltäter?«

»Gestört muss der gar nicht sein«, sagte Küps unwirsch. »Grantig reicht schon.«

»Aber eine Bombe lässt sich nicht auf die Schnelle zusammenbauen. Ich denke, eine Tat im Affekt können wir ausschließen.«

»Was steht denn noch zur Auswahl? Islamisten? Der NSU? Vielleicht haben die was gegen Blues und Jazz?«

»Warum nicht gleich die Kastelruther Spatzen?« Brandeisen warf die Arme in die Luft. »Seien wir ehrlich: Wir haben nicht die geringste Ahnung, in welche Richtung wir ermitteln sollen. Ich fürchte, wir brauchen professionelle Hilfe. Zu zweit schaffen wir das nie.«

»Langsam glaub ich auch, dass wir allein nicht weiterkommen.« Küps nahm zwei Flaschen seines Lieblingsrauchbieres aus dem Kühlschrank und öffnete sie an der Schreibtischkante. Eine bot er Brandeisen an, damit sie den Geschmack der Kloakenprobe loswurden. »Was schlagen Sie vor?«

»Wir tun uns mit jemandem zusammen, der in keinster Weise mit der Strafsache befasst ist. Ein Blick von außen, unvoreingenommen, verstehen Sie? Nach diesem Prinzip funktionieren ganze Krimireihen.«

»Und an wen denken Sie?«

»Eigentlich habe ich gehofft, dass dieser bedauerliche Fall nie eintreten würde. Dennoch sehen Sie mich nicht unvorbereitet.« Der Staatsanwalt stöpselte das Kabel des Beamers in sein Laptop und startete eine Powerpoint-Präsentation, die einer seiner Assistenten in tagelanger Kleinarbeit zusammengestellt hatte. Ein Porträtfoto erschien auf der Weißwandtafel, garniert mit zahlreichen persönlichen Daten.

»Kommissarsanwärterin Schmidtlein.« Brandeisen wusste von den väterlichen Sympathien, die Küps für die junge Kollegin hegte. Mit ihrer forschen Art hatte ihnen die Nachwuchskraft bei der Verbrecherjagd gelegentlich geholfen.

»Zu impulsiv.« Küps winkte ab, ein bisschen zu schnell, wie es den Anschein hatte. »Außerdem macht die immer irgendwas kaputt.«

»Stimmt, die Gute ist ein bisschen unerfahren.« Brandeisen spürte sofort, dass dem Kommissar ein näherer Umgang mit der Schutzbefohlenen gar nicht geheuer war. Am Ende entstand daraus noch eine dieser billigen Affären, mit denen Drehbuchautoren plotschwache Vorabendserien aufpeppten. Dem war rechtzeitig Einhalt zu gebieten. Mit einem Tastendruck rief er das nächste Profil auf. »Doktor Fabrizius, Rechtsmediziner.«

»Wie kann uns *der* denn nützen?«

»Er hat einen Sinn für schwarzen Humor. Das lockert die Fahndung ein wenig auf.«

»Fabrizius ist mit seiner Knochensäge verheiratet, von Polizeiarbeit versteht der gar nichts.« Der Kommissar schüttelte den Kopf. »Möchten Sie sich dauernd unappetitliche Details von Obduktionen anhören? Da käme mir der Wurstsalat wieder hoch. Und wenn ich Sie daran erinnern darf: Bei der Explosion gab's keine Toten.«

»Auch wieder wahr. Mal sehen, wen wir noch haben.«

Ein weiteres Konterfei stierte ihnen von der Projektionsfläche entgegen. Ein fülliger Mann mit wässrigem Blick und einer Haartolle wie Elvis. Insgesamt machte er einen eher verbeulten Eindruck.

»Drütschel!«, entfuhr es Küps. »Wie kommen Sie auf den?«

»Wenn wir unseren Polizeipsychologen einschalten, erfahren wir mehr über den beklagenswerten Zustand der Gesellschaft.«

»Sie meinen über Spielsucht, Midlife-Crisis und Eheprobleme?«

»Ist doch hochinteressant. Können *Sie* mit einer solchen Fülle emotionaler Labilitäten aufwarten? Ich nicht. Drütschel bringt Leben in die Bude.«

»Der säuft mir den Kühlschrank leer.« Der Kommissar ließ sich nicht überzeugen. »Weiter.«

Brandeisen hatte noch jede Menge Dossiers in petto. Sie unterzogen eines nach dem anderen einer eingehenden Prüfung. Wer konnte ihr enger Mitarbeiter werden, ihr Sidekick, wie es im Krimijargon hieß? Auf dem Sklavenmarkt im antiken Rom mochte es ähnlich wählerisch zugegangen sein.

Da war die attraktive Profilerin vom LKA, Körbchengröße D. Ein hübscher Anblick, auch beim Schießen machte sie eine gute Figur, wie ein Kurzfilm der Münchner Kollegen illustrierte. Doch schien sich die langmähnige Schönheit mehr mit den Kurven ihrer Seitenansicht als mit der Charakterisierung von Straftätern zu beschäftigen. Sie wirkte, als habe sie ihre Rolle zwischen einer Desperate Housewife und Agent Scully noch nicht gefunden.

»Die schleppt mich noch ins Fitnessstudio«, kommentierte Küps und tätschelte seinen Bauch. Er hatte den Sixpack der Jugend längst gegen ein Partyfass eingetauscht.

Ein in Bamberg mit erstaunlichem Erfolg agierender Privatdetektiv war der Nächste. Er weckte sogleich Brandeisens Argwohn. »Wie ist der überhaupt in die Datei reingerutscht? Falls wir den Bombenleger fassen, gibt dieser Schnüffler das als seine eigene Leistung aus. Der kennt nur den Klang barer Münze. Und seine Witze sind so prickelnd wie eines Ihrer Fußbäder im Hochsommer, Gerhard.«

Küps schaute verschämt zu der Schüssel auf dem Aktenschrank, die ihm an den Hundstagen Labsal verschaffte. Den dazugehörigen Bimsstein bewahrte er in einer gesonderten Schublade auf. Mit Hornhaut aus 30 Dienstjahren war nicht zu spaßen.

Die Diashow zeigte im Folgenden ...

... einen Informanten aus der Drogenszene, der behauptete, sein stadtbekannter Nightclub wäre so etwas wie Luxemburg, weil dort eigene Gesetze gälten. Vorteil: Kontakte zur Unterwelt. Nachteil: durchgekokstes Gehirn.

... eine Journalistin, die schon so manchen Bamberger Skandal aufgedeckt hatte. Vorteil: superintelligent. Nachteil: Sie hatte ein Foto des Bierausschankwagenkraters an *BILD* verkauft, was darauf hindeutete, dass sie sogar Aufnahmen von Brandeisens ausgestopfter Dogge Hilda meistbietend versteigern würde. Zu indiskret.

... der Pförtner des Justizgebäudes, der eigentlich Geschichtsstudent im 14. Semester war. Vorteil: Er konnte noch die abseitigsten Zusammenhänge herstellen und war ein versierter Rotweinkenner. Das würde dem alkoholischen Teil der Ermittlungen eine gewisse Klasse verleihen. Nachteil: Er arbeitete neuerdings für einen Kommissar in Paris, der solche akademischen Originale gern um sich scharte. Bamberg galt dem Historiker inzwischen als finsterste Provinz und stand bei ihm unter Regiokrimiverdacht.

Sie fielen alle durch. Keiner erschien Brandeisen und vor allem Küps hinreichend qualifiziert.

»So landen wir nie beim Fernsehen«, schimpfte der Staatsanwalt und schaltete das Laptop aus. »Zwei Männer in den Vierzigern ohne prägnante Zivilisationsschäden. Wir sind viel zu normal!«

Küps merkte auf. »Haben Sie etwa ein konkretes Angebot?«

»Aber sicher. Diese Medienleute stehen auf Reality-Crime. RTL will mit uns eine ganze Staffel drehen.«

Küps verstand die Welt nicht mehr. »Und warum sagen Sie das erst jetzt?«

»Sollte eine Überraschung sein.« Brandeisen bemerkte, wie eingeschnappt der Kommissar plötzlich war. »Tut mir leid, ich hätte Sie natürlich einweihen sollen. Aber –«

»Teamwork. Wissen Sie, wie sich das schreibt?«

»Ist das jetzt ein Orthografietest?«

»Raus mit der Sprache! Was wollen die?« Küps wurde laut. Sein Ehrgeiz, sonst eine Qualität, die er gut zu verbergen wusste, war geweckt.

»RTL will zwei Idioten und einen Cleveren. So lautet das Konzept. Ich dachte, wenn wir noch jemanden finden, der zu uns passt ...«

»Am besten eine Frau, wie?«

»Drei Männer gehen auch. Das hätte was von *Die Drei von der Tankstelle*. Obwohl ich persönlich *Die drei Musketiere* vorziehe.«

»Einen Idioten treiben wir wohl noch auf. Wär doch gelacht.«

Brandeisen verzichtete darauf zu klären, wer von ihnen beiden den Cleveren und wer den Idioten abgeben sollte. Wahrscheinlich gingen die Ansichten da auseinander. »Mir fällt nur noch ein Pfarrer ein.«

»Ein Schwarzkittel?«, fragte Küps renitent, doch war er katholischer, als er zugeben mochte. »Haben Sie eine Ahnung, wann ich zum letzten Mal bei der Beichte war? Man kommt ja zu nichts. Wie soll ich Ihrem Pfarrer so unter die Augen treten?«

»Keine Angst. Der Kandidat, der mir vorschwebt, nimmt es mit den Sakramenten nicht so genau.« Brandeisen hörte zum ersten Mal von den seelischen Nöten des Kommissars. Zur Beruhigung ergänzte er: »Übrigens, wenn Sie das Gewissen drückt, mein Lieber, habe ich für Sie jederzeit ein offenes Ohr.«

Das fehlte noch, dachte Küps. Eher rief er bei Domian an, als dem Staatsanwalt seine kleineren und größeren Verfehlungen anzuvertrauen. »Ein Pfarrer. Meinen Sie so einen Father-Brown-Klon? Kritischer Geist, der mit Bibelzitaten um sich wirft und herummenschelt, weil er angeblich mitten im Leben steht?«

»Ich hatte einen mehr solipsistischen Typus im Sinn.«

»Einen was?«

»Pater Paavo ist ein introvertierter Vertreter seiner Zunft, geradezu mönchisch. Ab und zu hilft er in der Dompfarrei aus.« Dass Brandeisen den Kleriker auch deswegen ins Casting einbezog, weil er Alliterationen liebte, verschwieg er lieber. »Ich habe ihn erst kürzlich kennengelernt, deswegen existiert noch kein Computerprofil von ihm.«

»Ein Schuss Skandinavien täte dem Ganzen bestimmt gut.« Küps brütete vor sich hin und nahm ein paar inspirierende Schlucke Rauchbier. »Die Leute kaufen ja jeden Dreck, Hauptsache aus Schweden.«

»Der Pater ist Finne.«

»Auch recht, bisschen exotisch.« Plötzlich kamen dem Kommissar Bedenken. »Und RTL hat keine Probleme damit, wenn wir auf der Skandinavien-Welle reiten?«

»Das deutsche Fernsehen kopiert mangels eigener Ideen seit Jahrzehnten irgendwelche Wellen aus dem Ausland. Dieses Gestaltungsprinzip arbeitet uns in die Hände, wenn wir mit Pater Paavo ins Rennen gehen.«

»Ist der *Tatort* nicht was Eigenständiges?«

»Wir wollen doch nicht der Volkshochschule unter den Krimis nacheifern«, wandte Brandeisen ein. »Nach meinem bescheidenen Dafürhalten werden die Abenteuer unseres Trios ein Straßenfeger. Und den Grimme-Preis geben sie uns obendrauf.«

»Na dann.«

»Darf ich das als Zustimmung werten?«

»Bestellen Sie den Kerl mal ein«, sagte Küps und seufzte. »Hoffentlich landen wir nicht in einem Kirchenkrimi. Meine Ministrantenzeit ist definitiv vorbei.«

Der Staatsanwalt holte sein Diensthandy hervor und wählte Pater Paavos Nummer, welche selbiger eigenhändig eingegeben hatte, damit Brandeisen ihn jederzeit erreichen konnte. Er bat den Geistlichen, unverzüglich in der Polizeidirektion zu erscheinen.

In der Zwischenzeit spielten Brandeisen und Küps Halma. Ungewöhnliche Idiosynkrasien machten sich in Krimis immer gut, fanden sie, da konnte man schon mal üben.

Als es 10:2 für Küps stand, klopfte es. Der Pater trat ein.

Er war noch kleiner als Küps und halb so breit. Ein glatzköpfiger Gnom – warum auch nicht? Paavo trug eine schwarze Mönchskutte und roch nach Mottenkugeln.

Ein Bart von der Farbe räudigen Katzenfells umwölkte das Gesicht. In seinen tausendseenblauen Augen blitzte ein scharfer Verstand. Und war ihm nicht eine Stechmücke ins Büro des Kommissars gefolgt?

Nach den üblichen Höflichkeitsfloskeln bot der Staatsanwalt seine Überredungskünste auf. »Sie interessieren sich doch für Straftaten, Pater? Möchten Sie uns in einem äußerst schwierigen Fall zur Seite stehen?«

»Joo.«

»Vielleicht werden uns die Kameras eines Fernsehsenders dabei begleiten. Das stört Sie doch nicht, oder?«

»Minä ymmärrän. Alles klar.« Pater Paavo warf einen Blick auf das Halmabrett und machte einen Todeszug, der die Partie entschied und Brandeisen auf 3:10 herankommen ließ.

»Bravo! Ich sehe, wir haben es mit einem Meister der Logik zu tun.«

»Kiitos.«

»Das ist Finnisch, nicht wahr? Wunderbar! So authentisch.«

»Joo.«

»Ein Naturtalent«, raunte Brandeisen dem Kommissar zu. »Diese Lakonie! Ein wenig depressiv schaut er auch aus. Vielleicht hat er eine bewegte Vergangenheit, Spätberufener und so. Damit stellen wir die Wallander-Verfilmungen in den Schatten!«

Küps erschlug die Stechmücke mit der Akte eines Schwerverbrechers, die leider noch ein bisschen dünn war. Dann machte er den Pater mit dem Fall vertraut.

Paavo nickte in regelmäßigen Abständen. Die Zehen in seinen Sandalen gerieten in Bewegung. Hin und wieder kratzte er sich am Hinterkopf.

»Das wär's«, schloss der Kommissar. »Ich weiß, die Fakten sind mager. Aber wir hoffen sehr, dass Sie uns helfen können.«

»Joo.«

Schweigen. Die Sekunden verstrichen.

»Und?«, fragte Brandeisen. »Haben Sie schon einen Geistesblitz?«

Der Pater ergriff eines der Gläser, die auf dem Tisch standen, und trank es leer. »Gut.«

Brandeisen und Küps warteten auf eine Abstoßungsreaktion. Die Bierprobe war so abgestanden wie eine Pfütze am Sandkerwamontag.

»Sie finden *das* gut?«, fragte Küps entsetzt.

»Waren Sie in letzter Zeit beim Arzt?«, fragte Brandeisen. »Zum Routinecheck? Der Verlust des Geschmackssinns kann das erste Anzeichen einer schweren Erkrankung sein.«

»Ich weiß, wer am Maxplatz gemacht hat Bumm«, sagte der Pater.

»Wie?«

»Ich habe geforscht. Ich kenne Täter.«

»Moment!« Küps brachte das nicht ganz auf die Reihe. »Sie spazieren hier rein wie der Michel aus Lönneberga und sagen: Fall gelöst?«

»Joo.«

»Und wer war's?«

»Jünglinge. Tut ihnen sehr leid alles. War ein ... Missgeschick.«

»Das müssen Sie erklären«, sagte Brandeisen.

Paavo zögerte. »Jünglinge sind sehr besorgt, wenn sagen Wahrheit.«

»Jünglinge kriegen Mordsdrümmaschelln, wenn sie

nicht mit der Wahrheit rausrücken!«, rief Küps. »Auf welcher Seite stehen Sie eigentlich, Pater?«

Der Kirchenmann begann in gebrochenem Deutsch zu erzählen. Nach und nach buchstabierten sich die Ermittler alles zusammen.

Eine Gruppe Jugendlicher, die Paavo seelsorgerisch betreute, hatte einen Superkanonenschlag gebastelt, mit Schwarzpulver aus zahllosen gehorteten Silvesterböllern, es sollte einmal richtig krachen. Nach etlichen Bieren auf dem Blues- und Jazzfestival nahm ihre Stimmung zunehmend destruktive Züge an, was nicht zuletzt auf die miserable Qualität des Kaltgetränks zurückzuführen war. Als die musikalischen Darbietungen beendet und die Zuschauer nach Hause gegangen waren, brach sich der Zerstörungstrieb Bahn. Eigentlich wollten die Halbstarken den Kanonenschlag am Maximiliansbrunnen erproben, auf dessen Hauptpfeiler eine Statue des ersten Königs von Bayern steht. Der Ort erschien ihnen dann zu exponiert, und sie legten den Sprengsatz unter den Bierausschankwagen der Fremdbrauerei, um zu sehen, ob das Ding durch die Explosion ein bisschen abhebt. Nachdem die Lunte angezündet war, suchten die Früchtchen Deckung hinter der Musikbühne und hielten sich die Ohren zu – eine weise Vorsichtsmaßnahme, denn die Detonation des in seiner Wirkung stark unterschätzten Superkrachers war apokalyptisch. Sie kamen mit Knalltraumata, Gleichgewichtsstörungen und Zitteranfällen davon. Das Pfeifgeräusch in ihren Köpfen hielt drei Tage an. Als sie wieder einigermaßen hergestellt waren, hatte sie ihr schlechtes Gewissen zu dem Pater getrieben.

Dies alles sei natürlich in keinster Weise zu entschuldigen. Er, Paavo, habe die jungen Leute davon überzeugt, sich der Polizei zu stellen. Sie bereuten ihre schändliche Tat und nähmen jede Strafe bereitwillig an.

»Wo sind die kleinen Scheißer?«, grollte Küps.

»Draußen vor der Tür«, sagte Pater Paavo.

Brandeisen öffnete und empfing die Truppe mit einem gestrengen Blick. »Herein mit Ihnen!«

Es waren drei Jungs und ein Mädchen. Sie scharten sich sogleich um Pater Paavo und schauten so schuldbewusst drein wie eine Meute Dackel.

»Silvesterböller, so so.« Küps schnaufte aus und setzte sich hinter seinem Schreibtisch in Positur. »Sie wissen, wie gefährlich das ist?«

»Unverantwortlich«, fügte Brandeisen hinzu. Er nahm neben dem Kommissar Aufstellung und sah aus wie Göttervater Zeus kurz vorm Blitzeschleudern. »Was haben Sie sich dabei bloß gedacht? Das gibt Wochenendarrest, und nicht zu knapp!«

»Joo«, sagte der Pater zur Bekräftigung.

Die Jugendlichen schauten betreten zu Boden und machten keinen Mucks, wie Paavo es ihnen eingetrichtert hatte.

Nur einer begehrte auf. Ein sommersprossiger Blondschopf, dem eine Karriere als Kneipenfaktotum schon ins Gesicht geschrieben stand. »Aber des is doch a Dreggsbier, Herr Kommissar. Des mooch doch kanner dringn in Bamberch.«

Die beiden Kriminaler tauschten Blicke. Der Geschmack der Bierprobe kam ihnen in den Sinn, sogleich wurden ihre Zungen pelzig.

Küps erinnerte sich an seine eigene Jugend, als er am Milchweg Lagerfeuer geschürt und Durchschmorexperimente mit Einwegfeuerzeugen angestellt hatte. Und im Umkreis der US-Kasernen war Brandeisen früher an Army-Bestände herangekommen, deren Test fast einmal NATO-Alarm ausgelöst hätte.

Sie nickten einander zu. Eine Ermahnung musste genügen.

Viel war ja nicht passiert. Die Großbrauerei konnte den Verlust des – ohnehin versicherten – Schankwagens verschmerzen. Der Krater würde die Stadt vielleicht zur längst überfälligen Neugestaltung des Maxplatzes veranlassen. Und die Reparatur der zu Bruch gegangenen Fensterscheiben war ein Segen für die örtlichen Glasereien.

Küps ordnete eine erkennungsdienstliche Behandlung an, mit Lichtbildern, Fingerabdrucknahme, DNA-Abstrich und allem Pipapo. Brandeisen hielt den Jugendlichen noch eine wortreiche Gardinenpredigt, das war Strafe genug. Pater Paavo wurde aufgetragen, sich künftig besser um seine Schäflein zu kümmern. Natürlich sollten alle Stillschweigen bewahren.

»Lassen Sie es sich eine Lehre sein«, drohte der Kommissar. »Und jetzt raus hier.«

»Hyvin tehty tänään.« Der Pater verabschiedete sich. »Hyvästi.«

Damit war der Fall abgeschlossen.

Draußen brach die Dämmerung herein, ein anstrengender Arbeitstag ging zu Ende. Küps spendierte zwei weitere Biere. Das feinmalzige Aroma, die dezente Rauchigkeit und der süffige Abgang verscheuchten endgültig die bösen Geister des Selbstversuchs. Er würde heute ohne Albträume schlafen können.

Es dauerte eine Weile, bis Brandeisen aufhörte, mit dem Kopf zu schütteln. »Schneit doch dieser Pater herein und klärt alles im Handumdrehen auf.«

»Er war im Vorteil. Die Jugendlichen sind ja von allein zu ihm gekommen und haben gestanden.«

»Und wie sehen wir dabei aus? Ich will es Ihnen sagen: Wie zwei weltferne Schreibtischhengste, die keine Ahnung von der Realität haben.«

»Ach, Sie meinen die Krimiserie.«

»Pater Paavo macht uns überflüssig. Nach dem RTL-Konzept würde er die Rolle des Cleveren übernehmen, und wir wären die beiden Idioten.«

Das gab Küps zu denken. »Ein Trio ... Vielleicht doch keine so gute Idee.«

»Drei sind einer zu viel«, stimmte Brandeisen ihm zu.

»Habe ich überhaupt ein Fernsehgesicht?«

»Auf dem Bildschirm wirkt man immer doppelt so dick.«

»O Gott!«

»Wir müssten Stunden in der Maske verbringen. Und dann diese ewige Warterei an den Drehtagen.«

Küps legte nach. »Nichts gegen Ausländer, aber der Pater kommt mir seltsam vor. Haben Sie gesehen, wie er die Pestbrühe ohne mit der Wimper zu zucken runtergeschluckt hat? Abartig.«

»Und das Finnische geht einem ziemlich schnell auf die Nerven«, sagte Brandeisen. »Scheint nur aus Is und Äs zu bestehen. Ob das TV-tauglich ist?«

»Zu Hause schau ich ja nur Sport.«

»Ich Naturdokus.«

»Ab und zu eine DVD mit einem schönen Spielfilm.«

»Aber nur anspruchsvolle Sachen. Zum Beispiel *Staatsanwälte küsst man nicht*. Kann ich immer wieder sehen.« Robert Redford war für Brandeisens Geschmack zwar etwas klein, aber das machten der Humor des Streifens und die wunderbare Debra Winger locker wett. »Ich sage den Fernsehfritzen wohl besser ab«, meinte er schließlich.

»Spart uns bestimmt viel Ärger«, sagte Küps.

»Bestimmt.«

Die Lichtlein brennen

»Man hat schon traurigere Leichen gesehen«, meinte Staatsanwalt Brandeisen.

Das Grinsen des Toten war wie festgefroren – nicht vor Kälte, sondern aufgrund eines finalen Stromschlags. Die Haare sträubten sich wie beim Struwwelpeter. Und es roch verschmort, als sei eine Weihnachtsgans zu lange in der Röhre geblieben.

Kommissar Küps überprüfte seine Notizen. »Herzversagen infolge von Kontraktionen der Atemmuskulatur und des Zwerchfells. Der Mann heißt Konrad Fabitsch, 52, Montageleiter. Der Tod ist erst vor einer Stunde eingetreten.«

30. Dezember, ein milder Winterabend, es war bereits dunkel. Die beiden Ermittler standen im Vorgarten eines Anwesens im Bamberger Berggebiet: großflächiger Grundriss, breite Fenster, niedriges Giebeldach. Alles ganz normal. Bis zum ersten Advent: Dann erwachte das Einfamilienhaus aus biederen Vorstadtträumen und fand sich alljährlich zu einem ungeheueren Spektakel verwandelt.

»Wäre einer der Herren Kriminaltechniker so nett, den Strom wieder anzustellen«, rief Brandeisen, »damit wir einen realistischen Eindruck bekommen?«

»Aber bleiben Sie von den Kabeln weg!«, riet ein Polizist und ging nach drinnen.

Sekunden später wurde es Licht.

»Grundgütiger!« Der Staatsanwalt war wie geblendet.

Das Haus erstrahlte in weihnachtlicher Beleuchtung. Und nicht nur das Haus. Wie viele Tausend Glühbirnen mochten es sein, die da Dachrinnen und -firste, Fallrohre und Fensterrahmen, Gartenzaun und Garage zierten? Doch nicht nur die Konturen der Gebäude wurden durch schier endlose Lichtschläuche betont. Es gab Eiszapfenvorhänge, Sterne in allen Größen und Farben, stilisierte Schneemänner und Tannenbäume. Im Vorgarten hatte sich eine Gruppe bläulich schimmernder Acrylfiguren einträchtig niedergelassen, Reh neben Eisbär, Eichhörnchen an Robbe – leider lag kein Schnee. Und ein illuminierter Weihnachtsmann, der mit einem Sack auf dem Buckel den Balkon erklomm, durfte natürlich nicht fehlen. Brachte er heuer ein bisschen Geschmack mit? Wohl kaum.

»Das kann man bestimmt aus dem Weltall sehen«, staunte Brandeisen. »Wie die belgischen Autobahnen.«

Küps zollte dem technischen Aufwand Respekt. »Ungefähr 20.000 Lichter, verteilt auf 22 Stromkreise. Hängt alles an Zeitschaltuhren.«

»Der Wahnsinn hat also Methode.«

»Ein Mann braucht ein Hobby.« Der Kommissar deutete auf ein Kabel, das dem Toten vorsichtig entwunden worden war. »Schauen Sie, die Isolierung ist beschädigt. Direkt unter dem Stecker.«

»Haben Sie mich wegen einer defekten Leitung verständigt?«, fragte der Staatsanwalt ungläubig. Er hatte von Elektrik keine Ahnung und war schon froh, wenn es ihm gelang, eine Energiesparlampe auszuwechseln.

Küps kniete sich hin. Der Vorgarten war taghell erleuchtet, man konnte jedes Detail erkennen. »Jemand hat das Kabel bis auf den Draht abgeschabt. Und halb durchtrennt, als kein Saft drauf war. Mit einem Taschenmesser, sagt die Spurensicherung.«

»Ein Dummejungenstreich?«

»Mord.« Küps wusste: Brandeisen, stets interessiert an aufsehenerregenden Delikten, würde sich auch dieses Mal tatkräftig in die Ermittlungen einschalten.

Der Kommissar folgte dem Kabel. Es führte zu einem beleuchteten Rentier mit Schlitten. »Ich stelle mir das so vor: Die Beleuchtung ging an, zu einem festen Zeitpunkt, sagen wir um 17 Uhr. Dieser Stromkreis war als Einziger unterbrochen. Die Lichter blieben aus, oder sie haben geflackert. Fabitsch dachte, dass sich irgendwas gelockert hat. Er packte zu und – *dusch*! Aus die Maus.«

Brandeisen musterte die Scheußlichkeit. In puncto Weihnachtsbräuche war er konservativer als der Erzbischof. Was hatte ein Rentier, jene Ausgeburt amerikanischer Kommerzialisierungsperfidie, in einem fränkischen Vorgarten verloren?

Der Kommissar ahnte, was im Kopf seines langjährigen Ermittlungspartners vorging. »Und warum hat's Fabitsch ausgerechnet bei dem Rentier erwischt? Da steckt doch was dahinter!«

Brandeisens graue Zellen kamen in Schwung. »Durchaus möglich«, sagte er langsam.

Die Leiche wurde abtransportiert, Brandeisen und Küps begaben sich ins Haus. Neben der Garderobe ragte ein Kontrollpult aus der Wand, welches der Steuerungsanlage eines kleinen Kraftwerks nicht unähnlich war. Der Kommissar vertiefte sich sogleich in die zahllosen Regler, Schalter und Leuchtanzeigen.

Dagmar Fabitsch saß völlig aufgelöst im Wohnzimmer, Typ gewissenhafte Hausfrau mit Ponyfrisur und längsgestreifter Bluse. Ein Uniformierter leistete ihr Gesellschaft.

Der Staatsanwalt übernahm. Er hielt sich für einen Experten im Gut-Zureden von Damen über 50 und führte es darauf zurück, dass er im Privatleben alle Formen des zwischengeschlechtlichen Kontakts mied.

»Was man tief in seinem Herzen besitzt, kann man nicht durch den Tod verlieren.« Ein Goethe-Zitat machte sich in solchen Situationen immer gut. Dass die letzten Worte des geheimen Legationsrats »Mehr Licht!« gelautet haben sollen, verschwieg er lieber. Für derlei Anspielungen hatte die tränenreiche Witwe vermutlich keinen Sinn. »Ich bedauere zutiefst«, fuhr er fort. »Was für ein schrecklicher Verlust!«

Frau Fabitsch nickte in ihr Kleenex hinein und greinte weiter.

»Lassen Sie es heraus, meine Liebe. Der Schmerz ist ein heiliger Engel.«

Keine Reaktion.

»Wenn Sie sich wieder gefasst haben, würde ich Ihnen gern ein paar Fragen stellen.« Er machte eine rhetorische Pause. »Die Herrschaften von der Polizei und ich rätseln nämlich, wie es zu diesem tragischen Vorfall kommen konnte.«

»Mein Kunner kontrolliert immer alle Kabel«, presste die Witwe hervor. »Einmal die Woche, am Sonntag.«

»Aha.« Sie hatten Montag.

»Da ist er penibel. Damit kein Unglück passiert.«

»Helfen Sie ihm dabei?«

»Ich darf doch nichts anlangen!«, schniefte sie. »Die Lichter sind sein Ein und Alles, da lässt er niemanden ran. Das ganze Jahr über freut er sich drauf.«

»Verstehe«, sagte Brandeisen. »Und wann schalten sich die Lämpchen ein?«

»Um fünf. Dann geht er immer raus und guckt, ob alles funktioniert.«

»Hat er es heute genauso gemacht?«

»Ja, aber das Rentier war kaputt.« Ein abfälliger Ton schlich sich in ihre Stimme.

»Sie mögen das Rentier wohl nicht?«, hakte Brandeisen nach.

»Ohne das blöde Vieh wär er noch am Leben!« Das Schluchzen wurde stärker. »So ein grausamer Tod!«

»Beruhigen Sie sich! Bestimmt hat er nicht das Geringste gespürt.«

»Von wegen! Wie ein Gögerla hat er gezuckt! Das reinste Feuerwerk! Ich hab gedacht, er explodiert.« Frau Fabitsch nahm eine neue Packung Kleenex in Angriff.

»Wo waren Sie zu diesem Zeitpunkt?«

»In der Küche. Ich hab uns einen Ziebeleskäs zum Abendessen gemacht. Den bring ich jetzt nicht mehr runter.«

Brandeisen erinnerte sich an einen Sinnspruch, der bei seinen Eltern über der Eckbank gehangen war. »Wenn du denkst, es geht nicht mehr, kommt von irgendwo ein Lichtlein her.«

Etwas deplatziert, stellte er mit Verspätung fest. Die Heulerei nahm zu.

»Ist an diesem Rentier etwas Besonderes?«, fragte er rasch. »Irgendetwas, das es von den anderen Figuren unterscheidet?«

»Wir haben's erst dieses Jahr angeschafft.« Die Witwe schnäuzte sich geräuschvoll. »Unsere neue Hauptattraktion.«

»So? Warum denn das?«

»Es bewegt sich.«

Der Staatsanwalt blickte sie verständnislos an. »Was soll sich denn da bewegen?«

»Ach, das können Sie ja nicht wissen. Der Kunner hat im Garten extra eine Schiene verlegt, auf der fährt das Rentier mit dem Schlitten hin und her. Natürlich nur, wenn's eingeschaltet ist.«

»Im Ernst?«

»So was hat nicht jeder, gell?« Sie redete sich in Rage. »Aber ein Aufwand war das, bis das Ding aufgebaut war. Ich hab gesagt, schick den Schund wieder zurück! Nur, mein Mann, der wollt einfach nicht hören. Unsere Stromrechnung müssten Sie mal sehen! Die Stadtwerke lachen sich scheckig.«

Ein Themenwechsel war angezeigt. »Was meinen denn die Nachbarn zu der stimmungsvollen Dekoration?«

»Denen gefällt's. Jedenfalls hab ich noch nichts Gegenteiliges gehört.«

»Sind Sie sicher?« Es wäre nicht das erste Mal, fügte Brandeisen in Gedanken hinzu, dass jemand die Leidenschaft eines Exzentrikers nicht teilte und darüber kein Wort verlor, zumal in Franken, wo man eher stumm litt, als offen Kritik zu äußern.

»Die Schaulustigen, die unten am Zaun stehen und fotografieren, die sind manchmal lästig. Von überallher kommen die, eine Blitzerei ist das, wie bei einem Gewitter. Aber wenn die ihre Bilder machen, freut's einen doch.«

»Und es gab wirklich noch keine Klagen?«

»Im *Fränkischen Tag* war sogar ein ganzer Artikel über unser Haus. Wenn man in der Zeitung steht, haben die Leut' automatisch Respekt.«

»Noch ein Letztes«, sagte der Staatsanwalt. »Hatte Ihr Mann irgendwelche Feinde?«

»Mein Kunner?« Frau Fabitsch schüttelte energisch den Kopf. »Nein, der war die Friedfertigkeit in Person, wie der Gandhi. Kein lautes Wort, immer hilfsbereit. Und mit seiner Weihnachtsbeleuchtung war er ja wie ein Kind. Ich wüsst jetzt nicht, wer ihm hätt bös sein sollen.« Dann begriff sie. »Sie meinen doch nicht, dass ihm jemand ... was angetan hat?« Erneut flossen Tränen, der Flüssigkeitsverlust war enorm.

»Wir gehen der Wahrheit auf den Grund, das verspreche ich Ihnen.« Der Staatsanwalt bedankte sich. »Geben Sie uns Bescheid, wenn Ihnen noch etwas einfällt.«

Küps hatte das Gespräch aus dem Hintergrund verfolgt. Es war immer das Gleiche: Angehörige unter Schock, nichts Schlechtes über den Toten, eine Runde Mitleid. Dabei wusste jedes Kind, dass die meisten Morde in der Familie oder im Bekanntenkreis blieben. So wie es aussah, konnte die Witwe erzählen, was sie wollte. Sie brauchte nicht mal ein Alibi.

»Halten Sie die Frau für glaubwürdig?«, fragte er, als sie das Weihnachtshaus verließen. Über der Eingangstür prangte ein Leuchtstern, der die Drei Könige nicht nach Bethlehem, sondern direkt nach Bamberg geführt hätte.

»Konrad Fabitsch scheint ja eine wahre Lichtgestalt gewesen zu sein. In mehrfacher Hinsicht.«

Küps lachte, es klang wie ein Asthmaanfall. »Hat sie ein Motiv?«

»Wahrscheinlich hundert Jahre verheiratet. Reicht das?«

»Nach Eheproblemen haben Sie sich gar nicht erkundigt«, bohrte Küps. »Vielleicht war Eifersucht im Spiel?«

»Auf wen denn? Der Mann war ein Bastler. Bei solchen Leuten ist die Libido eher schwach ausgeprägt.«

»Und dieser Beleuchtungsfimmel? Die Frau hatte nichts zu melden, die lebte in einem Glühbirnenalbtraum. Da brennen einem schon mal die Sicherungen durch.« Auch der Kommissar entdeckte den Wortwitz, der dem Fall innewohnte.

Brandeisen winkte ab. »Ein vergleichsweise harmloses Steckenpferd. Wenn Fabitsch Tauben gezüchtet oder Taranteln im Keller gehalten hätte, wenn er das Dudelsackspiel erlernt oder überall im Haus Dominosteine aufgebaut hätte, um ihnen beim Umfallen zuzusehen, dann wären das Gründe für einen Mord. Aber so ...«

»Sind Sie weiter mit von der Partie? Oder soll ich die Kollegen zum Klingelputzen schicken?«

»Was für eine Frage!«, erwiderte der Staatsanwalt. »Ich kann mir kein schöneres Weihnachtsgeschenk vorstellen.«

Das Duo teilte sich und wurde bei den Nachbarn vorstellig: rechts, links und gegenüber.

Der Kommissar fühlte sich ein wenig einsam in der Zeit zwischen den Jahren. Nach den Feiertagen war seine Frau auf Kur ins Allgäu gefahren. Anfangs hatte er pausenlos Sport geguckt, Biathlon, Curling, was eben so lief. Doch die TK-Pizzen wollten ihm nicht recht schmecken, und das alte, plötzlich so leere Fachwerkhaus gab Geräusche von sich wie ein Urzeitmonster mit Magenbeschwerden. Da kam ihm der elektrisierte Fabitsch gerade recht.

Auf dem Klingelschild stand kein Name. Küps wusste trotzdem, wer sich dahinter verschanzte: Störlein, sein pensionierter Geschichtslehrer. Er kannte auch den

Briefkasten. Vor drei Jahrzehnten hatte er ihn mithilfe von Knallfröschen zum »Husten« gebracht – ein staunenswerter pyrotechnischer Effekt.

Ein Männlein, halb so breit wie der vollschlanke Kommissar, öffnete die Tür. »Ah, Küps von der 7b. Wieder mal die Hausaufgaben vergessen?« Störleins Personengedächtnis arbeitete nach wie vor mit elefantöser Präzision.

Längst hatte der Kommissar seine zahlreichen schulischen Havarien verdrängt. Jetzt standen sie vor ihm in Gestalt eines weinroten Rollkragenpullis und einer fernsehergroßen Brille, unberührt vom Zahn der Zeit.

Küps legte den Fall kurz dar und fragte, ob Störlein irgendwelche ungewöhnlichen Aktivitäten auf dem Nachbargrundstück bemerkt habe.

»Bei der Polizei sind Sie also gelandet. Die nehmen anscheinend jeden.«

»Wer ist da?«, ertönte es aus dem ersten Stock.

»Nur ein Schüler«, rief Störlein. »Meine Mutter ist ans Bett gefesselt«, setzte er als Erklärung hinzu.

Der Kommissar kam auf Fabitsch und das Rentier zurück.

»Eine Schande!«, hub der alte Pauker an. »Heute darf man so etwas ja nicht mehr laut sagen, aber Deutschland geht vor die Hunde, wenn solche Überfremdungserscheinungen Schule machen. Das kommt von diesem Multikulti und all den Einflüssen aus dem Ausland. Wir haben es mit einer ethnischen Katastrophe zu tun.« Er ließ sich noch eine Weile über die »keltischen Verirrungen« der Weihnachtsbräuche aus.

Ein bisschen klang dieses Gemotze nach Brandeisen, fand Küps. Doch so biestig, nationalistisch und frei von jeglicher Ironie würde der Staatsanwalt nie daherschwafeln. Hatte sich vielleicht Störlein an dem Kabel zu schaffen gemacht? Um eine rentierbefreite Zone zu errichten?

»Hältst du wieder Volksreden?«, kam es von oben.

»Nein, Mama! Wir plaudern nur ein wenig.«

»Was denn nun?«, fragte Küps. »Haben Sie jemanden in Fabitschs Vorgarten gesehen, der dort nichts zu suchen hatte?«

»Ich meide diesen Anblick. Dafür habe ich gar keine Zeit.«

»Dann würde ich gern mit Ihrer Frau Mutter sprechen.«

Protest – Dienstausweis – zähneknirschendes Einlenken.

»Wenn es unbedingt sein muss. Herein mit Ihnen! Und streifen Sie die Schuhe ab!«

Der Kommissar sah sich in der Diele um. Überall hingen Bilder. »Eine schöne Gemäldesammlung haben Sie da.«

»Das sind Puzzles«, brummte Störlein. »Ich habe mich auf Darstellungen bedeutender Schlachten spezialisiert.« Er wies auf verschiedene Monumentalschinken. »Die *Alexanderschlacht* von Altdorfer, die *Hermannsschlacht*, die *Schlacht auf dem Lechfeld*. Aber das sagt Ihnen sicher nichts. Sie haben ja im Unterricht lieber Papierkügelchen verschossen.«

Küps ging näher ran. Es stimmte. Aufgeklebte Puzzles im Großformat. Sie hingen auch im Wohnzimmer und im Treppenaufgang. Fabitsch schien nicht der Einzige zu sein, der in dieser Straße ein Rad abhatte.

Störlein führte ihn nach oben. Seine Mutter saß aufrecht in einem Krankenhausbett. Sie wirkte gepflegt und geistig wach. Durch ein Doppelfenster waren die Leuchtfiguren und die Konturen des stromlosen Rentiers zu sehen.

Der Kommissar stellte sich vor, doch Frau Störlein kam sofort zur Sache. Am Vormittag habe sie jemanden auf dem Grundstück der Fabitschs bemerkt. Um halb elf sei das gewesen. »Da kommen immer die Rosenheim-Cops.« Sie deutete auf einen kleinen Röhrenfernseher direkt neben ihrem Bett.

»Konnten Sie erkennen, wer es war?«, fragte Küps.

»Ich höre noch ganz gut. Aber meine Augen spielen mir immerzu Streiche.« Sie seufzte. »Alles, was weiter entfernt ist, sehe ich nur verschwommen.«

Störlein ergänzte, dass Frau Fabitsch an Montagvormittagen normalerweise Einkäufe tätigte und ihr Mann auf der Arbeit war. Er selber habe heute an der *Völkerschlacht bei Leipzig* gesessen. Sein neuestes Werk erfordere höchste Konzentration.

»Wann wirst du endlich erwachsen?«, klagte die Greisin.

Störlein senkte den Blick und schwieg.

Damit war alles gesagt. Hochzufrieden verabschiedete sich Küps. Er hatte eine Zeugin für die Tatzeit, immerhin.

Unterdessen bekam Brandeisen eine Niesattacke, die ihm das Gefühl verlieh, als zerplatze sein Gehirn und bliebe in kleinen Bätzchen an der Innenseite seines Schädels kleben. Die Augen tränten, es juckte ihn am ganzen Körper. Die Ursachen dafür waren schwarz, weiß und grau, bräunlich und rötlich, getigert, gefleckt und *gestromt*, wie es unter Tierfreunden heißt. Sie strichen gelangweilt umher oder lagen faul auf dem Teppich. Sie leckten sich die Pfoten oder erprobten ihre Klauen am Mobiliar. Und sie waren überall.

Nach der letzten Zählung hielten Josefina und Zita Gruschnitzki 47 Katzen – und das waren nur die *im* Haus. Ein Perserkater hatte Einwände angemeldet, als der Gast in den einzigen freien Sessel vor dem Kamin gesunken war. Seither hing das Vieh wie eine Parkkralle an dem staatsanwaltlichen Beinkleid und schnurrte unheilvoll.

Brandeisen war gerade noch dazu gekommen, den Schwestern sein Anliegen zu umreißen: Fabitsch – tot – Rentier. Dann hatte ihn die Katzenhaarallergie gepackt.

»Schusch!«, befahl Zita. Oder war es Josefina? Die beiden glichen sich trotz ihres hohen Alters bis auf die Pagenkopfperücke. In ihrer Wiener Jugend mussten sie zwei flotte Feger gewesen sein.

Der Fellball zu Brandeisens Füßen machte keine Anstalten zu weichen. Seine Miene hatte etwas von einem Kaiser im Exil.

»So zeigt unser Carlos seine Zuneigung«, sagte Josefina. »Ist er nicht ganz enchantiert? In einem früheren Leben war er Jurist, das spür ich.«

»Reizend«, brachte Brandeisen zwischen zwei Niesern hervor. »Könnte er – vielleicht – – – haaa-tschi!«

»Nehmen Sie einen Schluck Quittenlikör.« Zita öffnete einen Globus, in dem die Hausbar untergebracht war, und machte eine Runde Medizin aus eigener Herstellung klar. »Schaden wird's Ihnen bestimmt nicht.«

Das Zeug schmeckte hervorragend, half aber wenig. Brandeisen gab weiter unartikulierte Laute von sich.

»Sie Armer! Dass unser Maunzi Sie derart inkommodiert! Momenterl.« Josefina begab sich zu einem originalen Barockschrank und holte einen sackartigen Gegenstand heraus. »Das haben wir für Notfälle.«

Eine Gasmaske aus dem Ersten Weltkrieg. Der Muff aus k.u.k.-Jahren betäubte zwar Brandeisens Geruchssinn, doch das Ding erfüllte seinen Zweck. Kein Katzenhaar drang mehr zu den Atemwegen durch. Sauerstoff allerdings auch wenig.

»Würden Sie die Personenbeschreibung bitte wiederholen?«, fragte er.

»Wie dumm, jetzt haben wir die Hauptsache eskamotiert!« Zita war untröstlich. »Wo uns der Herr Hofrat so nett seine Aufwartung macht!«

Josefina begriff den Ernst der Lage: »Also, dieses Subjekt heute morgen, was sich da beim Fabitsch im Vorgarten herumgetrieben hat ... das war ein Mann.«

»Tatsächlich?«

»Etwa eins neunzig. Oberlippenbart. Und er hat so einen Anzug getragen, für die Arbeit.«

»Einen Overall?«

»In Blau. Und er hat gehinkt.« Josefina kippte einen weiteren Quittenlikör. »Wenn ich ehrlich bin ... diese Beleuchtung macht unsere Tiere ganz narrisch.«

»Dann bekommen sie nervöses Fieber«, sagte Zita, als stünde eine Choleraepidemie bevor. »Und jedes Jahr wird's schlimmer. Weil die Leut in ihrem Gachtl immer mehr Figuren aufstellen, da geht's zu wie am Prater. Wir haben schon Eingaben bei der Stadt gemacht und beim Tierschutzverein. Aber niemand unternimmt was dagegen.«

»Sie waren eine große Hilfe.« Brandeisen gab die Gasmaske zurück und empfahl sich mit einem »Habe die Ehre.«

Beim Hinausgehen kam er ins Grübeln. Die Personenbeschreibung des Unbekannten war überaus genau – vielleicht ein bisschen zu genau. Ein Ablenkungsmanöver, um nicht selber in Verdacht zu geraten? Würden die alten Damen zum Wohle ihrer Katzen über Leichen gehen?

Carlos nahm wieder von seinem Sessel Besitz.

Auf dem Gehsteig trafen die beiden Ermittler zusammen und tauschten ihre Erkenntnisse aus. Blieb noch das Haus, das dem Lichtermeer gegenüberlag. Dunkel und drohend ragte es vor ihnen auf, ein Flachdachgebäude, holzverkleidet, ziemlich modern.

Als Küps klingelte, glitt die Eingangstür lautlos zur Seite. »Da sind Sie ja endlich«, sagte ein Mann mit ergrautem Pferdeschwanz, Strickweste, Schlabberhose und Gesundheitsschuhen. Er bat die Gesetzeshüter herein. »Benedikt Wasserkraut«, stellte er sich vor, »hier meine Karte.«

Verblüfft studierte Brandeisen die Berufsbezeichnungen. *Radiästhesist, Rutengänger, Auraspürer und ganzheitlicher Ernährungsberater* stand da sowie *1. Vorsitzender der Gesellschaft für Geomantik und siderisch-solare Astrologie.* Darunter waren dubiose Diplome und Fantasietitel aufgelistet.

Der Staatsanwalt gab die Visitenkarte an Küps weiter. Anscheinend hatten sie es mit einem Scharlatan zu tun, und zwar mit einem geschäftstüchtigen.

Doch bevor an eine Vernehmung zu denken war, pries Wasserkraut die Vorzüge seines Passivhauses. Er erwies sich als Freund von Wörtern, die auf *-ung* endeten: Wärmedämmung, Wärmerückgewinnung, kontrollierte

Wohnraumlüftung, Regenwassernutzung, Dachbegrünung, Ausrichtung der Sonnenkollektoren. Auf diese Weise hinterlasse er einen ökologischen Fußabdruck von der Größe eines Fliegenbeins.

Während der Mann salbaderte, nahm seine Familie Aufstellung: etwa sieben Kinder, bleich und abgezehrt, die Mutter ein verhuschtes Geschöpf in Batiktunika. Weihnachten, so war zu vernehmen, wurde in diesem Hause nicht gefeiert. Stattdessen halte man eine strenge Hülsenfruchtdiät zum Zweck der inneren Reinigung vor dem Jahreswechsel.

Brandeisen hätte den armen Würmern gern ein Brötchen mit Kalbsleberkäse spendiert, unterdrückte aber den humanitären Reflex.

»Sie kommen bestimmt wegen dieses Umweltfrevlers«, schloss Wasserkraut seinen Vortrag. »Horrender Stromverbrauch. Verhöhnung freilebender Wildtiere. Ja, das Karma hat Fabitsch seine Untaten nicht verziehen. Es musste so enden!«

»Haben *Sie* Karma gespielt?«, fragte der Kommissar.

»Gewalt ist niemals ein Mittel – obwohl Fabitschs Lichterwahn das energetische Feld des ganzen Viertels stört. Dadurch werden schädliche Erdstrahlen zu uns umgelenkt! Sie glauben mir nicht? Ich hab das mehrmals ausgependelt.«

Brandeisen musste diese Begegnung irgendwie abkürzen. »Haben Sie heute Morgen etwas Verdächtiges beobachtet?«

Nach weiteren energetischen Einlassungen rückte Wasserkraut mit einem Autokennzeichen heraus. Bamberg-Land, wie an zwei Buchstaben nach dem BA und einer dreistelligen Ziffernfolge erkennbar war. Der

Wagen, ein weißer Volvo, habe am Vormittag ein Stück die Straße rauf geparkt. »Der ist mir aufgefallen, als ich die Post geholt habe. Der Fahrer saß noch im Auto. Keine Ahnung, wer das war, vielleicht ein Handwerker. Mehr kann ich Ihnen nicht sagen.«

»Fröhliche Erleuchtung«, sagte Brandeisen zum Abschied.

Küps fasste zusammen. »Jetzt haben wir drei verdächtige Parteien und jede Menge Hinweise. Nicht schlecht, oder?«

»So scheint es. Tatzeit, Personenbeschreibung, Nummernschild. Reine Routine.« Brandeisen stieg in seinen sargschwarzen Jaguar. »Ich für meinen Teil fahre zum *Fränkischen Tag*.«

»Was wollen Sie denn da?«

»Archivarbeit.«

Nach ein paar Stunden lagen Ergebnisse vor. Das Autokennzeichen gehörte zu einem gestohlenen Volvo, der in Altendorf gemeldet war, einer Ortschaft südlich von Bamberg. Jemand hatte den Wagen entwendet – aufgrund seines biblischen Alters eine leichte Übung.

Brandeisen wurde bei seinen Recherchen im *FT*-Archiv fündig. Ein Bericht der Bamberg-Land-Ausgabe, schon einige Jahre alt, befasste sich mit einem beleuchteten Weihnachtshaus in Hirschaid. Titel: »Die Lichtlein brennen«. Hirschaid lag zwischen Bamberg und Altendorf. Der Inhaber der Sehenswürdigkeit hieß Dirauf, ein neureicher Kfz-Meister mit Hang zum Kitsch. Man sagte ihm nach, er dulde keine Konkurrenten neben sich, weder in seinem Blechpatschergewerbe noch beim

Lichterschmuck. Genug Gründe, ihm einen Besuch abzustatten.

Es war schon nach 21 Uhr, Brandeisen gab dem Jaguar die Sporen, während Küps auf dem Beifahrersitz seine Dienstpistole überprüfte. Regen peitschte gegen die Windschutzscheibe. *Bayern 3* meldete überfrierende Nässe.

Sie parkten in einer Nebenstraße und näherten sich Diraufs Villa, zwei lautlose Schatten in der Nacht. Als sie um die Kurve bogen, trauten sie ihren Augen nicht.

Das Weihnachtshaus erstrahlte in netzhautversengender Pracht. Es leuchtete mindestens doppelt so hell wie Fabitschs Gesamtkunstwerk, mit Lichterketten, die sogar um Säulen und Balkongeländer geschlungen waren, mit deutlich mehr Figuren – und einem Rentier, das auf dem Dachfirst hin- und herflitzte wie eine angestochene Sau.

Neben dem Haus lag Diraufs Werkstattgebäude im Finstern. Brandeisen und Küps betraten die Einfahrt und verharrten wie die Hirten vor dem Engel der Verkündigung. Nach einer Weile erwachten sie aus ihrer Lähmung, jemand schob sein Fahrrad an ihnen vorbei.

»Möchten Sie zu meinem Vater?«

Es war Diraufs Teenagersohn, er hatte einen Kopfhörer auf und fummelte an seinem MP3-Player herum.

»Nur wegen einer Kleinigkeit«, erwiderte der Kommissar.

»Das sagen alle.« Der Junge lachte. »Und dann brauchen sie einen Austauschmotor.« Offenbar hielt er die Kriminaler für Kunden. Er stellte sein Rad ab und machte ihnen die Tür auf. »Kommen Sie rein, er ist wahrscheinlich im Wohnzimmer. Papa!« Damit verschwand der Junior im ersten Stock.

Brandeisen und Küps warteten, doch niemand ließ sich blicken. Als sie Stimmen hörten, folgten sie ihnen, möglichst geräuschlos, man wusste ja nie.

Das Wohnzimmer war L-förmig und riesengroß. Vorsichtig spitzte der Staatsanwalt um die Ecke.

Dirauf stand vor einem mannshohen Spiegel, der an der Wand lehnte. »Bereit?«

»Bereit«, kam es vom Spiegel zurück.

Der Mann trug einen Blaumann. Er räusperte sich. Dann fing er an. »Spieglein, Spieglein an der Wand! Wer hat das schönste Weihnachtshaus im ganzen Land?«

»Herr Dirauf, Ihr habt das schönste Weihnachtshaus im Land.« Die Stimme des Spiegels schien einer Frau zu gehören.

»In echt?«

»In echt«, kam es leicht genervt zurück.

»Und gestern?«, fragte Dirauf. »Wer hatte gestern das schönste?«

»Gestern hattet Ihr das schönste hier. Aber in Bamberg, auf einem der sieben Hügel, gab es eins, das war tausendmal schöner.«

»Und jetzt?«

»Jetzt leuchtet das Rentier in Bamberg nimmermehr. Ihr habt das schönste Weihnachtshaus wie bisher.« Es klang etwas holprig, als läse jemand vom Blatt ab.

Da hatte Diraufs neidisches Herz Ruhe. Er hinkte zur Hausbar. Wie sich herausstellen sollte, war er beim Verscheuchen einer Amsel, die kürzlich die Kabel angepickt hatte, vom Dach gestürzt.

Seine Frau kam hinter dem Spiegel hervor. »War's so recht?«

Das reichte. Küps unterbrach die Farce. »Kriminalpolizei. Sie sind verhaftet.«

Dirauf stritt zunächst alles ab. Doch angesichts der erdrückenden Beweislast wurde er im Verhörraum der Polizeiinspektion gesprächig. Er sei mit dem Volvo eines Kunden in Bamberg gewesen. Aber nur, um sich von Fabitschs neuesten Ideen inspirieren zu lassen. Nie wäre es ihm eingefallen, das Rentierkabel zu sabotieren. Den Volvo habe er genommen, weil ihm sein eigener Wagen, ein monströser SUV mit Werbeaufdruck, zu auffällig vorgekommen war. Die Rivalität zwischen ihm und Fabitsch sei ja bekannt.

Küps steckte den Mann in eine Arrestzelle.

Am nächsten Tag meldete sich überraschenderweise der Besitzer des Volvos und zog seine Anzeige zurück. Er habe nach einer feuchtfröhlichen Weihnachtsfeier nicht mehr gewusst, dass er sein Auto zu Dirauf in die Werkstatt gegeben hatte. »Sorry wegen der Umstände.«

Dem Richter kam das alles spanisch vor, »unglaubwürdig wie ein schlechter Krimi«, urteilte er und verhängte gegen Dirauf Untersuchungshaft wegen Fluchtgefahr.

Nur drei Wochen später landete der abschließende Bericht der Spurensicherung auf Brandeisens Schreibtisch. Entgegen dem ersten Befund – Beschädigung des Stromkabels durch einen scharfen Gegenstand (Taschenmesser o. Ä.) – räumten die Kriminaltechniker ein, dass eventuell die Möglichkeit eines sogenannten Tierverbisses bestände. Die Isolierung sei zwar relativ sauber entfernt worden, doch manche Vierbeiner zeigten beim Knabbern und Nagen eine erstaunliche Präzision. Man könne den Defekt also nicht zwingend menschlicher

Einflussnahme zuschreiben. Und eine zweifelsfrei identifizierte Tatwaffe sei auch noch nicht gefunden worden.

»Für Diraufs Anwalt ist das ein gefundenes Fressen«, regte sich Küps auf. »Der zerreißt die Anklage in der Luft.«

»Wohl wahr.« Brandeisen ließ betrübt den Kopf hängen. »Wir haben uns zum Gespött gemacht.«

»Dann war's wohl ein Marder, oder was?« Der Kommissar überlegte. »Wenn wir wenigstens irgendeine plausible Theorie präsentieren könnten! Sonst stehen wir mit leeren Händen da.«

»Mir fällt da etwas ein ...«

Brandeisen schaute bei den Gruschnitzki-Zwillingen vorbei, mit Voranmeldung, »Küss die Hand« und allem, was dazugehörte. Diesmal hatte er sich mit Medikamenten vollgestopft und trug einen Mundschutz.

Die alten Damen zeigten sich noch gastfreundlicher als zuvor. Der Staatsanwalt durfte auf einem eigens angeschafften Diwan Platz nehmen, mit Einwegfolie überzogen, garantiert katzenhaarfrei. Er musste gleich mehrere Liköre durchprobieren, was aufgrund des Mundschutzes ein wenig umständlich war. Zita und Josefina reichten dazu Wildentenconfit und Marillen-Chutney.

Carlos überwachte die Degustation mit dem üblichen Ennui. Hin und wieder, wenn die Geschwister ihm einen Wildentenschenkel anboten, entblößte er rasiermesserscharfe Zähne. In Sekundenschnelle ließ er nur säuberlich abgenagte Knochen übrig. Ein Chirurg war an ihm verloren gegangen.

Oder ein Elektriker?

Brandeisen musterte Carlos.

Carlos musterte Brandeisen.

Tempelchen des Todes

»Bloß nicht umdrehen«, sagte Staatsanwalt Brandeisen und schritt munter aus. »Wir tun so, als hätten wir die beiden nicht bemerkt.«

Kommissar Küps runzelte die Stirn. »Die wissen doch, dass wir wissen, dass sie wissen –«

»Gewiss, das macht ja den Reiz aus. Gehört alles zum Großen Spiel.«

»Was für ein Spiel?«

»Haben Sie nie Spionageromane gelesen?«, wunderte sich Brandeisen. »Hier bietet sich die einmalige Gelegenheit, den Kalten Krieg nachzuerleben. Gorki Park – Wörlitz Park, verstehen Sie?«

»Ist der KGB hinter uns her?«

»Höchstens im übertragenen Sinne.«

»Schnee liegt auch keiner«, wandte Küps ein.

Brandeisen blieb neben einer stattlichen Platane stehen. »Der Osten hat mehr zu bieten, als ich es mir in meinen kühnsten Träumen ausgemalt habe.«

Es war ein sonniger Junitag. Tausend Stimmen wimmelten im Gesträuch, Schmetterlinge genossen die Honigwoche des kleinen Seins, und die Flur dampfte im reichen Blumenduft – dem Staatsanwalt kam ein ganzer Strauß von Dichterworten in den Sinn.

»Ich glaub's nicht«, sagte Codename Rotkehlchen. »So was darf frei rumlaufen?«

»Welchen meinst du? Den Kurzen oder den Langen?«

»Die Witzfigur mit dem seltsamen Gang.«

Codename Nachtigall kicherte. »Also beide.«

Für einen Moment vergaß Brandeisen, dass ihnen zwei Kolleginnen von der Kripo Dessau-Roßlau auf den Fersen waren. »Sehen Sie diese Blickachse?« Er wies auf eine blattwerkumrahmte Schneise, die das Auge des Betrachters wie zufällig hin zu einem fernen Gehöft lenkte. »Vollkommen anders als in Versailles. Hier waltet nicht Formstrenge, sondern ein Naturideal, das die Menschen seit der Aufklärung fasziniert: freie Landschaften, in denen sich freie Menschen frei bewegen.«

»Aus den *blühenden* Landschaften ist ja bekanntlich wenig geworden.« Küps hatte das Kohl-Zitat noch im Ohr.

»Nicht so defätistisch, mein Lieber. Schauen Sie sich um! Wenn man Gärtnern anstelle von Politikern den Aufbau Ost überlassen hätte, würde es mehr Orte wie diesen geben.«

Sie befanden sich in den Wörlitzer Anlagen, einem der größten deutschen Landschaftsparks nach englischem Vorbild, Teil des Dessau-Wörlitzer Gartenreiches, Welterbe der UNESCO.

Brandeisen, bis zum Anschlag gebildet und mit einer Schwäche für längst vergangene Zeiten, war hingerissen. Der Park stellte für ihn keine Perle, sondern eine ganze Perlenkette dar. Hier verbanden sich Natur und Kultur zu einer begehbaren, jederzeit zugänglichen Einheit. »Tretet leise auf, ihr tretet auf meine Träume!«, murmelte er vor sich hin. So hatte Horace Walpole, vierter Earl of Orford, Besucher seines Anwesens Strawberry Hill einst ermahnt.

Auch Küps, Gärtner mit Leib und Seele, wusste nicht, was er zuerst betrachten sollte: die alten Bäume, die sorgfältig gepflegten Anpflanzungen, Wasserflächen, in denen sich Flora und Firmament spiegelten ... Das Fränkische, ein nicht besonders blumiges Idiom, kannte dafür keinen angemessenen Begriff.

Indes, wenig Muße war den beiden vergönnt. Denn das Ermittlerduo wurde von den örtlichen Behörden beschattet. Zugleich war es einem Serienmörder auf der Spur. Doch eins nach dem anderen.

Angefangen hatte alles mit einem Mord auf heimischem Boden: im Bamberger Theresienhain. Der Monopteros, auch Druidentempel genannt, war zum Schauplatz eines haarsträubenden Verbrechens geworden. Ein Liebespaar hatte dort eine Zusammenkunft zelebriert, die den Geist eines impressionistischen Gemäldes von Monet oder Renoir atmete: Picknick im Schein der golddurchwirkten Abendsonne, mit einem Korb voller Schaumwein, Austern und Pasteten, begleitet vom Plätschern des Flusses. In jener Stunde Zauber hatten die beiden auch noch musiziert, der Jüngling auf der Violine, auf der Handharfe die Maid. Doch just, als der Vortrag beendet und die Kinder der Venus einander inniglich zugeneigt, hatte ein Pfeil sie mitten ins Herz getroffen. Solch mörderische Kraft hatte das Geschoss getrieben, dass die Liebenden zugleich niedergesunken waren, durchbohrt auf einen Streich, vereint im Tod.

Wenn Brandeisen sich das nostalgische Stelldichein vorstellte, verfiel er in den historisierenden Ton des 19. Jahrhunderts. Es war ja auch bemerkenswert, dass im digitalen Zeitalter zwei junge Menschen ihr Glück nicht auf Facebook, sondern in der freien Natur suchten, in einem Ambiente, welches das Streben nach dem Wahren, Guten, Schönen versinnbildlichte. Ein Monopteros galt seit alters als Musentempel. »Letzter Kuss an der Regnitz«, hatte der *Fränkische Tag* getitelt.

Der grausame Täter aber war nicht gefasst worden. Trotz zahlreicher Besucher im Bamberger Stadtpark hatten sich keine Zeugen gemeldet. Vielleicht hatte sich das Volk aus Diskretion ferngehalten. Oder es lag daran, dass der Schütze blitzschnell und lautlos vorgegangen war. Die Leichen waren erst kurz vor Einbruch der Nacht gefunden worden, von den Bobtails einer Spaziergängerin – die armen Hunde standen immer noch unter Schock.

»Ganz schön heiß heute.« Codename Nachtigall zupfte an ihrem verschwitzten T-Shirt. »Hast du Sonnenmilch dabei?«

Codename Rotkehlchen reichte der Kollegin eine Flasche aus ihrer Gürteltasche.

»Mensch, du denkst an alles!«

»Holzauge, sei wachsam!«

Die Nachtigall begann sich einzucremen. »Warum legen die komischen Vögel nicht mal ’ne Pause ein?«

»Die sind auf Besichtigungstour.«

»Und wir müssen sie dabei auf Schritt und Tritt observieren?«

»Der Chef will eben wissen, was in seinem Revier passiert«, sagte das Rotkehlchen. »Damit hier niemand Mist baut.«

»Dann gib mal den Status durch: Russen weg, Wessis da.«

»Böses Mädchen!«

»Gerne!«

Die Bamberger Polizei hatte keine Anhaltspunkte und schrieb das Verbrechen einem Wahnsinnigen zu.

»Einem Wahnsinnigen, der moderne Pfeilspitzen mit Rotationstechnologie verwendet?«, fragte sich Kommissar Küps, als er aus dem Urlaub zurückkehrte. Neben einer deltaförmigen Hauptklinge besaßen solche Geschosse zwei Nebenklingen, welche das Eindringen verbesserten. Sie schraubten sich förmlich in weiche Ziele hinein. Wahrscheinlich waren die Pfeile mit einem Kompositbogen abgeschossen worden, derartige Waffen hatten eine enorme Durchschlagskraft. Und der Täter verfügte über hohe Treffsicherheit. Er hatte nur einen einzigen Pfeil gebraucht, um seine unglücklichen Opfer zur Strecke zu bringen.

Auch Brandeisen war das Ganze nicht geheuer. Sogleich fiel ihm der Vergil-Spruch *Omnia vincit amor* ein, »Amor besiegt alles«. Der Staatsanwalt vermutete Methode hinter dem feigen Anschlag und forschte nach ähnlichen Tatbildern: ungewöhnlicher Ort, ungewöhnliche Tötungsmethode, ein Fressen für die Medien. In München war er fündig geworden: »Doppelmord im Englischen Garten. Halb zog sie ihn, halb sank er hin.«

In der Landeshauptstadt hatte es also ebenfalls ein Pärchen erwischt. Der Rahmen war der gleiche gewesen: Picknick-Rendezvous mit klassischer Musik. Diesmal hatte der Galan auf einer Viola da Gamba (auch Knie- oder Schoßgeige) seinen Gefühlen Ausdruck verliehen.

Die Blutspur zog sich durch Bayern weiter nach Norden. Am Kepler-Denkmal in Regensburg wurde auf einer Laute die letzte Saite gezupft. Und nach dem Bamberger Vorfall hatte sich im Pavillon des Bayreuther Hofgartens eine weitere Schandtat zugetragen: Zwei Wagnertuben, bei denen es sich um vergrößerte Waldhörner handelte, waren im Duett erklungen – bis ein Pfeil die beiden

Blechbläser in einen menschlichen Schaschlikspieß verwandelt hatte.

Nach einem Blick auf die Landkarte war die Sache für Brandeisen klar: Der nächstgelegene Monopteros stand im Wörlitzer Park. Dort würde der schwarze Amor, wie er den Mordbuben inzwischen nannte, alsbald zuschlagen, und zwar im sogenannten Venustempel. So ein Prunkstück fehlte sicherlich noch in der Sammlung des perfiden Bogenschützen – falls es denn Turteltäubchen gab, die sich an selbigem Ort vom Hauch Eratos, der Muse der Liebesdichtung, anwehen lassen wollten.

So ungefähr drückte sich Brandeisen aus, als er dem Leiter der Kripo Dessau-Roßlau seinen Verdacht darlegte. Als dann noch der Begriff »Serienmord« fiel, war es ganz aus.

Der Polizeioberrat winkte ab. In seiner Freizeit schmökere er häufig in einschlägigen Romanen. Man frage sich geradezu, ob es in der Realität noch »normale« Mörder gab, die sich mit einmaligem Innereiendurchlöchern begnügten. Was sei wohl zuerst da gewesen? Mörder, die mehrmals mordeten, oder Krimiautoren, die Wiederholungstäter zu Serienmördern erklärten?

Der Sarkasmus des Oberrats war nachvollziehbar – Brandeisens gelehrte Vorträge hatten oft eine derartige Wirkung. Auch Küps konnte da nichts mehr reparieren. Was so viel hieß wie: keine Amtshilfe der Dessauer Kollegen.

Also zogen die beiden Ermittler auf eigene Faust los. Sie wählten einen ganz bestimmten Zeitpunkt: Alle Doppelmorde waren bei Vollmond begangen worden, genau in der Stunde, in der die Sonne unter- und der Mond aufging. Gegen 21.30 Uhr war es wieder so weit.

»Was hältst du von dieser Vollmondtheorie?«, fragte die Nachtigall.

»Weiß nicht so recht.«

»Der Rest ist ja schon grenzwertig: Liebespärchen mit Pfeil und Bogen erschossen, mitten im Fiedeln oder Klampfen oder was immer. Und dann noch bei Vollmond. Wer soll das gewesen sein? Ein Werwolf, der die Musik nicht ausgehalten hat?« Sie stieß spöttisch die Luft aus. »Bayern! Die halten sich für oberschlau.«

»Vielleicht ist ja was Wahres dran«, grübelte das Rotkehlchen. »Ich hab ein bisschen recherchiert ...«

»Möchte mal wissen, worüber die gerade reden«, sagte die Nachtigall und verlangsamte ihren Schritt.

Der Kommissar bückte sich und tat so, als bände er sich die Schuhe. Allerdings steckten seine Füße in unförmigen Trekkingsandalen, seine stacheligen Beine in Shorts vom Discounter und sein Oberkörper in einem Polohemd von undefinierbarer Farbe. Der kantige Polizistenschädel war von einem Käppi mit dem Aufdruck »Kfz-Werkstatt Bayer« nur notdürftig bedeckt.

»Wissen Sie, wer uns da überwacht?«, fragte er.

»Sie sollen doch nicht nach hinten schauen!« Brandeisen zog seinen funkelnagelneuen Panamahut tiefer in die Stirn und fixierte die Grashalme.

»Zwei Frauen.«

»Was?«

»Die haben uns zwei knackige Sachsen-Anhaltinerinnen hinterhergeschickt.«

»Sachsen-Anhaltinerinnen – was für ein prächtiges Ethnonym! Sie schaffen es immer wieder, mich zu überraschen, Küps.«

»Eine Blonde und eine Dunkelhaarige. Es lebe die Gleichberechtigung!«

Brandeisen zückte sein Opernglas, das ihm als Feldstecher diente. Er und Küps waren raffiniert als Touristen getarnt – was der Staatsanwalt etwas eigenwillig interpretierte: Mit seinem weißen Leinenanzug und dem Spazierstock aus Ebenholz hätten ihn die Hereros in Deutsch-Südwest für einen Kolonialherren gehalten, dessen Kopf eine Zierde für jede Lanzenspitze gewesen wäre. Im Gegensatz zu Küps, der einen großen Lederrucksack trug, hatte er den Tornister seines Wandervogel-Urgroßvaters Trudbert auf dem Rücken.

Er musterte die Verfolgerinnen. »Tatsächlich Frauen ... Gefällt mir, gefällt mir.«

Küps, selbst gründlich verehelicht, stutzte. Brandeisen war die Primaballerina unter den Junggesellen. Seit wann hatte er Interesse am anderen Geschlecht?

»Schauen Sie nicht so kritisch! Diese beiden Erinnyen schicken uns die Götter.«

Der Kommissar verstand kein Wort.

»Punkt eins«, hob der Staatswanwalt an. »Wie Sie wissen, kommen in unseren Fällen selten Frauen vor, und wenn, dann meistens nur in wenig schmeichelhaften Nebenrollen. Richtig?«

»Richtig.«

»In der heutigen Zeit lässt uns das wie Sexisten dastehen.«

»Blödsinn!«

»Genau. Deshalb freue ich mich auf eine Zusammenarbeit mit den Dessauer Kolleginnen.«

»Ich auch!«, versicherte Küps, dem die Blondine auf Anhieb gefiel.

»Die beiden kommen uns gerade recht.«

»Aber immer!«

»Nicht, was Sie denken! Haben Sie unseren ursprünglichen Plan vergessen?«

»Den Plan?« Der Kommissar versuchte nachzudenken. Doch es hatte keinen Sinn, die Hormone und die Hitze vernebelten ihm den Verstand. »Welchen Plan?«

Brandeisen erklärte es zum wiederholten Mal. »Laut Plan legen wir uns abends am Venustempel auf die Lauer und warten, bis ein Pärchen kommt – hoffentlich.«

Küps nickte. »Bis ein Pärchen kommt.«

»Und wenn es nicht kommt?«

»Dann ... kommt es nicht.«

»Ja, dann würden wir uns umsonst all die Mühe machen! Kein Liebespaar, kein Bogenschütze.«

»Wär dann Pech.«

Brandeisen verdrehte die Augen. Ein absurdes Drama konnte nicht absurder sein. »Aber warum sollen wir uns vom Zufall abhängig machen? Wir spielen einfach selber die Lockvögel.«

»Sie und ich?« Küps stellte es sich kurz vor – und erschauderte. Mit Brandeisen so tun, als ... »Heilige Maria und Josef!«

»Nicht doch!«, wehrte der Staatsanwalt ab, obwohl er für ein Verkleidungsszenario vorgesorgt und deshalb eine Reihe von Requisiten eingepackt hatte. »Wir bilden zwei gemischte Paare. Für den schwarzen Amor wäre das unwiderstehlich. Ein Vierfachmord! Zeigen Sie mir den Psychopathen, der sich so ein Schnäppchen entgehen lässt!«

Der Kommissar atmete auf. Dann kamen ihm Zweifel. »Und wie kriegen wir die beiden dazu, uns zu helfen?«

»Geduld!« Sie waren ihrem Ziel schon ganz nah. Brandeisen ließ sich auf einer Wiese nieder, gleich neben der Einsiedelei, einer ruinenhaften Felsenhöhle, die an das naturverbundene Leben ohne Kultur und Fortschritt erinnern sollte. Der Venustempel lag nur einen Steinwurf entfernt. Er breitete eine karierte Picknickdecke aus. »Machen wir es uns gemütlich.«

Küps hatte nichts dagegen. Seine letzte Mahlzeit in Form eines »Big Chili Cheese« lag schon Stunden zurück. Erleichtert registrierte er, dass sich ihr Rastplatz im Schatten befand.

Brandeisen prüfte, wie der Wind stand, und packte die Sachen aus. Er ließ sich Zeit.

Da waren, verteilt auf zahllose Tupperdosen: Lachscanapées, Gurkensandwiches, Krabbensalat auf Pumpernickel, knusprige Hühnerbeine, schwarze und grüne Oliven, Avocados, vorgebratene Schnitzel, Bauernbrot sowie eine Auswahl fränkischer Wurstspezialitäten, die Küps Tränen in die Augen trieb.

Auch an Getränken fehlte es nicht: Winzersekt und Rauchbier (mit Cold Packs gekühlt) sowie Mineralwasser. Doch für Alkohol fand es Brandeisen noch zu früh. Er baute einen Gaskocher auf und machte seine Espressokanne klar.

»Wie Sie vielleicht bemerkt haben, verfügen unsere Freundinnen nur über eine rudimentäre Ausrüstung.« Aus den Augenwinkeln sah er, dass sich die beiden in einer Entfernung von hundert Metern auf dem Rasen niederließen. Sie trugen keine Rucksäcke oder dergleichen. »Viel können die zum Essen und Trinken nicht mitgenommen haben. Und da wir schon eine Weile unterwegs sind, knurrt ihnen sicher der Magen ...«

»Sie sind mir ein Fuchs!« Küps köpfte eine Flasche Bier, nahm einen ausgiebigen Schluck und lehnte sich zurück. »Jetzt bin ich aber gespannt.«

Langsam verbreiteten sich die Düfte im Gelände. Als noch das Kaffeearoma hinzukam, nahmen die Begehrlichkeiten der Beschatterinnen sichtlich zu. Sie reckten die Hälse und bekamen Stielaugen.

Die Nachtigall wurde als Erste schwach. »Ich werd verrückt! Die haben frischen Kaffee!«

»Und Lachs, das riech ich.«

»Und Wasser! Mann, bin ich ausgetrocknet!«

Das Rotkehlchen überprüfte seine Gürteltasche. Außer Schminkzeug, dem Funkgerät und einem zerknautschten Müsli-Riegel war da nichts drin. »Hätten wir doch an der Kaufhalle gehalten!«

»Ich fass es nicht! Der kleine Dicke haut sich ein Bier rein!«

»Dekadenz pur!«

»Hör bloß auf!«, sagte die Nachtigall. »Haben wir heut schon was Anständiges gegessen?«

»Nee.«

»Na also. Ich geh da jetzt rüber.«

»Kaum winkt jemand mit einer Banane ...«

»Die wissen doch längst, dass wir sie beobachten.«

»Und was sagt der Chef dazu?«

»Länderübergreifende Kooperation. Ost-West-Verständigung – such dir was aus. Ich brauch jetzt dringend einen Kaffee!«

Das Rotkehlchen gab nach. »Aber wir dürfen nicht mit der Tür ins Haus fallen. Sonst bilden die sich sonst was ein.«

»Ich hab schon eine Idee.«

»Na bitte«, sagte Brandeisen. »Da kommen sie.«

Küps stopfte sich schnell ein Stück Hausmacher Sülze in den Mund und schlang es hinunter – reine Nervennahrung.

Die beiden Polizistinnen schlenderten scheinbar ziellos herbei. Die Blonde trug ein schwarzes Tank Top, das ihre Muskeln vorteilhaft zur Geltung kommen ließ, dazu eng anliegende Shorts, Outdoorstiefel und eine Gürteltasche. Ihr Haar war raspelkurz.

Der Kommissar grinste wie ein Schimpanse.

Die Dunkelhaarige gab sich keine Mühe, den Ausschnitt ihres T-Shirts zu verbergen. Ihre Dreiviertelhose war überaus figurbetont. Ein langer Zopf reichte ihr bis an die Hüften.

Die beiden mochten um die dreißig sein, sie waren also mindestens zehn Jahre jünger als das Team Franken. Und sie wussten sich zu bewegen.

Brandeisen war wie gelähmt. Dieser Zopf brachte ihn völlig aus der Fassung. Er verlieh der Frau etwas Amazonisches. Wild und dennoch diszipliniert wirkte sie wie Diana, die Göttin der Jagd, auf einem ihrer Streifzüge durch irdische Gefilde. Und war nicht auch ihr Gang federnd und geschmeidig, als berührte sie kaum den Boden? Wie würde solch ein Geschöpf die Konversation mit einem Sterblichen beginnen?

Sie nickte knapp und schwebte an den ungleichen Kriminalisten vorbei, gefolgt von ihrer lächelnden Begleiterin. Vor der Einsiedelei blieben die beiden stehen. Sie wiesen auf die Natursteinmauer und unterhielten sich leise.

Der Staatsanwalt fand seine Sprache wieder. »Was für ein wundervoller Tag!«, sagte er laut. »Da möchte man gern im Schatten verweilen und sich Labsal verschaffen.«

Keine Reaktion.

»So ein Einsiedlerleben hat schon was. Nicht war, Küps?«

»Für mich wär das nix.« Der Kommissar ließ sich ein Schnitzel schmecken. »Allein essen macht depressiv.«

»Sie haben recht. Gegen eine kleine Auszeit ist zwar nichts einzuwenden. Doch auf Dauer geht nichts über anregende Gesellschaft.« Brandeisen erhob sich. »Die Damen mögen verzeihen, dass ich sie so ungeniert anspreche –«

Die Dunkelhaarige drehte sich zu ihm um. »Kennen Sie sich hier aus?«

»Wir sind nur Touristen«, gab Brandeisen überrascht zurück.

»Schade. Ich wüsste gern mehr über diese Eremitage.«

Der Staatsanwalt biss sich auf die Lippe. Um alle Fressalien unterzubringen, hatte er seine Fachliteratur über den Wörlitzer Park im Wagen gelassen. Fieberhaft durchforschte er sein Wissen über englische Gärten. Doch bevor er antworten konnte, kam ihm die Zopfträgerin zuvor.

»Erinnert mich an Hawkstone Park in Shropshire.«

»Shropshire?« Das war eine Grafschaft in England. Brandeisen liebte England. Bedingungslos. Shakespeare, Dickens, Holmes!

»Die Eremitage von Hawkstone Park war sogar bewohnt. Die Besitzer hatten einen echten Eremiten unter Vertrag. Er hieß Francis und musste einen Spruch aufsagen, wenn Spaziergänger vorüberkamen.«

»Entzückend!«

»Francis wurde im 19. Jahrhundert durch einen Automaten ersetzt. Heute haben sie da eine Videoinstallation.«

Brandeisen war ganz aus dem Häuschen. Hatte er hier eine Gleichgesinnte getroffen? »Bildung ist eine Zier, meine Liebe.«

»Schüleraustausch.«

»Kompliment! Möchten Sie beide sich vielleicht zu uns gesellen?« Er machte eine einladende Handbewegung. »Wir würden uns glücklich schätzen.«

Die Dunkelhaarige schaute auf ihre Armbanduhr. »Ein paar Minuten können wir wohl erübrigen.«

Huldvoll ließen sich die Polizistinnen auf der Picknickdecke nieder. Sie stellten sich als Sandy (dunkel, Nachtigall) und Jessica (blond, Rotkehlchen) vor. Brandeisen machte Küps und sich selber ebenfalls bekannt, um die Scharade aufrechtzuerhalten.

»Erwarten Sie noch jemanden?«, fragte Jessica und deutete auf das üppige Buffet.

»Höchstens eine Ameisenarmee«, scherzte Brandeisen und schraubte zerlegbare Weingläser aus Kunststoff zusammen.

»Das sieht nach einer größeren Party aus.«

»Ich spare ungern am Proviant. Man weiß nie, wer zum Abendessen erscheint.« Er entkorkte eine Sektflasche. »Greifen Sie zu.«

Das ließen sich Sandy und Jessica nicht zweimal sagen. Während sie sich über Hühnerbeine und Schnittchen hermachten, tauschten sie Blicke. Diese Bayern waren ja drollig.

Küps erwachte zu neuem Leben. Er bot an, reichte dar, füllte die munter kreisenden Gläser erst mit Wasser, dann mit Sekt. Eine Stunde verstrich, rasch wurden es zwei.

Sie plauderten über den Wörlitzer Garten, seine Geschichte, Bedeutung und so fort. Dann gingen sie auf ihre unterschiedliche Herkunft ein – und auf die Tatsache, dass sich Franken selbst unter Folter keinesfalls als Bayern verstanden. Sporadisch kamen Parkbesucher an den Picknickenden vorbei und machten anerkennende Bemerkungen. Der Inhalt der Tupperware schmolz dahin. Als es nach 20 Uhr kühler wurde, bot Brandeisen Sandy sein Jackett an. Küps hatte eine Decke dabei, in die er Jessicas Beine wickelte.

Der Venustempel befand sich in Sichtweite auf einem kleinen Hügel, gesäumt von Bäumen und dichten Sträuchern. An Verstecken für den Bogenschützen mangelte es nicht. Hin und wieder waren Spaziergänger die Treppe zu dem Monopteros hochgestiegen und hatten die Aussicht bewundert. Keiner war länger als ein paar Minuten geblieben.

Die Dämmerung brach herein. Im Licht der untergehenden Sonne wirkte der potenzielle Tatort plötzlich bedrohlich. Schatten krochen zwischen die dorischen Säulen. Und die weiße Venusstatue auf dem Postament in der Mitte sah einsam und verletzlich aus.

Die Polizistinnen folgten dem Ruf der Natur und gingen im Farnkraut pinkeln.

»Bald haben wir Vollmond«, sagte Jessica.

Sandy betrachtete das Tempelchen. »Diese Geschichte ist total verrückt. Aber sie kommt mir immer plausibler vor. Vielleicht hat uns der Killer schon im Visier.«

»Kann sein. Hast du Angst?«

»Von wegen!«

»Und was machen wir jetzt?«

»Na ja«, Sandy lächelte. »Die zwei geben sich wahnsinnig viel Mühe, damit man uns für zwei Pärchen hält, die sich hier vergnügen. Wir stellen die idealen Lockvögel dar. Einen Versuch ist es wert.«

»Soll ich dem Chef irgendwas funken?«, fragte Jessica.

»Lieber nicht. Das ziehen wir allein durch.«

Sie kehrten zu Brandeisen und Küps zurück.

»Habt ihr eigentlich Musik dabei?«, fragte Sandy.

Der Staatsanwalt förderte eine Ukulele zutage. Er schlug einen Akkord an.

»Besser als nichts. Habt ihr auch was für mich?«

Küps holte seine Melodica aus Kindertagen aus dem Rucksack. Jetzt wusste er, warum Brandeisen ihn gebeten hatte, sie mitzunehmen. Dankbar, dass er nicht selber Hand anlegen musste, reichte er sie Sandy.

»Ulkig.« Sie probierte ein wenig herum. »Ist ja wie Klavier. Was wollen wir spielen?«

»Die kleine Nachtmusik?«, schlug Brandeisen vor.

Sandy setzte die Melodica an und probte Griffe. »G-Dur?«

»Exakt.«

»Sollten wir nicht zuerst in den Venustempel umziehen?«, fragte Jessica. »Wegen der Atmosphäre.«

»Könnte aber gefährlich werden«, sagte Küps. »Ihr wisst schon ...«

Sie schauten vom einen zum anderen.

»Deswegen sind wir doch hier, oder? Um einen Mörder zu schnappen.« Jessica tippte an ihren Rücken. Unter dem Tank Top steckte ihre Dienstpistole in einem Gürtelholster. »Ich hab meine P 10 dabei. Schluss mit der Schauspielerei.«

»Aber euer Chef –«, begann Küps.

»Hat einfach keine Fantasie.« Sie machte eine abfällige

Geste und begann zu berichten. »Haltet euch fest, Kollegen!«

Jessica hatte kurz vor der Abfahrt nach Wörlitz eigene Nachforschungen angestellt und den Polizeicomputer mit den Informationen der Franken gefüttert. Mit folgendem Ergebnis: Nicht nur im Süden der Republik waren reihenweise Pärchen von einem Bogenschützen ermordet worden, sondern auch im Norden. Der Monopteros im Hayns Park in Hamburg-Eppendorf und der Sonnentempel im Eutiner Schlosspark waren ebenso zum Tatort geworden wie der Luisentempel im Schlosspark Hohenzieritz. Der einzige Unterschied bestand darin, dass es nicht bei Vollmond, sondern bei Neumond geschehen war.

»Verstehen wir uns jetzt?«, schloss sie.

»Besser als je zuvor!« Brandeisen war begeistert. Ihm fiel ein Zitat aus *Kleiner König Kalle Wirsch* ein. »Wir legen eine Falle! Das wird das Beste sein! Denn dieser kleine Kalle fällt ganz bestimmt hinein ...«

Sie schmiedeten einen Plan.

Inzwischen wirkte der Park menschenleer. Die Gondeln, die auf den Seen und Kanälen der Anlage verkehrten, lagen seit Stunden an der Anlegestation. Anscheinend waren die Polizisten die einzigen Besucher.

Jessica trug einen Fleecepulli von Küps, Sandy das Jackett von Brandeisen. Sie alberten ausgelassen herum wie Betrunkene. In Wahrheit waren sie auf alkoholfreien Prosecco umgestiegen. Es war an der Zeit, Opfer zu bringen.

Das letzte Licht des Tages leckte über die Kuppel des Tempelchens. Blass zeichnete sich die Scheibe des Mondes am Himmel ab. Ein paar Grillen zirpten im hohen

Gras. Jedoch: Keines Vogels Sang ertönte, und kein Blatt regte sich an Baum oder Busch. Es war, als hielte die Natur den Atem an und harrte der Dinge, die da kamen.

Brandeisen spielte die Ukulele – eine schwungvolle Variation aus *Don Giovanni*. Sandy begleitete ihn auf der Melodica. Gemeinsam näherten sie sich dem Hügel, setzten die Instrumente ab und erklommen im Wettlauf die Treppe. Lachen wie helle Glockenschläge. Sie erreichten den mit einem Gitter abgesperrten Tempel. Sandy benutzte eine Haarspange, um unter dämlichem Gekicher das Vorhängeschloss zu knacken. Das Türchen ging im Handumdrehen auf. Sie betrachteten die Venusstatue und mimten Touristen.

»Beim Zeus!«, rief der Staatsanwalt. »Das müssen Sie sich ansehen, Gerhard!«

Küps und Jessica unterbrachen ihr Gespräch auf der Picknickdecke und eilten den Freunden entgegen. Welch Wunder mochte sie erwarten?

Es war nicht die Venusstatue, die für sich genommen schon einen wohlproportionierten Anblick darstellte, sondern ihr Postament. Durch farbige Glasscheiben konnte man eine unter dem Tempel liegende Grotte erkennen, gewidmet Vulcanus, dem Gatten der Liebesgöttin.

Nach großem Ah! und Oh! und einem spontanen Reigen rings um die Skulptur nahm Küps seine Gefährtin bei der Hand. Eine Grotte! Unter ihren Füßen! Diese Entdeckung musste sogleich erkundet werden. Sie verließen den Venustempel und verschwanden aus dem Blickfeld beziehungsweise Schussfeld, schäkernd wie zwei liebeskranke Teenager.

Brandeisen wusste inzwischen, wo sich der Schütze befand. Während die anderen herumtollten, hatte er die Vegetation mit einer mobilen Wärmebildkamera gescannt, die wie ein Camcorder aussah. Er stellte sich hinter eine Säule und aktivierte sein eigenes Funkgerät. Es war auf Jessicas Frequenz eingestellt. Leise gab er die Position des schwarzen Amors durch.

Dann war Knutschen angesagt, für Brandeisen der schwierigste Teil dieser riskanten Operation.

Er nahm Aufstellung und dirigierte Sandy vor die Venusstatue.

Wo sollte er sie anfassen? An der Taille? Oder der Schulter? Er umarmte sie ... irgendwie. Den Rest musste die Kollegin selber besorgen.

Sandy öffnete die Lippen. Doch in ihren Augen stand plötzlich helles Entsetzen.

Ein Schlag in der Nähe der Wirbelsäule. Wo die Rippen lagen. Stechender Schmerz. Brandeisen ging zu Boden und riss Sandy mit sich.

Ein Schrei war zu hören. Und ein Schuss.

Küps schenkte der Grotte keine Beachtung. Nach dem Funkspruch trennte er sich von Jessica. Sie beabsichtigten, den Bogenschützen in die Zange zu nehmen.

Er umrundete den Venustempel und schlich sich an. Trotz seiner Leibesfülle bewegte er sich so flink wie ein Kater auf Freiersfüßen.

Dann sah er ihn, zwischen den Zweigen. Ein Typ mit Rauschebart und einer spitz zulaufenden Kappe. Und einem Bogen. Die Sehne war gespannt, ein Pfeil eingelegt.

Der Kommissar zog seine alte Heckler & Koch und versuchte, die Entfernung zu verringern. Stolperte dabei über eine Bodenwurzel und schlug mit einem dumpfen Geräusch hin. Lautlos ging anders.

Im selben Moment schnellte der Pfeil los.

»Nein!« Küps sprang auf und sah Mündungsfeuer. Dann hörte er zwei Schüsse, kurz hintereinander.

Double Tap hieß das in der Fachsprache. Jessica machte keine Kompromisse. Der Bogenschütze wurde durch die einschlagenden Projektile nach hinten geschleudert und war schon tot, bevor sein Körper den Bärlauch plättete.

Küps pflügte durchs Gestrüpp und gelangte zu dem leblosen Mann. Er trug eine Tunika. Seltsamer Aufzug.

Jessica kam näher, die P 10 im Anschlag. »Alles klar?«

Der Kommissar schaute hoch. Da war eine Bewegung hinter Jessica, über ihrer Schulter.

Noch ein Bogen. Die Pfeilspitze schimmerte im Mondlicht, bereit, auf ihre mörderische Reise zu gehen und Jessica von hinten zu durchbohren. Das Geschoss hätte auch sein Ziel gefunden, wenn nicht …

… Küpsens Melodica wie ein Tomahawk durch die Luft gewirbelt wäre und den Schützen ausgeknockt hätte.

Die Schützin, um genau zu sein. Sie war so nackt, wie Gott sie geschaffen hatte.

Nach einer halben Stunde traf der Leiter der Kripo Dessau-Roßlau ein, flankiert von sämtlichen Kollegen, die gerade in der Nähe gewesen waren, und einigen Pressevertretern, die wie immer den Polizeifunk abgehört hatten. Auch ein Leichenwagen war mit von der Partie.

»Gute Arbeit«, lobte der Polizeioberrat seine Mitarbeiterinnen. »Obwohl Sie es mit der Eigeninitiative nicht übertreiben sollten.«

»Gefahr im Verzug«, redete sich Sandy heraus. »Da konnten wir nicht lange Rücksprache halten.«

»Die beiden haben genau das Richtige getan«, sagte Küps so laut, dass es die Reporter mitbekamen. »Da ist doch sicher eine Beförderung drin.«

»Wir erstatten natürlich detailliert Bericht.« Brandeisen massierte die Stelle, wo der Pfeil von seiner Kevlarweste abgeprallt war. Sie hatten nur eine einzige Weste dabeigehabt, die Bamberger Polizei musste sparen. Um Sandy zu schützen, hatte er dem Bogenschützen den Rücken dargeboten.

Die nackte Venus, inzwischen in eine Decke gehüllt, zeigte sich geständig. Sie hatte sich schon vor Stunden in der Grotte versteckt, um das Geschehen im Tempel zu verfolgen und Flüchtige notfalls zur Strecke zu bringen. Die Morde im Norden Deutschlands hatte sie in Gestalt der Liebesgöttin verübt, ihr Partner die im Süden, verkleidet als Vulcanus.

»Das heißt, Sie haben aufeinander zu getötet«, sagte der Staatsanwalt. »Einander entgegen. Um sich in Wörlitz zu vereinigen.« Er legte versonnen den Finger auf den Mund. »Klassisch.«

»Gut erkannt«, erwiderte die Frau.

»Klassisch psychotisch«, ergänzte er und räusperte sich. »Und warum, wenn ich fragen darf?«

Sie schüttelte den Kopf, als sei Brandeisen ein hoffnungsloser Fall. Dann blickte sie zu den Polizistinnen, die Küps in die Mitte nahmen und die Haarreste ihres liebsten West-Kommissars verstrubbelten. »Damit alle Welt sieht, wie schwer Liebe zu ertragen ist«, sagte sie schließlich.

Niemand hatte Interesse, tiefer in diesen Hades des Hasses vorzudringen. Der Polizeioberrat wies der wehrhaften Venus eine Arrestzelle in Dessau zu. Ihr Freund verschwand in einem Leichensack.

Von dem Proviant war noch jede Menge übrig, nur an Trinkbarem fehlte es. Sandy schickte einen Kommissarsanwärter zur nächsten Tankstelle, um sich bei den Franken mit Rotkäppchensekt zu revanchieren.

Als der ganze Tross abgezogen war, setzten sich die vier wieder auf ihre Picknickdecke und blickten zum Nachthimmel empor.

»Wow!«, rief Sandy. »So viele Sterne!«

Brandeisen lächelte. »Die kann niemand zerteilen.«

Jessica dachte kurz nach. »Ist von dem Broiler noch was da?«

»Nein«, sagte Küps. »Aber Moment!« Er machte eine Dose roten Presssack auf, den er sich extra aufgespart hatte, und schnitt mit seinem Taschenmesser ein großes Stück ab. »Probier mal!«

Unfassbar, fand Brandeisen, Küps teilte freiwillig seinen Presssack! Er stand kurz davor, wieder an das Gute im Menschen zu glauben.

Fünf Leichen zu viel

»Wie schrecklich«, meinte Staatsanwalt Brandeisen. »Möchten Sie *so* sterben?«

»Dann schon lieber Gift«, sagte Kommissar Küps.

»Ich fürchte, die sanfte Tour liegt unserem Mörder nicht.«

Zum wiederholten Mal binnen weniger Tage nahm das Ermittlerduo eine Tatortbesichtigung vor. Sie standen im Garten von Günter Schnaid und betrachteten dessen Leiche: Jemand hatte ihm einen Laubbläser in den Rachen gerammt. Das Rohr steckte so fest im Schlund des armen Mannes, dass der Rechtsmediziner seine liebe Mühe hatte, es überhaupt herauszuziehen. »Tod durch Ersticken« lautete die Diagnose.

Küps schlug sein Notizbuch auf. »Nummer fünf.«

»Halbzeit gewissermaßen.« Auch Brandeisen konnte zählen. »Da kommt noch einiges auf uns zu.«

Seine Besorgnis war nicht unbegründet. Denn eine grausame Mordserie erschütterte Bamberg, Stadt der Gärtner und Häcker, wo seit dem Spätmittelalter zahlreiche Nutzpflanzen angebaut und kultiviert wurden. An und für sich war das eine schöne Tradition, doch nun zeigte sie sich von einer hässlichen Seite.

»Fassen wir zusammen«, seufzte der Kommissar. »Das erste Opfer wurde von seinem eigenen Aufsitzrasenmäher überrollt.«

»Ein Profigerät mit Allradantrieb und Servolenkung.«

»Dann kam das Stephansberger Kettensägenmassaker. Fall zwei, eine Riesensauerei! Heutzutage schauen Serientäter zu viele schlechte Filme.«

»Der dritte Mann geriet in seinen Häcksler«, fuhr der Staatsanwalt fort. »Nachdem er bewusstlos geschlagen worden war.«

Küps nickte bitter. »Puzzlearbeit für die Spurensicherung.«

»Die nächste Exekution war nicht weniger unschön. Mit einem Heckenschwert gevierteilt! Dagegen verlief diese Laubbläseraktion noch erstaunlich unblutig.«

Den beiden Kriminalern war das Muster klar, das den Gräueltaten zugrunde lag. Alle Mordopfer wurden mit geräuschintensiven Gartengeräten unter die Erde gebracht, mit Lärmschleudern, die so manch ruhebedürftigen Nachbarn zur Weißglut treiben. »Das habt ihr nun davon!«, mochte der Täter im Stillen denken. Wahrscheinlich lehnte er jede Form von mechanischem Geknatter und Gedröhn ab. Ein Fanatiker.

Darüber hinaus hatten alle Toten eines gemeinsam: Sie waren Finalisten der sogenannten *Bamberger Gartenmeisterschaft*. Einmal im Jahr wurden nämlich die schönsten Gärten der Region prämiert. Als erster Preis winkte nichts Geringeres als der »Goldene Handgrubber«, ein dreizinkiges Werkzeug zur Lockerung und Krümelung des Bodens sowie zur Unkrautbekämpfung und Einarbeitung humoser Materialien, mit 24 Karat vergoldet und einer Ehrenplakette auf dem Griff.

Opfer eins bis fünf hatten es in die Endrunde geschafft. Vor seinem tragischen Ableben war Günter Schnaid sogar als heißer Kandidat für den Titel gehandelt worden. Im Finale traten sich die zehn besten Gärtner gegenüber. Davon war die Hälfte bereits tot, deshalb hatte Brandeisen von »Halbzeit« gesprochen.

Es lag also nahe, den Täter unter den Bamberger Gärtner-Top-Ten zu vermuten. Er wollte seine Konkurrenten mit allen Mitteln aus dem Weg räumen. Doch die Zeit drängte: Bis zur Verkündung des Siegers blieben nur noch fünf Tage.

»Was macht Schnaids Garten eigentlich so besonders?«, fragte Brandeisen und schritt zwischen den Anpflanzungen umher.

Küps, selbst leidenschaftlicher Botaniker, erkannte schnell, warum die Jury Schnaid in die engere Wahl gezogen hatte. Er deutete auf bestimmte Pflanzen. »Schwanenblume, Sandgrasnelke, Sommer-Adonisröschen. Oder hier, Kleines Flohkraut. Steht auf der Roten Liste der gefährdeten Arten.«

»Und das Grünzeug, in dem die Leiche liegt? Ist das auch vom Aussterben bedroht?«

Der Kommissar untersuchte das Gewächs. Es besaß dreieckige, spießförmige Blätter und war einen halben Meter hoch. »Wilder Spinat, auch Guter Heinrich genannt. Da können Sie Salat und Gemüse draus machen. Oder Sie dünsten die frischen Triebe wie Spargel. War früher weit verbreitet.«

»Heinrich, mir graut vor dir«, sagte Brandeisen. »In deinem Beet liegt ein Toter.«

»Schnaid hatte sich auf Pflanzen spezialisiert, die heute nicht mehr so häufig zu finden sind. Schade, dass er dran glauben musste.«

»Wie gehen wir weiter vor?«

»Fünf Finalisten der Gartenmeisterschaft leben noch. Endlich hat man uns genug Leute zugeteilt, um sie auf Schritt und Tritt zu überwachen.« Küps dachte nach. »Ich hab sie alle überprüft. Und ich weiß auch schon, bei wem wir uns auf die Lauer legen.«

Noch am selben Abend begann die Observation des Hauptverdächtigen. Das Gartengrundstück von Helmut Nagengast lag unterhalb der Altenburg in der Nähe des Sauersbergs. Es war von einem verfallenen alten Holzzaun und einer unregelmäßigen Hecke umgeben, mit Ziersträuchern wie Buddleja, Felsenbirne, Ginster. Offenbar wollte der Besitzer den Anschein spießiger Strenge vermeiden.

Brandeisen und Küps machten es sich in ihrem Versteck gemütlich. Es sah aus wie ein Tarnzelt für Kinder und befand sich am Rande eines angrenzenden Wäldchens. Ein paar junge Polizisten hatten das Ding in Nagengasts Abwesenheit errichtet. Der Mann besaß einen gut gehenden Naturkostladen und kam immer erst nach Feierabend in seine grüne Oase.

So auch jetzt. Nagengast schob sein Fahrrad durch die Gartenpforte. Dann verschwand er in einem Schwedenhäuschen, das den Mittelpunkt der Parzelle bildete.

Die Ermittler stellten ihre Feldstecher scharf.

»Fällt Ihnen was auf?«, flüsterte Küps.

»Sieht aus wie ein Biogarten«, meinte Brandeisen. »Geordneter Wildwuchs. Keine mit der Schnur gezogenen Rabatten.«

»Naturnah nennt man das. Der Gartenschlauch besteht aus Gummi und nicht aus PVC. Es gibt jede Menge Regentonnen, Zinkgießkannen, sogar einen Handrasenmäher. Das ist ökologisch superkorrekt.«

»Worauf wollen Sie hinaus?«

»Nagengast hat alle elektrischen Geräte aus seinem Garten verbannt«, sagte der Kommissar. »Vermutlich hasst er sie regelrecht.«

»Geht vielleicht auf ein Hörtrauma zurück.«

»Stehen Sie auf der Leitung oder was?« Küps verlor die Geduld. »Wir suchen einen Psychopathen, der mit Geräten tötet, die für ihn Folterwerkzeuge und wahre Mordwaffen sind. Bitte, da haben Sie ihn!«

Plötzlich öffnete sich die Hintertür des Schwedenhäuschens. Nagengast trat ins Freie. Er ging zu einem kleinen Schuppen und kramte darin herum. Als er wieder auftauchte, trug er eine schwarze Latzhose, schwere Stiefel, Bauhelm, Schutzbrille und Lederhandschuhe. Er war kaum wiederzuerkennen.

»Was hat der vor?«, fragte Brandeisen.

»In dieser Verkleidung stattet er bestimmt seinen Opfern einen Besuch ab. Damit fällt er in Gärtnerkreisen gar nicht auf.«

»Wir müssen ihn stoppen, jetzt und hier, damit kein weiteres Unglück geschieht. Fünf Leichen sind selbst für Bamberg zu viel.« Während der Staatsanwalt sprach, hörte er das Knacken zerbrechender Zweige.

»Worauf warten wir dann noch?«, zischte Küps. »Zugriff!« Er stürmte los.

Den Zaun zu überwinden und sich durch die Hecke zu zwängen war leicht. Nagengast wandte den Kriminalern den Rücken zu, er war offenbar abgelenkt – von einer Gestalt, die sich durch die Büsche schlug.

Dann geschah vieles gleichzeitig.

Der Boden gab unter dem Kommissar nach, er landete in einer Art Fallgrube.

Brandeisen blieb an einer verborgenen Schlinge hängen und löste ein Fangnetz aus, das sich wie eine Zwangsjacke um ihn schlang. Doch damit nicht genug. An der Innenseite des Netzes waren Brennnesseln befestigt. Der Staatsanwalt bedeckte rasch sein Gesicht mit den Händen – zu spät.

In der Fallgrube wiederum befand sich ein Wespennest, Küps hatte es unfreiwillig zerstört. Den Insekten schien das gar nicht zu gefallen.

Und über allem lag der Klang eines wütend aufheulenden Motors. Ohne Zweifel stammte er von elektrischem Gartengerät.

Kräftige Arme hievten den Kommissar aus der Grube. Eine Dosis Haarspray – alter Anti-Wespentrick – vertrieb die ungnädigen Kerbtiere. Das Fangnetz lockerte sich und gab den Staatsanwalt nach einem längeren Entpackungsprozess frei.

Küps sah aus wie ein Streuselkuchen. Und Brandeisen hatte eine überaus gesunde Gesichtsfarbe. Die Köpfe der beiden waren auf Medizinballgröße angeschwollen, ihre Haut brannte wie Feuer.

Nagengast legte seine martialische Ausrüstung ab. Zum Schneiden der Hecke würde er an diesem Abend nicht mehr kommen. »Hätten Sie doch *ein* Wort gesagt!«

Aber nach Reden war den Ermittlern derzeit nicht zumute. Sie kühlten ihre malträtierten Schädel in je einer Regentonne. Als der Notarzt mit Cortisonspritzen eintraf, ging es allmählich wieder.

Der Doktor kümmerte sich auch um den Mann, der nach einem Schlag mit Nagengasts Drainagespaten die Engel singen hörte. Neben dem Besinnungslosen lag eine Motorsense. Es handelte sich um Wilfried Popp, einen stadtbekannten Rosenzüchter.

Inzwischen wimmelte das Grundstück von uniformierten Polizisten. Nagengast verteilte an alle Stamperl mit Bio-Zwetschger aus eigener Herstellung. Das hob die Moral.

Was war passiert?

Brandeisen und Küps waren in Fallen getappt, die Nagengast aufgrund der Morde an seinen Rivalen ausgelegt hatte, zum Schutz gegen Eindringlinge. Zur gleichen Zeit war der mutmaßliche Serienmörder in Aktion getreten, um Nummer sechs zu beseitigen. Anschleichen, abwarten, zuschlagen. Mit einer Motorsense hatte sich Popp Nagengast genähert – und die zahlreichen Nacktschnecken auf dem biergetränkten Rasen übersehen. Er war ausgerutscht, dann hatte ihn der Spaten getroffen.

Wie sich herausstellte, war Popp in der Vorrunde der Bamberger Gartenmeisterschaft ausgeschieden. Er setzte zu viel Technik ein: Zeitschaltuhren zur Bewässerung, automatisch gesteuerte Beschattungssegel, Rasenmäher-Roboter. Dass ihn die anderen übertrumpft hatten, konnte er nicht ertragen. Er wollte sich rächen.

Nach einer Weile kam er wieder zu sich. War es Trotz, Überheblichkeit oder akute Hirnerweichung, die ihn zu einem kompletten Geständnis veranlasste? Popp gab sämtliche Morde ohne Umschweife zu. »Die restlichen vier hätt ich auch noch erwischt«, spie er dem Kommissar am Ende seiner Suada entgegen.

»Und welche Mordwaffen hätten Sie dafür benutzt?«, fragte Brandeisen. »Sind Sie mit Ihren Männerspielzeugen nicht langsam durch?«

»Ich hab alles genau geplant. Für den nächsten hätt' ich einen Hochdruckreiniger genommen, dann einen elektrischen Astschneider und einen Zementmischer.«

»Einen Zementmischer?«, wunderte sich Küps.

»Sie wissen gar nicht, was es in einem Garten alles zu betonieren gibt. Und beim zehnten wär ich mit einem kleinen Bagger angerückt.«

»Warum dieser Aufwand?«

»Um ein Zeichen zu setzen!«, ereiferte sich Popp. »Für Ordnung und Sauberkeit. Damit der Ökoterror endlich aufhört. Gegen diesen Energiesparwahn hat ein gestandener Gärtner ja keine Chance.«

Inzwischen waren die Schutzpolizisten und der Notarzt wieder abgezogen. Nagengast wässerte seine Flaschentomaten.

Popp lullte Brandeisen und Küps mit seinen seltsamen Ansichten ein. Geschwächt, wie die beiden waren, ließ ihre Wachsamkeit nach. In einem unbeobachteten Augenblick sah er eine Gelegenheit zur Flucht. Er sprang auf und rannte zu einer auffällig lichten Stelle der Strauchherhecke. Schon bog er die Zweige zur Seite ...

»Obacht!«, warnte Nagengast.

Popp hatte es fast geschafft, als das erste Fangeisen zuschnappte. Er schlug hin – weitere Marderfallen wurden ausgelöst. Binnen Kurzem konnte er sich nicht mehr rühren. Seine Gliedmaßen befanden sich in einem festen und äußerst schmerzhaften Klammergriff. Er schrie Zeter und Mordio.

Der Kommissar und der Staatsanwalt schauten dem Schauspiel mit fachmännischem Interesse zu.

Dann bemerkte Küps eine Pflanze, die Popp platt getreten hatte. »Schauen Sie mal, Nagengast. Guter Heinrich. Wächst hier einfach so neben dem Borretsch.«

Nagengast eilte herbei. »Sie haben recht, Chenopodium bonus-henricus.« Er freute sich wie ein Kind. »Den päppel ich wieder auf.«

»Das bringt Pluspunkte für die Gartenmeisterschaft«, sagte Brandeisen.

Popps Flüche gingen in kleinlaute Bitten über. Schon besser.

Der Meisterfälscher

»Gefangener! Zeigen Sie sich!«

Mazuran fühlte sich müde, unendlich müde.

»Vortreten, hab ich gesagt! Ich will Ihr Gesicht sehen!«

Widerstand war zwecklos. Also aufstehen. Mühsam wie ein alter Mann. Dabei war er gerade mal vierzig. Trotz seiner früh ergrauten Haare.

Zur Zellentür schlurfen. Runterbeugen. Kopf durch die Klappe.

Prompt wurde ihm ein Knüppel unters Kinn gerammt. »Da haben Sie Ihr Prachtexemplar«, sagte der Wärter.

»Ich lebe noch, ihr Schweine!«, ächzte der Gefangene.

Der Druck auf sein Kinn wurde verstärkt. Darko Mazuran rang zähnefletschend nach Luft. Dann nahm er den Besucher wahr. Ein Hoffnungsfunke glomm in seinem Blick auf.

Staatsanwalt Brandeisen missfielen diese Umgangsformen. »Müssen Sie den Mann so hart anfassen? Das ist hier nicht Guantanamo.«

»Und auch keine Krabbelgruppe«, ergänzte der Wärter mit kaltem Lächeln. Dieser Paragrafenreiter kannte den Strafvollzug wohl nur vom Papier. »Mazuran hat schon zwei Ausbruchsversuche hinter sich. Das heißt Einzelhaft. Meinen Sie, wir packen so einen in Watte?«

»Schon gut«, schaltete sich Kommissar Küps ein. »Machen Sie den Gefangenen für die Überstellung nach Bamberg fertig. Wir fahren in einer Stunde los.«

Der Hochsicherheitstrakt der JVA Celle war in der Tat kein Erholungsheim. Eine ganze Kollektion von Gewaltverbrechern saß hier ein. Terroristen, Geiselnehmer, Serienmörder – was das Herz an schweren Jungs begehrte.

Doch Darko Mazuran hob sich von der üblichen Belegschaft ab. Er war ein Meisterfälscher. Druckplatten für Dollarnoten oder Euroscheine galten als seine leichteste Übung. Täuschend echte Reisepässe stellte er mit verbundenen Augen her. Und auch das eine oder andere Ölgemälde, das als verschollener Picasso oder Dalí versteigert worden war, stammte von ihm. Mazuran konnte quasi jede grafische Darstellung so genau kopieren, dass sie vom Original nicht zu unterscheiden war.

Und wie kam es, dass *Die Nadel*, wie dieser Virtuose der Kaltnadelradierung in Fachkreisen genannt wurde, in die Fänge der Polizei geraten war?

Genau das wollte Küps von Brandeisen wissen, als sie im Innenhof der JVA auf den Gefangenen warteten.

»Ganz einfach«, sagte der Staatsanwalt. »Mazurans letzter Auftraggeber hat ihn verraten. Ein kleiner Waffenhändler, der sich zu Höherem berufen fühlte. Bestellte Bundeswehrausweise der höchsten Sicherheitsstufe. Die Nadel lieferte beste Qualität, aber der Waffenhändler wurde bei einem Einbruchsversuch in das Munitionsdepot Zetel geschnappt.«

»Hat wohl sofort gesungen.«

»Schöner als Amsel, Drossel, Fink und Star zusammen. Mazuran wurde in seinem Atelier hochgenommen. Die Beweismittel reichten für eine Anklageliste von hier bis zum Mond.«

»Und er hat keinen seiner früheren Auftraggeber belastet?«, fragte der Kommissar. »Um einen Deal einzugehen?«

»Das würde gegen seine goldene Berufsregel verstoßen. Er hat nicht das Geringste ausgesagt. Schweigsame Fälscher leben länger.«

»Aber nicht besonders komfortabel. Einzelhaft in Celle stelle ich mir schlimmer vor als auf der Teufelsinsel.«

»Das könnte sich jetzt ja ändern.« Brandeisen rieb sich die Hände. »Wenn Mazuran bei dem Prozess in Bamberg auspackt, fällt seine nächste Haftprüfung rosiger aus. Und wir hätten mal wieder einen gelösten Fall. Wie Sie wissen, ist unsere Bilanz tendenziell eher unrühmlich.«

Küps nickte. Der Staatsanwalt hatte leider recht.

Endlich war es so weit. Mazuran wurde in Hand- und Fußfesseln zu einem gepanzerten Transporter geführt. Der Wärter gab ihm noch einen Tritt in die Kniekehle, bevor er ihn unsanft verfrachtete.

»Ihre Schließer haben eine Art …«, beschwerte sich Brandeisen beim Direktor, der sein festungsartiges Büro zu diesem Anlass verlassen hatte.

»Es heißt Justizvollzugsbeamte.« Die Stimme des Direktors war schneidend. »Schließer oder Wärter hören wir nicht so gern.«

»Mazuran ist auf seine Weise ein Genie. So jemanden behandelt man mit einem gewissen Respekt.«

»Er bekommt das, was er verdient. Nicht mehr und nicht weniger. Erklären Sie mir nicht meine Pflichten.« Der Direktor maß den Staatsanwalt mit einem Blick, den er sonst nur idealistischen Sozialarbeiterinnen angedeihen ließ. Nur ungern entließ er seinen begabtesten Häftling in die Obhut eines Juristen aus dem Süden. »Bringen Sie mir den Mann wohlbehalten zurück.«

Damit war das Gespräch beendet. Brandeisen und Küps stiegen in ihren Dienstwagen. Das haushohe Stahltor schwang langsam auf, sie folgten dem Transporter nach draußen. Es war ein nebliger Märztag, die Fahrzeuge tasteten sich vorsichtig voran.

»Eine Schande!«, wetterte Brandeisen. »Das ist so, als würde man Dürer in Ketten legen.«

»War der nicht auf dem Zehn-Mark-Schein?«, fragte Küps.

»Mazuran würde sogar Ihren Quadratschädel auf einer Banknote unterbringen, ohne dass es jemand merken würde. Der Mann hat etwas Besseres verdient als dieses niedersächsische Alcatraz.«

Am Thaerplatz bogen sie auf die Hannoversche Straße ein und nahmen die B 3 Richtung Autobahn. Küps konnte Brandeisens Unbehagen nachvollziehen. Aber er hatte auch Verständnis für den Celler Direktor. »Ist ja eigentlich eine Bagatelle, weswegen Sie Mazuran bei uns aussagen lassen wollen.«

»Eine Verschwörung gegen den Bamberger Einzelhandel nennen Sie eine Bagatelle?«

»Das ist noch gar nicht erwiesen.«

»Aber bald! Wussten Sie, dass die Nazis massenhaft falsche Pfundnoten produziert haben? Damit wollten sie die britische Kriegswirtschaft untergraben.«

»Hat ja wohl wenig gebracht.«

»Aber mit den City-Schexs ist es das Gleiche«, ereiferte sich Brandeisen. »Oder halten Sie es für einen Zufall, dass die Stadt damit kurz vor Weihnachten überschwemmt wurde?«

»Einkaufsgutscheine im Scheckkartenformat im Wert von zehn Euro.« Küps ließ den Transporter nicht aus den

Augen. »Selbst wenn die Dinger gefälscht wären – das juckt doch keine alte Sau.«

»Ich wundere mich über Ihre mangelnde Fantasie. Wenn plötzlich City-Schexs in sämtlichen Bamberger Briefkästen liegen, muss einen das stutzig machen. Da stellt sich doch die Frage: *Cui bono*?«

»Das hatten wir schon«, stöhnte Küps. Er kannte die Theorie des Staatsanwalts auswendig. Angeblich steckte hinter der City-Schexs-Inflation niemand Geringeres als Flammer, Inhaber dreier riesiger Einkaufszentren im Bamberger Umland. Diese sogenannten Malls waren vor ein paar Jahren förmlich aus dem Boden geschossen – harte Konkurrenz für die alteingesessenen Fachgeschäfte der Innenstadt. Zeitgleich hatten sich die Einkaufsgutscheine, die nur in Geschäften der City einzulösen waren, wie von Geisterhand vermehrt. Hatte sie jemand absichtlich in Umlauf gebracht?

»Flammer ließ die City-Schexs fälschen«, sagte Brandeisen. »Im Verdrängungswettbewerb ist ihm jedes Mittel recht.«

»Dann müsste es einer von Mazurans letzten Jobs vor dem Knast gewesen sein.«

»Bedenken Sie: Es gelang ihm, noch während des Polizeizugriffs Teile seiner Computerfestplatte zu löschen. Sicher waren da die Daten der City-Schexs drauf.«

»Oder Pornofilmchen.«

»Jedenfalls hat mir Mazuran ein Angebot gemacht, das ich nicht abschlagen kann«, sagte Brandeisen. »Er tritt als Belastungszeuge gegen Flammer auf. Wir werden ja sehen, was dabei herauskommt.«

Allmählich näherten sie sich der Stadtgrenze. Der Staatsanwalt wies Küps an, den Transporter über Funk anzuhalten.

»Was ist los?«, fragte der Kommissar.

»Wir holen Mazuran zu uns in den Wagen. Ich möchte mich mit ihm unterhalten.«

»Das ist gegen die Vorschriften.«

»Ich pfeife auf die Vorschriften! Diese Polizeistaatmethoden gehen mir gegen den Strich. Seit wann wollen Sie eine richterliche Anordnung sehen, wenn es um die Menschenwürde geht?«

Murrend tat Küps, wie ihm geheißen. Der Transporter fuhr rechts ran, Mazuran wurde herübergebracht, gefesselt auf die Rückbank neben Brandeisen gesetzt und angeschnallt. Dann machte sich der kleine Konvoi wieder auf den Weg. Sie folgten der B 3. Die Straße führte nicht mehr durch Ortschaften, sondern durch unbewohntes Brachland und kahle Äcker.

»Schade«, sagte der Meisterfälscher. »In dieser Blechkiste war's richtig gemütlich.«

»Zum Witzemachen haben wir Sie nicht reingeholt.«

»Was wollen Sie?«

»Reden«, gab Brandeisen zurück. »Über Flammer und die City-Schexs.«

»Feilen Sie noch an der Anklage?« Mazuran grinste wie jemand, der ein gutes Blatt auf der Hand hat und darauf wartet, dass ein anderer den Einsatz macht.

»Ich hoffe, Sie bleiben bei Ihrer Aussage.«

»Welche Aussage?«

Der Staatsanwalt wurde nervös. »Dass Sie von Flammer den direkten Auftrag erhalten haben, eine Druckvorlage für die City-Schexs-Karten herzustellen. Das haben wir doch so vereinbart.«

»Wirklich?«

»Spielen Sie nicht den Dummen«, grollte Küps.

»Sonst drehen wir wieder um, und Sie können in Ihrem Celler Loch verschimmeln.«

Die Fahrzeuge kamen zu einer langgezogenen Kurve, beiderseits erstreckte sich dichter Nadelwald. Plötzlich wurde der Transporter von einer Explosion in die Luft geschleudert.

Dem ohrenbetäubenden Knall folgten ein Feuerball und die Druckwelle. Küps bremste und riss das Steuer herum. Der Wagen stellte sich quer und kam zum Stehen. Vor ihnen tobte ein flammendes Inferno.

Mazuran fand die Sprache wieder. »Das galt mir. *Ich* hätte da drin sitzen müssen.«

Der Kommissar griff zum Funkgerät. Es wurde ihm von einer Kugel aus der Hand gerissen. »Verdammt!«

»Geben Sie Gas!«, rief Brandeisen. »Wir stehen unter Beschuss.«

Eine Maschinengewehrgarbe durchschlug die Windschutzscheibe und hinterließ ein hässliches Lochmuster. Zu hoch gezielt, aber nur knapp.

Küps drückte drauf. Zurück nach Celle.

»Nicht über die Bundesstraße, das ist eine Falle!« Brandeisen deutete auf eine Parkbucht. »Da lang!« Ein Waldweg zweigte kaum sichtbar ab.

Der BMW rumpelte durch die Botanik. Forstfahrzeuge hatten eine Schneise ins Gehölz geschlagen, es war eine holprige Fahrt. Nach hundert Metern wurde der Untergrund ebener, sie erreichten eine geschotterte Piste.

»Da will Ihnen jemand ans Leder«, sagte Küps.

»Flammer, ist doch klar.« Mazuran atmete schwer. »Das Schwein hat Großes vor. Der macht mit seinen Malls alles platt. Sabotiert jeden Versuch des Einzelhandels, Marktanteile zu behalten. Europaweit.«

Ein Polizeihubschrauber tauchte über den Baumwipfeln auf – Hilfe schien nahe. Ob man sie allerdings im Wald ausmachen konnte, war schwer zu sagen.

»Heißt das, wir sind gerade in den Strudel einer internationalen Verschwörung geraten?«, fragte Brandeisen hoffnungsvoll. Seit einer Ewigkeit sehnte er sich nach einer Verbrecherjagd von James-Bond-Format.

»Der Prozess in Bamberg wäre eine Riesenshow geworden«, erklärte Mazuran. »Wenn Sie wüssten, was *ich* weiß. Die Fälschung der City-Schexs war für Flammer nur der Anfang, eine Art Probelauf in der Provinz. Als Nächstes wären die Rabattmarken und Couponaktionen der konkurrierenden Supermarktketten dran gewesen. Dann die Bonusprogramme à la Payback, da will er Hacker drauf ansetzen.«

»Nervt ja auch alles ohne Ende«, meinte Küps und schaute in den Rückspiegel. »*Dieses* Bonusprogramm kann mir gestohlen bleiben.«

Eine Sidewinder-Rakete kam mit rasender Geschwindigkeit näher.

Glücklicherweise tauchte eine Jagdhütte am Wegesrand auf. Der Kommissar steuerte direkt darauf zu und machte in letzter Sekunde einen Schlenker.

Die Lenkwaffe verursachte einen fünf Meter tiefen Krater, worauf der BMW ein bisschen durchgerüttelt wurde. Dann ging die wilde Fahrt weiter.

»Nehmen Sie mir die Handschellen ab!«, flehte Mazuran. »Ich kann mich gar nicht richtig abstützen.«

Brandeisen wandte sich dem Kommissar zu. »Man hat Ihnen doch den Schlüssel ausgehändigt. Her damit!«

Küps bretterte durch den Wald. »Nie im Leben. *Die Nadel* hat zweimal versucht auszubrechen. Dem geb ich nicht mal den Zigarettenanzünder.«

»Denken Sie etwa, der ganze Feuerzauber dient nur dazu, unserem Gast zur Flucht zur verhelfen?«

»Wär möglich, oder?«

Mazuran stritt dies vehement ab. »Und das Risiko, dass es mich dabei erwischt? Sie spinnen doch!«

»Da vorn kommt ein Dorf«, sagte Brandeisen. »Nienhagen, wenn das Ortsschild nicht trügt.«

Hundert Meter vor den ersten Häusern erwartete sie eine Straßensperre. Ein Streifenwagen und ein Van blockierten die Fahrbahn. Uniformierte mit Helmen und kugelsicheren Westen waren dahinter in Deckung gegangen.

»Die sind aber von der schnellen Truppe«, wunderte sich Küps.

»Der Hubschrauber.« Brandeisen wies nach oben. »Vielleicht haben die Kollegen mit einem Anschlag gerechnet und standen schon Gewehr bei Fuß.«

»Der Gefängnisdirektor sorgt sich eben, dass mir etwas zustößt«, höhnte Mazuran. »Wollen Sie wissen, warum? Ich mache seine Steuererklärung, gebe ihm Börsentipps, frisiere die Bilanzen – das Rundum-Wohlfühlpaket. Von Haftverkürzung nach meiner Aussage in Bamberg hält der gar nichts.«

»Ein Skandal!«, entrüstete sich der Staatsanwalt. »Haben Sie dafür Beweise?«

»Ich kann ja mal versuchen, ein paar Unterlagen beiseitezuschaffen.« Doch es blieb keine Zeit für weitere Absprachen. Küps hielt vor der Straßensperre an.

Die Polizisten scheuchten alle Insassen mit viel Geschrei und vorgehaltener MPi aus dem Auto. Sie taten so, als drohe jede Sekunde ein weiterer Angriff.

Mazuran wurde in einen Streifenwagen befördert und sofort abtransportiert. »Wir sehen uns!«, rief er noch mit einem Augenzwinkern. Selbst in dieser brenzligen Situation bewahrte er seinen Humor.

»Das haben Sie ausgezeichnet gemacht, meine Herren«, lobte der Einsatzleiter. »Aber jetzt übernehmen wir. Die Sicherheit des Gefangenen ist nicht mehr gewährleistet. Wir bringen Mazuran zurück in die JVA. Versuchen Sie es ein andermal mit der Überführung nach … Bamberg, richtig?«

Küps stand unter Strom. »Unser Transporter wurde hochgejagt. Ich habe zwei gute Männer verloren. Man hat uns mit einem MG und einer Rakete beschossen. Wir befinden uns mitten in einem Scheißkrieg!«

»Schreiben Sie das alles in Ihren Bericht.« Der Einsatzleiter stieg in den Van. Ohne eine Antwort abzuwarten, gab der Fahrer Gas und brauste davon.

Der Hubschrauber drehte ab. Binnen Kurzem hatte sich die geballte Polizeipräsenz aufgelöst. Die fränkischen Kriminaler befanden sich allein auf weiter Flur.

Irgendwo quiekte ein Schwein.

»Das war ja eine rundum erfolgreiche Mission«, spottete Küps.

»Diesen Direktor knöpfe ich mir vor. Fühlt sich wohl wie ein Alleinherrscher in seinem kleinen Reich.« Brandeisen zupfte Glassplitter und einen Fussel von seinem schwarzen Anzug. »Wenn ich etwas hasse, dann ist es Größenwahn.«

»Und was jetzt?«

»Nach Celle. So leicht gebe ich mich nicht geschlagen.«

Sie stiegen in den BMW.

»Notfalls fordern wir ein Flugzeug für die Überführung an«, sagte Küps und wollte den Motor starten. Doch der Zündschlüssel fehlte.

Die beiden tauschten Blicke.

»Waren diese Polizisten eigentlich echt?«, fragte der Staatsanwalt.

»Mazuran hat uns ein Märchen nach dem anderen aufgetischt«, rekapitulierte der Kommissar.

»Ein Meisterfälscher.«

»Wie der Name schon sagt.«

Sie betrachteten noch eine Weile die menschenleere Straße. Irgendwann zockelte ihnen ein Traktor entgegen. Der Bauer stieg gemächlich ab und wollte wissen, ob sie abgeschleppt werden wollten.

»Haben Sie was von dem Rummel hier mitgekriegt?«, fragte Küps.

»Das war wieder ne Übung, nich?« Der Bauer musterte den BMW. »Ihr Wagen schaut ja schlimm aus.«

Was auch für die Bamberger Kriminalstatistik galt.

Die Nadel kam nie in der JVA Celle an.

Rezensentenschicksal

Der Hotelzimmerflokati sah aus wie eine Wiese des Grauens. So viel Blut hätte man im Körper eines *FAZ*-Rezensenten gar nicht vermutet. Er war mit einer Machete zerstückelt worden, nach einem Vortrag an der Bamberger Universität.

»Sein letzter Verriss, könnte man sagen.« Staatsanwalt Brandeisen überflog das Redemanuskript des Toten, das in dessen Schlund gesteckt hatte. »Obwohl ...«

»Irgendwelche Hinweise?«, fragte Kommissar Küps.

»Mehr als genug. Statten wir dem Täter einen Besuch ab.«

Auf dem Weg zur Villa des Bestsellerautors Hanspeter Hetzelein legte Brandeisen den Fall dar. Das Mordopfer hatte nämlich schon im Frühjahr Hetzeleins neuen Roman besprochen, und zwar äußerst positiv.

»Was ist daran so ungewöhnlich?«, wollte der Kommissar wissen.

»Hetzeleins Bücher sind nicht gerade *FAZ*-würdig. Auch das aktuelle Werk strotzt vor Sex und Gewalt. Es ist so oberflächlich wie eine Pfütze Erbrochenes. Dennoch war der Rezensent ganz aus dem Häuschen. Ich zitiere aus seiner gestrigen Rede: ›Dieses Meisterwerk wirkt vernichtend in seiner abgründigen Konsequenz. Eine Stoffmasse von geradezu halluzinatorischer Kraft, ein Kosmos albtraumhafter Fantasie. Hetzeleins monomanisches Genie überstrahlt die Gegenwartsliteratur.‹«

»Und?«, fragte Küps.

»Eine derartige Lobeshymne ist Gift für Hetzeleins Auflage. Das verzeihen ihm seine Hardcore-Fans nie.«

»Beifall von der falschen Seite?«

»Deshalb hat er den *FAZ*-Mann kleingehackt. Um seine Glaubwürdigkeit wiederherzustellen.«

Hetzelein ließ sich widerspruchslos abführen. Im Knast würde er seinen nächsten Erfolgsroman schreiben. Titel: *Massaker in Klagenfurt*. Er musste wirklich besser auf seinen Ruf achten.

Solo für den Staatsanwalt

Die verkrümmten Finger von Reinhold Sterzl hielten nur noch eine Spielkarte in der Hand: das Herz-Ass. Ein Cupido war darauf abgebildet, komplett mit Pfeil und Bogen und Flügelchen. Doch nicht die Liebe hatte er gebracht, sondern den Tod.

Eine Standuhr schlug zwölf. Ihr düster schnarrender Klang gab der Szenerie einen Rest Würde zurück, *memento mori* in einer schnelllebigen Zeit.

Die herumwuselnden Polizisten hielten kurz inne. Dann setzten sie ihre Arbeit fort: Tatortsicherung.

Es ging drunter und drüber in dem Wintergarten über der Regnitz. Fünf Personen hatten dort am vierten Adventssonntag Schafkopf gespielt. Der Raum lag im ersten Stock. Er besaß drei holzgetäfelte Wände, zwei Türen zu angrenzenden Zimmern und eine Fensterfront zum Alten Rathaus.

Für den schönen Ausblick hatten die Kartelbrüder vermutlich keinen Sinn gehabt. Denn Sauspiele, Geier, Wenz, Farbsoli und wie die Spielvarianten alle hießen waren im Zentrum ihrer Aufmerksamkeit gestanden. Bis Sterzl vor aller Augen das Zeitliche gesegnet hatte, just als er im Begriff gewesen war, seine letzte Karte auszuspielen.

Ein Fall für Kommissar Küps und Staatsanwalt Brandeisen.

Vom Gastgeber alarmiert waren die beiden Ermittler sogleich angerückt und hatten Verdacht geschöpft. Tod beim Schafkopf, wenn die Gefühle überschwappten und neben Ruhm und Ehre auch noch Geld auf dem Spiel stand? Wer da nicht Mord in Betracht zog, sollte als »dem Deppen sein Spion« gelten, wie es der Volksmund respektlos formulierte.

Brandeisen hatte eine umfassende Todesermittlung angeordnet. Während der Befundaufnahme und Spurensicherung mussten Sterzls Mitspieler draußen in einem Polizeibus warten.

»Was für ein Jammer!« Küps meinte damit weniger das plötzliche Ableben Sterzls als vielmehr dessen Glück im Unglück. »Der Mann hatte ein Bombenblatt.«

»Das müssen Sie mir erklären«, sagte Brandeisen.

Der Kommissar prüfte die Stiche, die an Sterzls Platz lagen. »Sterzl hatte sieben Läufer und das Herz-Ass. Das war ein Solo-Du.«

»Solo-Tout, meinen Sie wohl. Kommt aus dem Französischen. Man muss dabei alle Stiche machen.«

»So was ist ganz selten. Damit hätte er voll abgesahnt.«

»Wie hoch waren die Einsätze?«

Küps warf einen Blick auf die Plastikschalen, in denen die Kartenspieler ihre Münzen aufbewahrten. »Zehn, zwanzig, dreißig, würd ich sagen.«

»Euro?«

»Cent.«

Brandeisen runzelte die Stirn. »Da kommen wohl kaum Summen zustande, die einen Mord motivieren.«

»Aber die Stimmung steigt«, sagte Küps. »Und die Gewaltbereitschaft, vor allem bei einem Solo wie diesem.« Er wies auf die leeren Krüge und ein angezapftes Bierfass. »Ich weiß, wovon ich rede.«

»Das bisschen Alkohol enthemmt doch nicht dermaßen.«

»Vielleicht lagen hier größere Beträge auf dem Tisch. Stapelweise Geldscheine, von denen wir nichts wissen.«

»*Noch* nichts wissen«, ergänzte der Staatsanwalt. »Sie denken nach, mein Freund. Eine äußerst lobenswerte Sache.«

Der Kommissar nahm solche Bemerkungen mit Langmut. Er schrieb sie Brandeisens Faible für berühmte Detektivfiguren zu. »Fünf Leute in einem Raum, und einer macht die Grätsche«, überlegte er laut. »Wenn Sie mich fragen, funktioniert das nur mit Gift.«

»Es würde mich nicht im Allermindesten überraschen. Leider gelten derlei Fälle in unseren handlungsfixierten Zeiten als langatmig und verkopft.« Brandeisen seufzte vernehmlich. »Ich aber sage: Endlich bietet sich uns *une occasion idéale*, das klassische kriminologische Dreieck abzuschreiten: Gelegenheit, Mittel und Motiv. Ich fühle mich ... wie Pythagoras!«

Küps hielt sich selbst schon für altmodisch, doch an Brandeisen glaubte er manchmal einen muffigen Gruftgeruch wahrzunehmen. »Wer hat *Sie* bloß zum Leben erweckt?«

»Also Gift«, konstatierte der Staatsanwalt. »Da es an Hinweisen auf eine mechanische Tötung fehlt und ich einen Unfall oder Selbstmord für ebenso unwahrscheinlich wie unbefriedigend erachte, soll das unsere Ausgangshypothese sein.«

Sie untersuchten Sterzl mit methodischer Sorgfalt. Führten längere Unterhaltungen mit dem Rechtsmediziner und den Kriminaltechnikern, die überall in der Wohnung nach toxischen Stoffen fahndeten. Der Fotograf machte die üblichen Aufnahmen. Schließlich wurde die Leiche abtransportiert. Bierfass, Krüge und alle in der Wohnung befindlichen Flüssigkeiten, Nahrungsmittel etc. gingen ins Labor. Sterzls Mitspieler wurden einer Leibesvisitation unterzogen – ohne brauchbares Ergebnis: Sie führten weder größere Geldsummen mit sich (Motiv) noch ein Fläschchen Blausäure (Mittel). Doch was hatte das schon zu besagen? Es war ein kalter Wintertag, und der Nebel, der aus dem Fluss stieg, breitete seinen Schleier über diesen Mord, der, kaum dass er begangen war, schon höchst rätselhaft erschien.

Der Staatsanwalt bat die Verdächtigen herein. Wortreich entschuldigte er sich für die Unannehmlichkeiten. »Aber mit Ihrer Hilfe werden wir den Täter ausfindig machen. Setzen Sie sich bitte genau an die Plätze, die Sie vor einer Stunde innehatten. Dann fangen wir mit der Rekonstruktion des Verbrechens an.«

»Verbrechen?«, wunderte sich Knoblach. Ihm gehörte das Haus an der Regnitz, er hatte die Polizei verständigt. »Das war doch ein Herzinfarkt.«

Brandeisen konsultierte die Liste, die einer von Küps' minderbegabten Schergen angefertigt hatte. *Knoblach: Studiendirektor, Lehrer für Latein und Religion, Besserwisser,* stand da. Aha. »*Non liquet,* Herr Magister. Die Sache ist noch nicht geklärt.«

»*Media in vita in morte sumus*«, entgegnete Knoblach. »Mitten im Leben sind wir des Todes. Dass es ausgerechnet Sterzl erwischen musste, ist bedauerlich. Aber mit seiner Gesundheit stand es letzthin nicht zum Besten. Ich fürchte, die Aufregung bei seinem Solo war zu viel für ihn.«

»Das werden wir ja sehen«, erwiderte Brandeisen lahm. Ihm fiel keine passende Replik ein.

»Was soll das Gequatsche?«, fragte ein Mann mit einer großtuerischen Maximilian-Schell-Frisur. Zusätzlich hatte er sich einen weißen Künstlerschal um den Hals geschlungen. Offenbar handelte es sich um *Weber: Schauspieler, aufbrausend, ungeduldig.* »Fangen wir an. Sonst sitzen wir noch morgen früh hier.«

Er nahm Platz. Widerstrebend taten es ihm die anderen gleich. Sterzls Stuhl blieb frei.

Brandeisen trat mit Küps beiseite. Auf der Liste standen noch *Röckelein: Chorleiter, still, merklich alkoholisiert* sowie *Pfeffermann: Chemiker, übernervös.* Der Staatsanwalt deutete auf Pfeffermanns Namen und schrieb *MITTEL* dahinter. Für einen Chemiker war es ein Leichtes, Gifte aller Art zu beschaffen.

Dann wandte er sich wieder den Verdächtigen zu und wollte von ihnen wissen, wie es überhaupt zu dieser schicksalhaften Zusammenkunft gekommen sei.

»Wir kennen uns alle noch aus der Schulzeit«, sagte Weber. »Abi '82. Für eine Weile hatten wir uns aus den Augen verloren. Studium, Beruf, Familie, wie das eben so ist. Aber irgendwie haben wir es geschafft, in Bamberg zu bleiben oder dahin zurückzukehren. Das Städtchen lässt einen nicht los.«

»Wie wahr.« Brandeisen nickte gütig.

»Seit zwei oder drei Jahren spielen wir wieder regelmäßig Schafkopf, um der alten Zeiten willen.«

»Seit 2009«, präzisierte Knoblach. »Wir treffen uns alle paar Monate in loser Folge. Nur der vierte Adventssonntag ist fix.«

»Ein fester Termin, lange im Voraus bekannt?«, hakte Brandeisen nach.

»*Rem acu tetigisti*«, sagte Knoblach.

»Musst du immer den Schulmeister raushängen lassen?« Pfeffermann stöhnte auf. »Reinhold ist hier an diesem Tisch gestorben, vor gerade mal anderthalb Stunden. Und du tust so, als ob nichts gewesen wär.«

»Wir müssen Haltung bewahren«, gab Knoblach kühl zurück. »Dieses Betroffenheitstheater nützt niemandem etwas.«

»Theater?« Der Chemiker, ein noch jung wirkender Mann in Jeans und Fleecejacke, wurde wütend. »Wenn hier jemand eine Show abzieht, dann bist das ja wohl du.«

»Genau«, pflichtete ihm Röckelein bei. Er hatte die Hände über seinem Kugelbauch gefaltet und stierte glasig in die Runde. »Gibt's noch ein Bier?«

»Überlasst die Schauspielerei lieber mir«, witzelte Weber, »ich bin wenigstens vom Fach.«

»Aber für ein großes Haus hat's nie gereicht.« Knoblachs Stimme troff vor Spott. »Deine Ideen sind in der Provinz ranzig geworden.«

Weber schenkte ihm einen langen Blick. »Ich glaube, es hat den Falschen getroffen. Deine Schüler müssen dich hassen wie die Pest.«

»Schlimmer als unsere alten Pauker«, sagte Pfeffermann. »Dabei hat er früher dauernd blau gemacht, um im *Greifenklau* zu zocken. Na ja, die schärfsten Kritiker der Elche ...«

»Darf ich schlichten, meine Herren?« Brandeisen hob die Hände. »Bevor Sie sich unter dem Eindruck dieses tragischen Todesfalls völlig zerstreiten, würde ich gern mehr über den Verstorbenen erfahren. Was war Sterzl denn von Beruf?«

»Finanzbeamter«, antwortete Knoblach.

»Er hat uns gelegentlich bei der Steuererklärung geholfen«, fügte Pfeffermann hinzu, worauf Weber ihn giftig ansah.

»Steuererklärung, so so.« Der Staatsanwalt konnte sich ein Lächeln nicht verkneifen. »Das heißt, Sterzl wusste ziemlich viel über Ihre Vermögensverhältnisse. Einnahmen und Ausgaben, Nebeneinkünfte ...«

»Da gibt's nicht viel zu wissen«, blaffte Weber.

»Wir werden es von den Behörden trotzdem erfahren. Und wenn wir auf ein Mordmotiv stoßen ... Oder auf mehrere ...«

Das brachte Leben in die Bude. Die Schafkopfler entrüsteten sich lautstark. Was erdreistete sich Brandeisen? Jederzeit könne man sämtliche Finanzen offenlegen, man habe nichts zu verbergen.

Dass unversteuerte Einkünfte, auch wenn es sich um größere Beträge handelte, kaum einen Mord an einem Freund rechtfertigten, war den Kartelbrüdern anscheinend keine Erwähnung wert. Es sei denn, der steuerlich bewanderte Sterzl hatte aus seinem Wissen Kapital schlagen wollen und sich als Erpresser versucht.

Küps verschaffte sich mit Donnerstimme Gehör. »Wer hat eigentlich ausgesetzt?«

Allgemeine Ratlosigkeit. Was sollte das nun wieder?

»Mit Sterzl waren Sie zu fünft«, fuhr der Kommissar fort. »Beim Schafkopf braucht man aber nur vier Mitspieler.«

»Das habe ich noch gar nicht bedacht«, entfuhr es Brandeisen.

Küps erklärte es ihm. »Der Fünfte ist der sogenannte Brunzkartler. Er springt ein, wenn einer der anderen mal auf Toilette muss. Oder es wird reihum gewechselt, und der Geber setzt immer aus.«

»Wir haben nicht nach jedem Spiel, sondern nach jeder Runde gewechselt«, sagte Pfeffermann. »Wenn ich mich richtig entsinne, hat Knoblach ausgeteilt und Röckelein war mit Aussetzen dran.«

»Ganz sicher?« Küps maß diesem Umstand offenbar Bedeutung bei.

Die anderen stimmten murrend zu.

»Ich hab mich noch gefreut, dass wir endlich neue Karten hatten.« Pfeffermann nahm eine, die noch aufgedeckt auf dem Tisch lag: das Herz-Ass. Der Cupido hielt seinen Pfeil nach wie vor schussbereit in der Hand.

»Der ganze Satz wurde ausgetauscht?«, fragte Küps. »Warum denn das?«

»Die alten Karten waren total verklebt und abgegriffen.« Knoblach öffnete die Schublade des Tisches und holte ein Paket gebrauchter Spielkarten heraus. Er fächerte sie auf und demonstrierte, wie stumpf sie waren. »Hier. Damit kann man nicht mehr richtig spielen. Sterzl hat das gehasst, da war er eigen. Deshalb hat er auch vorgeschlagen, neue zu verwenden.«

»Und von wem stammt das neue Kartenspiel?«

»Das habe ich besorgt«, sagte Knoblach. »Dafür ist immer der Gastgeber zuständig.«

»Befand es sich auch in der Schublade?«, bohrte Küps.

»Wo denn sonst?«

»In Zellophan eingeschweißt?«

»Natürlich, wofür halten Sie mich?«

Brandeisen verglich die gebrauchten Karten mit den neuen. Grün-Sieben, Schellen-Unter. Ja, der Unterschied in der Griffigkeit war deutlich zu spüren. Die Rückseite zierte ein klassisches Karomuster. Er trug keine Einmalhandschuhe wie Küps, als jener noch mit der Überprüfung von Sterzls Stichen beschäftigt gewesen war. Doch was sollten Fingerabdrücke auf Spielkarten schon beweisen?

»Ich weiß nicht, ob das wichtig ist«, begann Weber. »Aber vor dem letzten Spiel haben wir eine Pause gemacht.«

»Eine Pause?« Küps hob die Stimme. »Und das sagen Sie erst jetzt?«

»Na und?«

»Das ist ja wie in der Schule. Man muss Ihnen alles aus der Nase ziehen.«

»Sie sind der Polizist«, gab Weber zurück und blickte zu den anderen, die jedoch schwiegen.

»Schildern Sie diese Pause bitte, wenn es keine Umstände macht.« Brandeisen schlug einen honigsüßen Ton an und zwinkerte Küps zu. Zuckerbrot und Peitsche waren hier angezeigt.

»Wir gingen mal raus.« Weber zuckte mit den Schultern. »Ich hab auf dem Balkon eine geraucht.«

»Ich auch«, sagte Pfeffermann.

»Ich war aufm Klo«, meinte Röckelein.

»Und ich habe Brötchen aufgeschnitten.« Knoblach wies in Richtung Küche. »Die wollten wir gegen Mitternacht essen, mit angemachtem Tatar. Leider ist es dazu nicht mehr gekommen. Ihre Kollegen haben das Rinderhack dann mitgenommen.«

»Und Sterzl?«, fragte Küps.

»Ist sitzen geblieben.« Knoblach überlegte für einen Moment. »Aber das kann ich nicht mit Sicherheit sagen. Vielleicht ist er aufgestanden und ins Wohnzimmer rübergegangen. Er stöberte gern mal in meinen Büchern.« Ein hohles Lachen. »Berufskrankheit, nehme ich an.«

»Sterzl blieb also vermutlich allein zurück«, fasste Küps zusammen. »Nach der Pause hat Knoblach die neuen Karten ausgeteilt. Und dann hat Sterzl sein Solo gespielt. Stimmt das so?«

Alle nickten.

»War Sterzl ein guter Schafkopfspieler?«

Erneut ungläubige Blicke.

»Soll ich die Frage wiederholen?«, fragte Küps.

Zögerlich kamen Antworten. Sterzl sei meistens unter den Verlierern gewesen. Er machte immer wieder Anfängerfehler, riskierte zu viel – oder zu wenig. Hielt seine Trümpfe zurück und verpasste die fetten Stiche.

»Wenn der den Eichel-Ober hatte, sparte er ihn bis zuletzt auf«, ließ sich Pfeffermann vernehmen. »Wie oft hab ich ihm gesagt: Zieh den Alten gleich, dann fängst du Trümpfe vom Gegner. Aber bei seinem letzten Solo war das egal, da spielte er von oben runter. Wir hatten nicht den Hauch einer Chance.«

Der Kommissar konnte das gut nachvollziehen. In jeder Kartelrunde gab es ein blindes Huhn, das manchmal ein Korn fand. Doch auf lange Sicht wog das die verlorenen Spiele nicht auf. »Und wer ist bei Ihnen normalerweise auf der Gewinnerseite?«

Aller Augen richteten sich auf Knoblach.

»Unser Lateiner zieht uns regelmäßig die Hosen aus.« Pfeffermann machte eine argwöhnische Miene. »Was der für Blätter bekommt, das geht auf keine Kuhhaut!«

»Alles nur eine Frage der Mathematik und der Logik«, wehrte sich Knoblach. »Ich zähle bei jedem Stich mit.«

»Der Teufel scheißt halt immer auf den größten Haufen.« Röckelein rülpste. »Gibt's noch ein Bier?«

»Was soll das eigentlich?«, schaltete sich Weber ein. »Wer von uns soll Sterzl denn umgebracht haben? Und womit?« Er warf sich in Positur. »Langsam kommt es mir so vor, als wollten Sie uns so lange aufs Glatteis führen, bis sich der Täter irgendwie verrät. Doch das wird nicht geschehen. Weil keiner von uns der Täter ist! Sterzl hatte eine Herzattacke oder einen Schlaganfall, Ende, aus! Wir sind doch nicht bei Shakespeare.«

Das Klingeln eines Handys unterbrach seinen kleinen Monolog. Der Kommissar ging ran und verschwand in die Küche.

Bleiernes Schweigen senkte sich über den Spieltisch. Keiner der Anwesenden wollte zu erkennen geben, was er über den Fall dachte. Finstere Blicke wurden gewechselt. Das Misstrauen griff um sich wie eine Seuche.

Nach einer Weile kam Küps zurück. Er sammelte alle Karten ein, den alten und den neuen Satz, verließ erneut den Raum und nahm Brandeisen zur Beratung mit.

»Das war ein Anruf vom Labor«, begann er. »Wir lagen richtig, Sterzl wurde vergiftet.« Er streifte Einmalhandschuhe über. »An Daumen und Zeigefinger wurden Rückstände eines Kontaktgifts entdeckt. E 605 beziehungsweise Parathion, in hoher Konzentration.«

»Ist das in Deutschland nicht verboten?«, fragte Brandeisen.

»Im Ausland kriegen Sie das ohne Probleme. Mit entsprechendem Sachverstand kann man es aber auch selber herstellen.«

»Der Chemiker! Pfeffermann.«

»Wäre das nicht zu offensichtlich?«

»Sie meinen, der Täter wollte den Verdacht auf ihn lenken?«

»Kompliment, Sie können ja kombinieren«, stichelte Küps. »Dann kommen Sie auch sicher drauf, auf welchem Weg das Gift in Sterzls Kreislauf gelangt ist.«

Der Staatsanwalt drehte die Augen zur Decke. »Machen Sie es nicht so spannend.«

»Nicht so hastig, das ist kompliziert.« Küps breitete die Spielkarten auf dem Küchentisch aus. »Finger weg!«, zischte er, als Brandeisen die Hand ausstreckte. »Überlassen Sie das mir.«

Vorsichtig untersuchte er den neuen Satz, bevorzugt die Trümpfe. »Das Gift brauchte eine gewisse Zeit, um zu wirken. Sterzl zog bei seinem Solo von oben runter, wie wir gehört haben. Schauen wir uns mal den Alten an.« Doch die Oberfläche des Eichel-Obers war glatt wie ein Kinderpopo. »Wäre auch etwas auffällig, den höchsten Trumpf zu zinken«, sagte Küps. »Als Nächstes kommt der Grün-Ober. Aha! Da haben wir ja den Übeltäter!«

Brandeisen beugte sich vor. Eine Ecke der Spielkarte wies eine Knickspur auf.

»Sehen Sie die winzigen Bruchstellen im Lack?«

»Lack?«

»Jede handelsübliche Spielkarte ist mit einem dünnen Lack versehen, damit die Druckfarben grifffest bleiben. Der Lack dieser Spielkarte wurde mit einem hochwirksamen Gift versetzt. Sobald man die Karte knickt, tritt das Gift aus. Wenn man nur damit in Berührung kommt, ist das schon gefährlich. Aber wenn das Mordopfer den Finger befeuchtet, wie das manche Leute beim Blättern in einer Zeitschrift tun oder beim Kartenspielen, dann nimmt der Körper das Gift schneller und hochdosiert auf.«

»Raffiniert!«, jubelte Brandeisen. »Von so einem Fall habe ich noch nie gehört.«

»Kennen Sie nicht den *Namen der Rose*? Am Schluss frisst dieser alte Knacker doch vergiftete Buchseiten.«

»Sie lesen Eco?«, staunte der Staatsanwalt.

»Ich meine den Film.«

»Der *Name der Rose* mag ja ganz nett sein, aber das ist Fiktion. Unsereins sieht der harten, unbarmherzigen Realität ins Auge. Mit dieser tödlichen Spielkarte schreiben wir Kriminalgeschichte.«

»Wir? Bescheidenheit ist eine Zier.«

»Doch weiter kommt man ohne ihr.«

»Besser, Sie waschen sich mal die Hände.«

Der Staatsanwalt begriff. An einer der Karten, mit denen er vorhin unbekümmert hantiert hatte, klebte E 605. Da hatte er wohl mehr Glück als Verstand gehabt. Er tat, wie ihm geheißen.

Küps schnüffelte an dem Grün-Ober, gemeinhin *der Blaue* genannt. »Diese Bombe ist noch scharf – aber das Gift ist fast geruchlos. Mit einem Amateur haben wir es nicht zu tun.«

»Sondern mit einer Intelligenzbestie, die gern mit ihrem Wissen prahlt – Knoblach! Er hat die Karten besorgt, mit Gift präpariert und auch noch ausgeteilt.« Brandeisen war wieder voll bei der Sache. »Vermutlich ist er recht fingerfertig und beherrscht einen Trick, damit der gezinkte Ober genau dort landet, wo er will.«

»Stopfen nennt man das.«

»Deswegen gewinnt er so häufig! Knoblach spielt falsch, das hat er schon in seiner Jugendzeit gelernt. Normalerweise gibt er sich selbst die Trümpfe. Heute hat Sterzl sie abbekommen.« Brandeisen grinste selbstgefällig. »Wir sind hier fertig, Gerhard. Der Geber ist der Mörder.«

»Könnte was Wahres dran sein«, sagte der Kommissar. »Allerdings muss er beim Markieren des Grün-Obers höllisch aufgepasst haben, um nicht mit dem Gift in Berührung zu kommen. Vielleicht hat er die Karte von hinten umgeknickt und dabei nur die unbehandelte Rückseite angefasst.«

»Und Pfeffermann ist sein Komplize. Den haben Sie vorhin zu leichtfertig von der Liste gestrichen, mein Lieber. Der Chemiker und der Lehrer stecken unter einer Decke. Mittel und Gelegenheit – voilà! Beides wie im Lehrbuch vorhanden!«

»Fehlt noch das Motiv.«

»Das hat Weber. Deswegen war er so reizbar, als ich in puncto Steuerhinterziehung auf den Busch geklopft habe. Mit seiner Schauspielerei bringt er bestimmt eine Menge außerplanmäßiger Gagen auf die Seite. Davon wollte Sterzl was abhaben, worauf Weber die anderen zum Mord anstiftete. Knoblach und Pfeffermann haben beim Finanzamt wohl auch Dreck am Stecken. Sterzl wusste zu viel und wurde zu gierig – drei gegen einen, wie bei einem Solo.«

»Und Röckelein?«, fragte Küps.

»Den haben die anderen abgefüllt, damit er nichts mitkriegt. Möglicherweise hat Knoblach ihm sogar Schnaps ins Bier getan, so angeschlagen, wie der wirkt.« Brandeisen richtete sich zu voller Körpergröße auf und sah sich im Gerichtssaal schon die Höchststrafe fordern. »Wir haben es mit einem ausgeklügelten Mordkomplott zu tun!«

Der Kommissar grübelte eine Weile über den Karten. »Das haben Sie sich fein ausgedacht«, sagte er schließlich. »Aber wir brauchen Beweise für Ihre Theorie. Und deswegen sind wir hier noch lange nicht fertig.«

»Leider.« Brandeisen nickte bekümmert. »Können wir die drei nicht in Arrestzellen werfen und ein bisschen schmoren lassen? Dann nehmen wir sie uns einzeln vor.

Mit entsprechendem Nachdruck sollte dabei doch das eine oder andere Geständnis herausspringen, oder?«

»Das ließe sich eventuell abkürzen.« Küps hegte einen ganz anderen Verdacht, der sich nach dem Telefonat erhärtet hatte. Knoblachs bewegte Vergangenheit spielte dabei eine entscheidende Rolle. Allerdings musste er den Staatsanwalt irgendwie bremsen. »Was halten Sie davon, den Täter an Ort und Stelle zu entlarven?«

»*In situ*?«, fragte Brandeisen hocherfreut.

Küps hatte eine Ader des Staatsanwalts getroffen: seinen Sinn für Dramatik.

Es dauerte nur eine knappe halbe Stunde, bis die jungen Kollegen alle nötigen Requisiten herbeigeschafft hatten: vier nagelneue Schafkopfblätter mit schwarz-weißem Karomuster auf der Rückseite. Außerdem erhielt Küps eine weitere Information, die sein kriminalistisches Puzzle vervollständigte.

»Ein Probespiel?« Weber warf die Arme in die Luft. »Was soll das bringen? Diese Tragikomödie hat Überlänge!«

»Nur zur Veranschaulichung«, wiegelte Brandeisen ab. »Damit wir uns besser vorstellen können, was sich bei Sterzls Solo zugetragen hat. Dann sind Sie erlöst, meine Herren.«

»Von mir aus«, brummte Röckelein. Er trank Flaschenbier wie seine entnervten Kartelbrüder. Irgendwie musste man die Zeit ja überbrücken.

Pfeffermann gähnte und nickte gequält.

»Wenn's der Wahrheitsfindung dient«, meinte Knoblach. Schien es nur so, oder war er tatsächlich ein wenig bleich um die Nase?

»Also dann.« Küps setzte sich auf Sterzls Stuhl. »Wir nehmen das Blatt, mit dem zuletzt gespielt wurde.«

»Wer gibt?«, fragte Weber.

»Immer die Sau, die wo grunzt«, erwiderte Pfeffermann reflexhaft.

»Ich bin der Geber, ich setze aus.« Der Kommissar schaute alle der Reihe nach an. »Alles klar? Verhalten Sie sich wie sonst auch. Ich habe die Karten gut durchgemischt.«

»Gemischt?«, fragte Knoblach kleinlaut. »Bekommen wir nicht dieselben wie bei ... Reinholds Solo?«

»Das ist nicht so wichtig.« Brandeisen nahm hinter dem Lehrer Aufstellung.

Küps teilte aus. In Vierergruppen landeten die Karten bei den Spielern. Weber saß vorne, dann kam Pfeffermann. Auf der anderen Seite des Tisches folgten Röckelein und Knoblach.

»Das Gleiche noch mal«, sagte Küps und gab pro Person vier weitere Karten aus. Dann stand er auf und postierte sich hinter Weber und Pfeffermann. Es galt, jeden genau zu beobachten.

Weber wartete, bis alle acht Karten auf einem Haufen vor ihm lagen. Er deckte sie nacheinander auf – und verzog das Gesicht. Kein gutes Blatt. Küps hatte ihm neben dem Grün-Ober nur ein kleines Herz als Trumpf gegeben und jede Menge niedrige Fehl. Dennoch ordnete er den Ober ganz links ein und fuhr sich mit den Fingern nachdenklich über den Mund.

Pfeffermann war der Nächste. Auch er bekam einen Blauen auf die Hand, mit einem leichten Knick an der Ecke, wie er mit Befremden feststellte. Da sich der Eichel-Ober und jede Menge Schellen von der Ass bis zur Sieben hinzugesellten, meinte er, einen schönen Geier spielen zu können.

Wie leicht die Menschen doch zu beeinflussen sind, dachte Küps. Er hatte gemerkt, wie Pfeffermann bei dem Grün-Ober stutzig geworden war: Der Knick hatte ihn irritiert. Doch er schwieg dazu.

Auf Brandeisens Tischseite hob Röckelein die Karten so langsam auf, als habe ihm sein Rausch Zeitlupe verordnet. Knoblach war deutlich schneller und freute sich über den Blauen und fünf weitere Trümpfe, dazu noch die Eichel-Ass und eine kleine Grün. Perfektes Sauspiel. Dass der Blaue mit einem Knick versehen war, störte ihn nicht im Geringsten. Er leckte sich den Zeigefinger, um den Ober damit anzufassen und in sein Blatt einzureihen.

Nur Röckelein machte Schwierigkeiten. Nachdem er seine Karten kurz angehoben hatte, ließ er sie mit spitzen Fingern wieder los. Auch er hatte einen Grün-Ober bekommen, mit einem Knick in der Ecke.

»Wollen Sie Ihre Karten nicht aufnehmen?«, fragte Brandeisen. »Die beißen nicht.«

»Schwachsinn! Ich mach da nicht mit.« Der kleine Mann mit der randlosen Brille klang überraschend nüchtern, seine Augen funkelten. »Müssen wir uns das gefallen lassen?«

»Stell dich nicht so an«, sagte Pfeffermann. »Die Kriminaler werden schon ihre Gründe haben.«

»Genau«, sprang Weber ihm bei. »Wir machen jetzt noch dieses Spiel, und dann können sich Holmes und Watson hier die Köpfe zerbrechen, bis sie schwarz werden.«

»Ich hab genug vom Schafkopfen! Nie mehr rühr ich irgendwelche Karten an nach dem, was mit Sterzl passiert ist.« Röckelein verschränkte die Arme. »Ihr könnt mich nicht dazu zwingen.«

»Woher dieser plötzliche Sinneswandel?« Knoblach gab wieder den Oberlehrer und zwar einen von der sadistischen Sorte, mit untrüglichem Gespür für Ausflüchte und Schwachstellen. »*Vitam impendere vero*, heißt es bei Juvenal. Das Leben in die Waagschale werfen für die Wahrheit. Gib dir einen Ruck!«

Keine Reaktion.

»Wir warten ...« Knoblach trommelte mit den Fingern auf die Tischplatte. »Es ist doch nur ein Spiel. Völlig harmlos.«

Wenn er seine Schüler auf diese Weise triezte, machten die armen Teufel in der Regel keinen Mucks. Anders Röckelein, bei dem alle Dämme brachen. »Ein harmloses Spiel?«, fuhr er Knoblach an. »Für meine Schwester war es das garantiert nicht.«

»Deine Schwester?«

»Du erinnerst dich wahrscheinlich gar nicht mehr an sie. Würde dir ähnlich sehen. Erst jemandem das Leben ruinieren, und dann alles verdrängen und vergessen.« Er schloss die Augen, wie er es tat, wenn er eine Schumann-Romanze dirigierte oder wenn sein Mädchenchor im Advent *Wie schön leuchtet der Morgenstern* sang. »Aber *ich* erinnere mich an Magda«, fuhr er leise fort. »An ihr helles Lachen, ihr offenes Wesen. An ihren Sopran – so klangrein! Und an ihre aufgeschnittenen Pulsadern, als ich sie in der Badewanne fand.«

Knoblach blickte betreten zur Seite. »Keine Ahnung, wovon er spricht.«

»Es war kurz nach dem Abi.« Röckeleins Stimme wurde brüchig, als er die Vergangenheit heraufbeschwor. »Magda war hoffnungslos verliebt in einen Jungen aus unserem Jahrgang. Er hieß Jochen. Die beiden wollten sich am Mozarteum in Salzburg bewerben, eine große Zukunft lag vor ihnen. Doch Jochen hatte einen Makel: Er spielte für sein Leben gern Schafkopf. Eines Abends wurden die Einsätze immer höher. Jochen verlor. Er trank und verlor mehr. Trank mehr und verlor noch mehr. Bis er irgendwann seinen Golf setzte, auf ein Rot-Solo. Normalerweise hätte er mit dem Blatt haushoch gewinnen müssen. Es ging aber knapp daneben. Und warum? Weil einer seiner Mitspieler zufällig alle Trümpfe gegen ihn hatte. Zufällig, bei so einem entscheidenden Spiel! Jochen verlor das Solo und sein Auto. Er schmiss den Zündschlüssel auf den Tisch und wollte heim, verließ die Kneipe. Dann fiel ihm ein, dass er den Ersatzschlüssel mit Klebeband unter dem Kotflügel befestigt hatte. Also stieg er noch ein letztes Mal in seinen Golf und gab Gas. Er unterschätzte die Geschwindigkeit und landete am nächsten Baum. Totalschaden, Jochen war sofort tot.«

Keiner sagte etwas. Das einzige Geräusch kam von der Standuhr. Unheilvoll tickte der alte Kasten vor sich hin.

»Magda wurde nicht damit fertig, überhaupt nicht. Ein paar Wochen später folgte sie Jochen in den Tod.«

Küps nickte. Das hatten ihm auch seine Leute übermittelt.

»Hab ich gar nicht gewusst«, sagte Pfeffermann. »Ich meine, nicht die genauen Hintergründe. Nur dass Magda starb.«

Weber schüttelte den Kopf. »Nach dem Abi haben wir uns in alle Himmelsrichtungen zerstreut. Ich hab erst viel später davon erfahren.«

»Aber jetzt sitzen wir wieder zusammen.« Röckelein sprach langsam und betonte jedes Wort, wie ein Richter vor der Urteilsverkündung. »Ich habe eine Zeit lang abgewartet. Beobachtet. Genau hingeschaut. Knoblach hat damals schon beschissen. Und er bescheißt immer noch.« Für einen Augenblick beherrschte er sich, für einen kurzen, bitteren Moment, in dem Jahre zu verstreichen schienen. Dann platzte es aus ihm heraus. »*Dich* sollte es erwischen! Du hast die Karten gezinkt, den Blauen, wie immer. Mit dieser billigen Knicknummer. Warum hat Sterzl den Grün-Ober gekriegt und nicht du?«

»Damit Reinhold auch mal gewann«, sagte Knoblach prompt. »Manchmal muss man dem Glück auf die Sprünge helfen.«

Er hatte nichts verstanden.

Röckelein stürzte sich auf ihn.

Brandeisen und Küps brauchten eine Weile, bis sie es schafften, die beiden zu trennen. Nicht zu spät und nicht zu früh. Knoblach fehlte ein Zahn, sein Auge begann zuzuschwellen.

Wie sich herausstellte, hatte Röckelein das fabrikneue Kartenspiel in der Schublade gegen ein präpariertes ausgetauscht, irgendwann im Laufe des Abends, als niemand am Tisch gesessen war. An das Gift war er über einen von Pfeffermanns Mitarbeitern gelangt – Geld ebnet viele Wege, auch die Pfade der Rache. Mit Sterzl hatte der Falsche dran glauben müssen.

Röckelein ließ sich widerstandslos abführen. Der Kommissar fuhr mit ihm zur Polizeiinspektion und brachte den geständigen, aber ungebrochenen Mann in eine Zelle. Dann ging er in sein Büro und genehmigte sich zusammen mit Brandeisen ein spätes Fall-gelöst-Bier.

»Dumm gelaufen.«

»Ich finde das unfair«, sagte der Staatsanwalt. »Immer erfährt man erst in letzter Sekunde von diesen Herzschmerz-Geschichten.«

»Ist doch ein starkes Motiv.«

»Aber man kann nicht richtig mitraten.«

Küps lächelte wissend. »Beim Schafkopf müssen Sie auf den achten, der das Maul hält. Der hat meistens das stärkste Blatt.«

»Werden Sie jetzt philosophisch?«

»Und derjenige, der pausenlos labert, brütet bestimmt eine Schweinerei aus.«

»Knoblach … ein wirklich unangenehmer Zeitgenosse.« Brandeisen wurmte immer noch, dass der Lehrer ihn mit lateinischen Sinnsprüchen ausgestochen hatte.

»Können wir dem Pauker nicht Beihilfe anhängen? Schließlich hat *er* ja Sterzl die tödliche Karte gegeben.«

»Ohne zu wissen, dass sie vergiftet war.«

»Trotzdem, Strafe muss sein«, meinte Küps. »Der darf doch nicht einfach davonkommen.«

»Sie haben ein etwas eigenwilliges Rechtsverständnis.«

»Meine Nichte hat Knoblach in Latein, fünfte Klasse. Die Klausuren sind so schwer, da würden selbst Sie mit den Ohren schlackern. Wenn nicht irgendwas passiert, lässt er die Kleine mit Karacho durchfallen.«

»Sagen Sie das doch gleich, Gerhard!« Der Staatsanwalt war voller Mitgefühl. »Das müssen wir natürlich verhindern.«

»Und wie?«

Brandeisen dachte scharf nach. »Ein paar Wochen Untersuchungshaft sollten durchzukriegen sein, bis diese Sache mit dem Grün-Ober forensisch geklärt ist. Außerdem muss ich noch einige Gutachten anfordern und Termine mit den Sachverständigen machen, das dauert eine Weile. Heutzutage hat ja niemand mehr Zeit.«

»Ich bin auch total überlastet«, sagte Küps und nahm einen kontemplativen Schluck von seinem Bier.

»Danach lässt sich Knoblach bestimmt für den Rest des Schuljahres beurlauben, wegen Burnout.«

»Jede Vertretung ist besser als dieser Schleifer!«

Schlussendlich fiel Brandeisen die passende Redewendung dazu ein: »*Docendo discimus.* Durch Lehren lernen wir.«

Wasser des Lebens

Brandeisen betrachtete sein Pint *Skull Splitter* und dachte an Küps. Ob dieses Starkbier mit einem Alkoholgehalt von immerhin 8,5 Prozent dem Kommissar schmecken würde?

Er nahm einen Schluck und verzog das Gesicht. Das Bierbrauen hatten die Schotten nicht erfunden, so viel war sicher. Doch er wusste sich zu helfen. Rasch trank er einen Whisky mit Raucharomen hinterher, *Highland Park* von einer örtlichen Destillerie. Wie durch Zauberei verwandelte sich der Geschmack in seinem Mund. Was zuvor an verwesenden Cocker Spaniel erinnert hatte, wurde nun abgemildert zu einem sensorischen Erlebnis, bei dem man fast an Rauchbier dachte, jene Brauspezialität, die Brandeisen schmerzlich entbehrte.

Zufrieden lehnte sich der Staatsanwalt zurück. Er saß in einem Pub auf Orkney, einer Inselgruppe im Norden Schottlands, meerumschlungen, sturmumtost. Mächtige Klippen gab es hier, grüne Weiden und wortkarge Bewohner. Für eine ganze Woche hatte er in dem Fährhafen Stromness Quartier bezogen, gemeinsam mit Kommissar Küps, seinem treuen Ermittlungspartner. Die beiden nahmen an einem Programm teil, das dem Erfahrungsaustausch zwischen europäischen Strafverfolgungsorganen diente. Mit dem abgelegenen Orkney hatte die Bamberger Delegation ein besonderes Los gezogen. Denn wie sich herausstellte, wollte niemand dorthin. Die Inseln galten als stinklangweilig.

Tatsächlich erwiesen sich sechs der sieben Besuchstage als relativ ereignisarm. Küps begleitete seine schottischen Kollegen bei der Ermittlungsarbeit. Die Delikte umfassten Trunkenheitsfahrten, Vandalismus und Schlägereien. Den nervenzerfetzenden Höhepunkt stellte ein Vergiftungsfall dar: Westfälische Touristen beklagten sich nach dem Verzehr mehrerer *kippers* über Magenkoliken. Sie hatten die geräucherten Heringe in Unkenntnis der Landessprache zum Frühstück bestellt. Küps griff schlichtend ein. Nach der Überlassung einer Kiste Gratiswhiskyproben auf Kosten des Orkney Islands Council gaben die hässlichen Deutschen Ruhe.

Brandeisens Pensum war leichter zu bewältigen. Er hielt jeden Tag einen zweistündigen Vortrag über »Das Vokabular fränkischer Serienmörder in Analogie zum Wortgebrauch schottischer Viehdiebe«. Die konsekutive Schulungsreihe war leider nur schwach besucht, obwohl der Staatsanwalt phonetische Mitmachübungen eingebaut hatte. Doch die Interaktion erschöpfte sich jedes Mal in einem langgezogenen »Ay!« – die regionale Entsprechung des oberostfränkischen »Eieiei!«. Fazit: Der Schotte war noch lakonischer als der Franke.

Danach war Brandeisen immer zu ausgedehnten Wanderungen aufgebrochen, um im Dauerregen die spröde Schönheit des Archipels zu erkunden und hernach von den landesüblichen Getränken zu kosten. So auch am siebten, dem letzten Tag. Und da er glaubte, seiner Pflicht auf Orkney Genüge getan zu haben, degustierte er Bier- und Whiskysorten, als gäbe es kein Morgen.

Es war 4 p. m. Im Kamin glomm ein Kohlenfeuer. Außer einem alten Mann, der friedlich an einem Fensterplatz döste, war Brandeisen der einzige Gast.

Er stand auf, um sich am Tresen einen weiteren Drink zu holen. Janet, die Barkeeperin, hatte schon sechzig raue Winter auf dem Buckel, ein kantiger Typus, der selbst durstigste Hafenarbeiterhorden mit einem einzigen Blick zur Räson bringen konnte. Brandeisens steifes Juristengebaren, sonst eher abschreckend, weckte ihre mütterlichen Instinkte. Sie empfahl ihm einen 18 Jahre alten *Highland Park*. Der sei noch viel besser als der 12- und der 15-jährige, die er bereits probiert hatte, und jeden Penny wert.

»Nicht nur das. Diese Abfüllung ist etwas Besonderes«, fügte sie beim Einschenken hinzu. »Ich kenne den Brennmeister.«

»Wirklich?« Der Staatsanwalt stellte sich auf das übliche Gerede von per Hand gemälzter Gerste und Reifung in spanischen Sherryfässern ein.

»Dieser Whisky stammt aus einem Fass, das unter dem Schutz eines Brownies stand.« Janet schaute ihn bedeutungsvoll an. »Wissen Sie, was das ist?«

»Vom *Angels' Share* habe ich schon gehört«, gab Brandeisen zurück. Er meinte damit den Anteil des Whiskys, der im Laufe der Lagerung durch die Fasswand verdunstet. Die Schotten sprachen scherzhaft vom Schluck der Engel, den man nach der Reifezeit von der ursprünglichen Whiskymenge abziehen müsse.

»Auf Orkney gibt's keinen *Angels' Share*. Hier verdunstet nichts im Fass, dafür ist es zu kalt.«

»Aha.«

»Und Brownies sind keine Engel. Vielleicht so was Ähnliches.« Sie blickte sich argwöhnisch um und begann zu flüstern. »Wenn Brownies jemandem besonders zugetan sind, können sie sehr hilfreich sein. Sie räumen über Nacht das Zimmer auf, erledigen Hausarbeiten und so weiter.«

»Nett von ihnen«, spottete Brandeisen.

»Aber manchmal treiben sie Schabernack. Und wenn man sie nicht für voll nimmt, sind sie ganz schnell beleidigt. Dann werden sie bösartig.«

»Besser, die kleinen Kerlchen halten sich von mir fern. Sonst gibt's eine Anklage wegen groben Unfugs.«

Janets Handy klingelte. Nach den ersten Sätzen – es ging wohl um den Biervorrat – kam sie hinter dem Tresen hervor. »Bin gleich wieder zurück.« Damit verschwand sie ins Hinterzimmer.

Brandeisen schmunzelte über den naiven Aberglauben. Brownies waren anscheinend Hausgeister, eine Variante der Heinzelmännchen. Drollig, diese Schotten! Er begab sich zurück an seinen Tisch und schwenkte den Whisky im Glas. Der Duft war sensationell: Heidekraut, Torffeuer und vieles andere mehr.

Er nahm einen Schluck. Der Geschmack hielt, was der Geruch versprach, er war sogar noch intensiver. Man konnte die Orkneys regelrecht auf der Zunge spüren: karge Vegetation, Seen und Moore, grenzenloser Himmel.

Noch ein Schluck. Jetzt war ein wenig Salz zu erschmecken, als habe auch das Meer sein Scherflein zu diesem Whiskywunder beigetragen. Und Honig. Wo kam der denn her?

Der dritte Schluck brachte Eiche- und Sherrytöne zum Vorschein, Vanille, Karamell, Malz. Brandeisen sah ein Gerstenfeld vor sich, das golden im Abendlicht wogte.

Das Zeug war einmalig. Nur sein Glas war schon wieder leer. Und das Feuer im Kamin war fast heruntergebrannt.

Brandeisen stand auf. Ah, wie der Whisky die Glieder durchströmte! Janet hatte noch im Hinterzimmer zu tun, also machte er sich nützlich. Er nahm drei große

Kohlebrocken aus dem Eimer und legte sie auf die Glut. Den Graubart am Fenster kümmerte das wenig. Mit dem Kinn auf der Brust schlummerte er weiter wie ein betagter König, der von untergegangenen Reichen träumte.

War es ein Windstoß, der durch den Kamin fuhr, oder einfach nur Zufall? Ein Funke sprang hoch und versengte die Haut auf Brandeisens Handrücken. »Verdammt!«, rief er. »Verdammt! Verdammt!«

Plötzlich schien es ihm, als flimmerte die Luft für einen Augenblick. Und ein fernes Geräusch war da auch. Kicherte draußen auf der Victoria Street ein Mädchen, das gerade von der Schule heimkam?

Dann war wieder alles wie zuvor.

Seltsam, fand Brandeisen. So viele Biere hatte er doch gar nicht getrunken, vielleicht drei oder vier, in seinen glorreichen Jugendtagen war das ein Klacks gewesen. Musste am Whisky liegen.

Er setzte sich wieder, blätterte in seinem Reiseführer und entdeckte einen Artikel über *Highland Park*. Ein gewisser Magnus Eunson hatte die Destillerie 1798 gegründet, auf einem Hügel namens High Park. Die Umgebung war für die mystischen Hinterlassenschaften von Kelten und Wikingern bekannt. Und sie lag weit weg vom Festland – perfekt, um illegal Whisky zu brennen. Eine launige Anekdote rankte sich um diese Pionierzeit: »Wenn sich ein Steuereintreiber zum High Park verirrte, war er schon von Weitem zu sehen, sodass Magnus Eunson genug Zeit blieb, seinen Whisky zu verstecken. Angeblich half ihm dabei ein Kirchenältester und verwahrte den Schwarzbrand unter der Kanzel.«

Brandeisen gähnte. Er schwelgte gern in der Vergangenheit. Auf Orkney ging das fast wie von selbst.

Alles verschwamm vor seinen Augen – – –

Was, wie? Er schreckte hoch.

Das Feuer drohte zu verlöschen. Schlaftrunken nahm er den Schürhaken und stocherte in der Glut herum.

Ein markerschütternder Schrei ließ ihn herumfahren. Es war Janet. Sie stürmte auf ihn zu und riss ihm den Schürhaken aus der Hand. »Seid Ihr des Teufels?«, herrschte sie ihn an. »Was hat Euch der alte Crannog getan?«

Im Schädel des Greises klaffte ein Loch. Sein Blut bildete eine Pfütze auf der Sitzbank und tropfte langsam zu Boden.

»Aber ...« Brandeisen verschlug es die Sprache.

»Ihr habt ihn erschlagen!«

»Das war ich nicht!«

»Wer denn sonst? Oder wollt Ihr behaupten, dass der Übeltäter gerade das Weite gesucht hat?«

»Warum sprechen Sie so seltsam?«, wunderte sich der Staatsanwalt. Janets Worte klangen in seinen Ohren wie eine altertümliche Version des Englischen, mit skandinavischem Einschlag. Ungewöhnlich war aber vor allem, dass er dieses Idiom nicht nur verstand, sondern offenbar auch selber benutzte. Und schien das Pub nicht geschrumpft zu sein? Aus dem schmucken kleinen Lokal war unvermittelt eine von Talglampen erleuchtete Lasterhöhle geworden.

Er sollte keine Antwort bekommen. Die streitbare Janet zog ihm mit der Kohlenschaufel eins über.

Sternchen, Schwärze, wieder Sternchen. Nach einer Weile kriegte er mit, wie ihn kräftige Arme auf einen Karren zerrten. Dann versank er in einen traumlosen Schlaf – – –

Brandeisen fand sich in einem feuchten, düsteren Loch wieder. Sein Schädel brummte. Er versuchte sich zu orientieren.

Die Wände waren von Schimmel bedeckt, auf dem Steinboden wuchs Moos und noch einiges mehr. Es gab ein winziges Fenster, durch das Lichtstrahlen hereinfielen, bewehrt mit einem klobigen Gitter. Die Tür war mit Beschlägen verstärkt und wirkte so, als sei sie seit Jahren nicht mehr geöffnet worden.

Er trug ein sackartiges Gewand, seine Füße waren nackt.

Eine hauskatzengroße Ratte schnupperte an seinen Zehen. Sie fragte sich wohl, welchen Leckerbissen sie als Erstes in Angriff nehmen sollte.

Brandeisen kreischte wie seine Tante Theophilia, wenn sie eine Maus auch nur in der Nähe wähnte, und zog die Füße an. Das ging nicht so einfach – sein linkes Bein war mit einer eisernen Schelle an der Wand festgekettet.

Die Ratte wählte den großen Zeh.

Gerade als sie herzhaft zubeißen wollte, wurde sie von einem Blitzschlag getroffen, der ihre Barthaare verbrutzelte. Es sah aus wie eine Wunderkerze, die kurz aufleuchtete und wieder verlosch.

»Schleich dich, Gevatter!«, ertönte ein hohes Stimmchen.

Das Nagetier gab quietschend Fersengeld.

Brandeisen staunte nicht schlecht. Ein Männlein baute sich vor ihm auf, etwa drei Fuß hoch, nicht höher als ein Barriquefass. Es trug einen schwarzen Frack mit Rüschenhemd, die langen, spindeldürren Beine steckten in gelben Kniebundhosen. Auf dem Kopf saß eine

Mütze, die als Scotch Bonnet bekannt war, aus kariertem Wollstoff mit einer Bommel in der Mitte. Sein Gesichtsausdruck war so verschmitzt-verschlagen wie bei einem Kobold.

»Von wegen Kobold! Brownie heißt das!« Wieder gab es eine Funkenentladung. Sie entfuhr einem knorrigen Knüppel, den das Männlein wie einen Zauberstab schwang, und versengte Brandeisens Fußsohle.

»Autsch!«

»Wer nicht hören will, muss fühlen!«

Der Staatsanwalt kapitulierte vor dieser Fülle an Absonderlichkeiten. Er kam wohl nur mit Fragen weiter. »Wo bin ich?«

»Im Knast. Sieht man doch, oder?«

»Und warum?«

»Warum wohl? Du hast dich über mich lustig gemacht – über mich, Baraballie Fearchara o' High Park! Nachdem du meinen Whisky getrunken hast! Wie undankbar ist das denn? Dafür musst du büßen.«

Brandeisen begriff rein gar nichts. Doch das Brownie las seine Gedanken, als würde er sie laut aussprechen.

»›Anklage wegen groben Unfugs‹ – so hast du das doch ausgedrückt. Also bitte, tu dir keinen Zwang an! Leg los!«

»Das war … nur so dahingesagt.«

»Man sagt NICHTS nur so dahin, nicht in meiner Gegenwart. Deshalb stehst jetzt DU unter Anklage.«

»Und weswegen?«

»Bist du weich in der Birne? Du hast Crannog ins Jenseits befördert. Dafür machen sie dich einen Kopf kürzer.«

»Wegen Mordes?« Brandeisen konnte es nicht fassen. »Aber ich war's nicht.«

»Erzähl das mal dem Richter. Der Fall liegt klar auf der Hand: Im Suff wurde dir dein verpfuschtes Leben bewusst. Blinder Jähzorn ergriff dich, und weil sonst keiner da war, hast du dem schlafenden Alten mit dem Schürhaken eine neue Frisur verpasst.«

»Erstens stimmt das nicht, und zweitens zählt das höchstens als Totschlag.«

»Was du nicht sagst, Klugscheißer! Ich schau mir jedenfalls mit Vergnügen deine Hinrichtung an. Soll heute Abend stattfinden, da ist das Licht immer so stimmungsvoll. Du hast noch knapp zwei Stunden.«

»Hinrichtung?« Brandeisen ging das alles ein bisschen zu schnell. »Gibt es keine Gerichtsverhandlung?«

»Sicher. Wird aber nicht lange dauern.«

»Ich muss mich doch verteidigen! Diese Vorwürfe sind ... haltlos!«

»Genug geschwatzt. Viel Spaß noch, Herr Staatsanwalt.« Das Brownie klopfte mit dem Knüppel dreimal auf den Boden und verschwand in einem Funkenwirbel.

Brandeisen schaute belämmert. Was um Himmels willen war hier los?

Kurz darauf öffnete sich die schwere Tür, und ein Mann in einer grauen Robe kam herein, gefolgt von zwei Wachen mit Wikingerhelmen.

»Es ist so weit. Ich bin Pater Mungo.«

»Hyperion Freimund Brandeisen, Staatsanwaltschaft Bamberg.«

»Du sprichst in Rätseln, mein Sohn. Möchtest du getauft werden, bevor du vor deinen Schöpfer trittst?« Der Pater lächelte wie ein Autoverkäufer. »Ich kann das nur wärmstens empfehlen. Christen sterben unbelasteter als Heiden, mehr im Einklang mit sich selbst. Wenn du noch rasch die Beichte ablegst, kommst du bloß ins Fegefeuer. Du bereust doch deinen Mord?«

»Das ist alles ein fürchterliches Missverständnis«, fing Brandeisen an.

Mungo seufzte. »Dann eben Hölle.«

Die Wachen befreiten den Delinquenten von der Fußkette und bugsierten ihn unsanft zur Zellentür.

»Wo bin ich überhaupt, Pater? Helft mir auf die Sprünge, ich leide unter Gedächtnisschwund.«

»Der Teufel hat dich in seinem Würgegriff. Sag dich von ihm los, dann fühlst du dich gleich besser.«

»Na gut, ich sage mich los.«

Pater Mungos Miene hellte sich auf. »Du bist im Verlies der Kathedrale des Heiligen Magnus, in Kirkjuvagr.«

Kirkjuvagr ... Damit musste Kirkwall gemeint sein, dachte Brandeisen, die größte Stadt auf Orkney. »Sorry, aber der Teufel hat mir auch das Zeitgefühl geraubt. Welches Jahr schreiben wir?«

»1139. Noch Fragen?«

»Was kommt jetzt?«

»Jarl Rognvald Kale Kolsson verurteilt dich zum Tode. Aber keine Angst, du wirst nicht gekreuzigt oder gevierteilt. Dich erwartet ein sauberer Hieb mit dem Richtschwert. Ich hoffe, der Henker hat es gut angeschärft. Leider ist er dem *uisge beatha* verfallen.«

Uisge beatha – das hatte Brandeisen schon irgendwo gelesen. Ach ja, es bedeutete »Wasser des Lebens«. Eine Frühform des Whiskys, unrein und weit entfernt von dem fachkundig gebrannten Stoff späterer Zeiten.

Er wurde in eine rauchgeschwärzte Mehrzweckhalle gebracht. Jarl Rognvald sprach hier einmal im Monat Recht – zu seinem Leidwesen, denn als waschechter

Norweg vergnügte er sich lieber mit seinen zahlreichen Frauen und Sklavinnen. Aber Dienst war Dienst, und Schnaps war Schnaps, und irgendwie musste er sein Reich ja zusammenhalten. Es umfasste die Orkney- und Shetlandinseln und war ihm erst nach lästigen Familienstreitigkeiten zugefallen. Von der Christianisierung hielt er viel. Er plante sogar eine Kreuzfahrt nach Jerusalem – aus der gerne ein Raubzug werden durfte.

Nach ein paar harmlosen Strafsachen, die mit der Abtrennung von Ohren, Händen oder anderen Gliedmaßen geahndet wurden, kam Brandeisen an die Reihe.

Auch Jarl Rognvald sprach dem *uisge beatha* zu und war schon sichtlich angeheitert. Unter dem Tisch stand ein Zuber für seine flüssigen Ausscheidungen, die immerhin noch genug Alkohol enthielten, um als Seelentröster an die Armen ausgegeben zu werden.

»Mord in einer Schänke?«, krakeelte er los. »Seit wann befassen wir uns hier mit Kinkerlitzchen?«

Pater Mungo widersprach und legte dem Fürsten den mutmaßlichen Tathergang nahe. Dass der alte Crannog friedlich geschlummert hatte, als er massakriert worden war, gab den Ausschlag.

»Nichts gegen Tote bei einem ehrlichen Streit unter Männern, da wird eben mal fester hingelangt«, meinte Jarl Rognvald. »Aber im Schlaf – das geht zu weit.«

»Wie lautet Euer Richtspruch?«, fragte Pater Mungo.

»Rübe ab! Wegen grober Unsportlichkeit.«

»Einspruch!« Der Staatsanwalt ergriff das Wort. Das war bei Hofe normalerweise nicht vorgesehen, doch beflügelt von der quasijuristischen Atmosphäre gewann Brandeisen seine Autorität zurück. Sein selbstbewusstes Auftreten, obwohl im Büßerhemd, ließ den gesamten

Saal verstummen. »Ich fordere eine reguläre Verhandlung. Nach der Verlesung der Anklage darf ich dazu Stellung nehmen. Anschließend erfolgt die Beweisaufnahme durch Zeugenaussagen, Sachverständigengutachten und so weiter.«

»Es gibt eine Zeugin«, warf Pater Mungo ein. »Janet, die Gastwirtin.«

»Schön, soll sie aussagen.« Brandeisen fühlte sich in seinem Element. »Als Nächstes haltet Ihr Euer Plädoyer und ich meines. Wir stellen Anträge auf Bestrafung oder auf Freispruch. Das letzte Wort hat der Angeklagte, also ich. Danach zieht sich das Gericht in Person von Jarl Rognvald zur Urteilsfindung zurück.«

»Warum das?«, fragte Pater Mungo.

»Um alles noch mal zu überdenken, bevor das Urteil verkündet wird – mit ausführlicher Begründung, versteht sich. Und das Urteil wird erst rechtskräftig, wenn es weder die Staatsanwaltschaft noch die Verteidigung anzweifeln. Dafür bleibt eine Woche Zeit.« Brandeisen beendete seinen Crash-Kurs in Sachen Rechtspraxis und blickte triumphierend in die Runde.

Jarl Rognvald runzelte die Stirn. Dann sagte er: »Egal, Rübe ab.«

Die Wachen schickten sich an, Brandeisen abzuführen.

»Zieht wenigstens mildernde Umstände in Betracht, Euer Ehren! Wegen Alkoholeinfluss.«

»Alko-was?«

»Der Genuss dieses *uisge beatha* hat meine Steuerungsfähigkeit eingeschränkt. Ich war nicht mehr Herr meiner Sinne.«

Jarl Rognvald ließ sich einen neuen Steinkrug reichen, nahm einen Schluck und spuckte angewidert aus. Potztausend, schmeckte das torfig! Hatte er wieder mal Fusel erwischt? Diesen Skoten war nicht zu trauen. Wahrscheinlich nahmen die zum Brennen Moorleichen und Schlimmeres.

Er griff nach seiner Streitaxt, schnappte sich den Mundschenk und machte ihm mit einem schwungvollen Streich den Garaus.

»Ich verstehe, was du meinst«, sagte er zu Brandeisen. »Bei einem schlechten Krug *uisge beatha* kann einem schon mal der Geduldsfaden reißen.«

Die Überreste des Mundschenks wurden aus der Halle entfernt – Blut ging aus dem Sandsteinboden immer so schwer raus.

Brandeisen witterte seine Chance. »Ich wüsste ja, wie sich die Qualität dieses Getränks verbessern ließe …«

»So? Na, da bin ich ganz Ohr.« Jarl Rognvald befahl den Wachen innezuhalten.

Der Staatsanwalt erklärte, was er sich über die Whiskyherstellung angelesen hatte. Über das Mälzen des Getreides, das Schroten, Maischen und die Gärung, über das zweifache Destillieren und das Lagern in Eichenfässern. Vielleicht brachte er dadurch den Lauf der Geschichte durcheinander, doch das war momentan sekundär.

Jarl Rognvald nickte. »Hört sich vernünftig an. Habt Ihr Euch alles gut eingeprägt, Pater Mungo?«

»Jedes Wort.« Der Priester realisierte, wie wertvoll das Know-how dieses merkwürdigen Delinquenten war. »Ich weise die Haus- und Hoflieferanten an, entsprechend zu verfahren. Schon bald könnt Ihr Euch an edelstem Gerstenbrand delektieren.«

Brandeisen räusperte sich. »Freut mich sehr, dass ich eine Hilfe sein konnte. Wie wär's mit einer Begnadigung?«

Schallendes Gelächter. Jarl Rognvald wusste einen guten Witz zu schätzen. »Komiker! Leider kann ich keine Ausnahmen machen.«

»Aber –«

»Führt ihn ab! Und beeilt euch, das Volk wartet schon. Man muss dieses Pack bei Laune halten. Sonst proben die noch den Aufstand.«

Brandeisen wurde zur Richtstätte gebracht. Der Jarl und sein Gefolge kamen hinterdrein und nahmen in der Loge Platz. Kirkjuvagr platzte aus allen Nähten. Spontan fanden sich zahlreiche Skoten, ein paar Pikten und jede Menge Nordmänner ein, niemand wollte sich das Spektakel entgehen lassen. Trommler, Pfeifer und Trompeter spielten auf, Bier wurde ausgeschenkt. Kurzfristig angesetzte Enthauptungen besaßen den Reiz einer Überraschungsparty.

Auf dem Blutgerüst war ein massiver Stuhl angebracht, feststehend, mit praktischen Lederschnallen. Die Wachen sorgten dafür, dass der Verurteilte eine für alle sichtbare Position einnahm. Dann zogen sie sich taktvoll zurück wie 835 Jahre später Assistentin Beate beim Großen Preis.

Brandeisen blickte auf die johlende Menge. Schöne Bescherung!

Ein allzu bekanntes Männlein spazierte herbei und grinste über beide Ohren. »Kurzer Prozess. Hab ich doch gesagt!« Es kniff ihn in die Wange. »Netter Versuch, das mit dem Whisky. Hat nur nichts genutzt.«

Der Staatsanwalt fragte sich, warum das Brownie so unbekümmert neben ihm stand und keiner es wahrnahm.

»Unsichtbar«, sagte es und deutete auf seinen Stab. Ein bläuliches Glimmen ging davon aus und hüllte es in eine Art Aura. »Nur du kannst mich sehen. Es ist so leicht, den Leuten was vorzumachen. Bei dir hat's ja auch geklappt.«

»Was hat bei mir geklappt?«

»Suggestion! Dass du Crannog umgebracht hast.« Verschlagenes Kichern. »Ach, das weißt du ja noch gar nicht. Der alte Zausel ist eigentlich nur gestolpert, als er zum Pullern rauswollte. Voll gegen den Kaminsims geknallt! Das mit dem Schürhaken war gelogen.«

»Ein Unfall? Und wieso erfahre ich das erst jetzt?«

»Wär doch schade, wenn du unwissend stirbst«, ätzte das Brownie. »Ich wünsche fröhliches Dahinscheiden.« Es trat beiseite und harrte der Dinge.

Unter tosendem Beifall erklomm der Henker das Blutgerüst. Er roch nach einem ganzen Spirituosenladen und hatte mächtig Schlagseite. Seine mit Augenlöchern versehene Kapuze war ein bisschen weit geschnitten, er musste sie immer wieder zurechtzupfen.

»Zu viel *uisge beatha* erwischt?«, fragte Brandeisen.

»Sonst häll-st du den Job gar nich aus.« Fachmännisch befingerte Hamish Raghnall Sinclair, genannt »Ham the Ram«, den zu durchhackenden Nacken. Kaum Muskeln, Wirbel wie ein Kälbchen. »Entspann dich, Kumpel. Kein-n Mucks, dann tut's gar nich weh.«

Ein gewisses Lallen war unüberhörbar.

Brandeisen überlegte fieberhaft. Wenn das Brownie ihn Jahrhunderte in die Vergangenheit versetzen konnte, musste es auch einen Weg zurück geben. Wie war er überhaupt ins 12. Jahrhundert gelangt? Durch einen Zauberspruch, eine Beschwörungsformel, einen Code?

Pater Mungo erhob sich und verkündete das Urteil. »Ein Fremder namens Brandeisson hat den guten Crannog Moncreiffe McClusky ermordet, Landmann in dem Weiler Netherbrough am Fuße des Loch of Harray. Zur Strafe und Sühne soll Brandeisson das Haupt vom Rumpfe getrennt werden, auf dass er solch schändliches Tun künftig unterlasse. Scharfrichter, walte deines Amtes!«

An dem Priester war ein Showmaster verloren gegangen, dachte Brandeisen und zerbrach sich weiter den Kopf, der glücklicherweise noch auf seinen Schultern saß. Wie war das genau gewesen, bevor Crannog das Zeitliche gesegnet hatte? Er, Brandeisen, hatte Kohlenstücke auf die Glut gelegt, drei eiförmige Briketts, wenn er sich richtig erinnerte. Dann hatte er »Verdammt!« geschrien, weil ihm ein Funke auf den Handrücken geflogen war, sogar mehrmals. Dreimal, fiel es ihm wieder ein. Und hatte er zuvor nicht drei Whiskys getrunken? *Highland Park*, 12, 15 und 18 Jahre alt.

Ein Dreier-Zauber. Doch wie konnte er ihn wiederholen? Ham the Ram friemelte bereits das Richtschwert aus dem Futteral und prüfte die Schärfe der Klinge.

»Gewährt mir noch einen letzten Wunsch!« Brandeisen wandte sich direkt an Jarl Rognvald. »*Uisge beatha*! Das dürft Ihr mir nicht abschlagen!«

»Meinetwegen.« Mit huldvoller Geste gab der Inselfürst sein Placet. Kleine Zugeständnisse kamen beim Publikum immer gut an, und Saufen erst recht.

Eine der Wachen brachte einen frischen Steinkrug mit Henkel und löste die Lederschnallen an dem Stuhl, damit Brandeisen die Arme frei hatte. Der Staatsanwalt nahm kurz hintereinander drei Schlucke.

Seine Speiseröhre fühlte sich an wie ein flammendes Inferno. Wasser des Lebens? Rachenputzer des Grauens! Ein Wunder, dass die Einwohner Orkneys nicht allesamt ausgestorben waren. Die Evolution verstand beim Äthyl- und vor allem beim Methylalkohol keinen Spaß.

Nach einem Hustenanfall fing er sich wieder. Gut. Eine erste Dreierserie hatte er schon mal hinbekommen. Doch er wurde wieder festgeschnallt.

»Schluss jetzt«, sagte Jarl Rognvald. »Leg endlich los, Hamish!«

Ham the Ram wollte schon in Positur gehen, als sein Blick an dem Whiskykrug hängen blieb. Warum bekam eigentlich immer nur der Verurteilte was zu trinken? Der Henker hatte genauso ein Schlückchen verdient.

Er setzte den Krug kurzerhand an und kippte den restlichen Whisky – immerhin eine Viertelgallone – in einem einzigen langen Zug runter. Das Kunststück wurde mit Szenenapplaus belohnt. Gestärkt machte er sich an die Arbeit.

»Nich vegessn, du muss stillhaltn«, nuschelte er Brandeisen zu. »Alaska?«

Das sollte wohl »Alles klar?« heißen. Der Staatsanwalt nickte und schloss die Augen. Seine Knie zitterten wie verrückt. Ham the Ram holte zum tödlichen Hieb aus.

Wusch! Er spürte einen Luftzug über seine Schädeldecke brausen. Die Zuschauer stöhnten auf.

Sein Hals war unversehrt, die Knie zitterten weiter. Er lebte noch! Der Henker hatte ihn verfehlt.

»Sauerei!«, fluchte Hamish und suchte nach seinem verlorenen Gleichgewicht. Nach einer Weile fand er es wieder und stützte sich an dem Richtstuhl ab. »Schuldigung«, hauchte er Brandeisen ins Ohr. »Das war wegen dem Boden. Schwankt irgendwie.«

Erneut machte er sich bereit. Holte aus. Und schlug zu.

Ein sichelndes Geräusch war zu hören, dem ein gurgelnder Schrei folgte.

Brandeisens Knie zitterten immer noch. Die Leute lachten sich schief. Was war geschehen?

Das schwere Richtschwert war Ham the Ram aus den Händen geflutscht, durch die Luft gezischt und einem der Wachmänner in die Brust gefahren.

»Was stehstn auch im Weg?«, grummelte Hamish. Umständlich zog er sein Arbeitsgerät aus dem zuckenden Leib, der daraufhin den Geist aufgab. »Und ihr hört zu lachen auf!«, brüllte er ins Publikum. »Sonst mach ich bei euch gleich weiter!«

Es hagelte Beschimpfungen und faule Eier. Baraballie Fearchara o' High Park zeterte wie ein Rohrspatz. Jarl Rognvald blickte hilfesuchend gen Himmel. Und Pater Mungo begab sich mit wehender Robe zum Blutgerüst, um ein totales Debakel zu verhindern. Notfalls würde er selbst Hand anlegen.

»Ruhe im Puff!« Ham the Ram wischte Eidotter von seiner Kapuze und nahm wieder Maß. Inzwischen war Brandeisens Nervenkostüm reif für die Altkleidersammlung.

Wer weiß? Vielleicht hätte es dieses Mal geklappt. Doch der Priester näherte sich Hamish äußerst unglücklich von hinten. Beim Ausholen wurde er so fachgerecht enthauptet, wie es jedem Todeskandidaten nur zu wünschen wäre. Sein Kopf flog in hohem Bogen durch die Luft und landete in den Armen einer aufgekratzten Jungfer. Stolz präsentierte sie ihre Trophäe – die Menge rastete aus.

»Verdammt!«, rief Hamish, als er seines Missgeschicks gewahr wurde. »Verdammt! Verdammt!«

Brandeisen fiel in Ohnmacht und bekam das Flimmern und Wabern um ihn herum nicht mehr mit. Der Dreier-Zauber war erfüllt. Erneut öffnete sich ein Spalt im Gefüge der Zeit, und er reiste durch die Jahrhunderte zurück. Orkney fiel von den Wikingern an die Schotten, die Jarltümer erloschen. Magnus Eunson machte seine Destille auf, Steuereintreiber kamen und gingen. Nach und nach lichteten sich die Nebel, und es war ihm, als hörte er eine vertraute Stimme.

»Ich glaube, er hat sich bewegt. Brandeisen? Wachen Sie auf!«

Der Staatsanwalt öffnete die Augen und schaute in das füllige Gesicht von Kommissar Küps, ein Anblick, der ihm noch nie so willkommen gewesen war. »Wo bin ich?«

»Im Balfour Hospital, Kirkwall. Sie haben schlapp gemacht, kleine Kreislaufschwäche. Aber jetzt sind Sie hoffentlich wieder bei uns, oder?«

»Ich hatte einen schrecklichen Albtraum.« Brandeisen setzte sich auf. Ein Fehler, denn plötzlich bekam er mörderische Kopfschmerzen.

»Whiskyräusche sind angeblich besonders lebhaft.« Küps reichte ihm eine Schnabeltasse mit Wasser gegen den Nachdurst. »Hat man mir zumindest gesagt. Ich rühr das Zeug nicht an.«

»Ich war ... betrunken?«

»Sternhagelvoll. Aber das macht nichts, für die Abschlussfeier heute Abend sind Sie entschuldigt. Die schottischen Kollegen haben Verständnis für derlei Unpässlichkeiten.«

Brandeisen lehnte sich dankbar zurück.

»Ich lasse Sie jetzt allein«, sagte der Kommissar.

»Erholen Sie sich. Morgen machen wir uns auf den Heimweg nach Franken.« Damit verließ er das Zimmer.

Der Staatsanwalt atmete tief durch. Ein Whiskyrausch? Dafür hatte sich seine Zeitreise aber ziemlich echt angefühlt.

Eine Krankenschwester kam herein, prüfte seinen Puls und kontrollierte die Infusion mit der Elektrolytlösung. Er versuchte ein Lächeln. Sie lächelte zurück.

»Geht ja schon wieder«, dachte Brandeisen, als sie verschwunden war.

Wenn nur dieser Brummschädel nicht wäre. Lag es wirklich nur am Whisky? Wie hieß das Bier noch mal, das er als Erstes getrunken hatte? *Skull Splitter*. Hm, das traf es ziemlich genau.

Was er nicht wusste: Das Brownie saß am Kopfende des Bettes und schwang seinen Stab. Dazu murmelte es allerlei Zaubersprüche, um den Kater zu verstärken. Gerade überlegte es, wie es diese Infusion aufpeppen könnte. Mit einem Highland Park in Fassstärke? Das waren 57 Prozent, nicht gefärbt und nicht kühlgefiltert. Für Brandeisson nur das Beste!

Fnecken erfrecken

»Hrrngmpf«, sagte Kommissar Küps.

»Drücken Fie fich ein wenig klarer auf!« Staatsanwalt Brandeisen seufzte. Dieses Lispeln war die Pest. »Ich verftehe kein Wort.«

»Rschlch!«

»Immer diefe Probleme mit den Vokalen! Ich für meinen Teil mache nach dem Auffstehen immer Ftimmübungen. Blaukraut bleibt Blaukraut, und Brautkleid bleibt Brautkleid. Demofthenef nahm Fteine in den Mund, um feine Auffprache fu verbeffern. Fo fwer kann daf doch nicht fein.«

Brandeisen hatte Glück im Unglück. Vor wenigen Minuten war es ihm endlich gelungen, den kugelförmigen Knebel auszuwürgen. Sein Peiniger hatte beim Fesseln geschlampt und den Lederriemen, der den Knebel fixieren sollte, zu locker angebracht. Bei Küps war er leider gründlicher vorgegangen.

Sie befanden sich etwa sieben Meter tief unter der Erde, in einem Raum, der die Bezeichnung *Folterhöhle* mehr als verdiente: Die Wände bestanden aus unbehauenem Jurakalk. Es gab jede Menge Ketten und Gestänge. Eine Arbeitsfläche mit allerlei Heimwerkerbedarf lag genau im Blickfeld der beiden gefesselten Ermittler: Schraubstock, Bohrmaschine, Handsäge, Hammer und Meißel, Beißzange, Lötkolben, Autobatterie – was das Psychopathenherz begehrte. An der Decke waren Fleischerhaken festgedübelt. Überall klebte altes Blut.

»Wie daf hier auffieht! Da follte man mal gründlich

faubermachen.« Brandeisen blickte zum wiederholten Mal nach oben.

Eine Falltür – natürlich ohne Leiter – führte in Gööbs Kellerbar.

Von der Kellerbar führte eine schmale Stiege ins Erdgeschoss.

Vom Erdgeschoss führte eine massive Eichenholztür ins Freie.

Dummerweise war jeder Zentimeter dieses potenziellen Fluchtwegs mit Sprengfallen gesichert. Und er führte zwar ins »Freie«, aber dabei handelte es sich um einen abgelegenen Bauernhof irgendwo in Hochfranken. Hier hörte man weder Schreie noch Bitten und Flehen, schon gar nicht an einem regnerischen Novemberabend wie diesem.

Brandeisen entschloss sich, etwas zu unternehmen. Er verlagerte sein Gewicht, bis er samt Stuhl zur Seite kippte und auf den Kommissar fiel. Es krachte, als würden Knochen brechen. Doch das war nur das Mobiliar. Küps verfügte über eine körpereigene Polsterung, die einiges aushielt.

»Tut mir furchtbar leid, alter Knabe.« Mit den Zähnen lockerte Brandeisen das Lederband an Küpsens Knebel.

Der Kommissar spie das Ding aus und rang nach Atem. »Wird ja auch Zeit!«

»Nicht fo laut!«, mahnte Brandeisen. »Wir wollen Gööb doch keine Gelegenheit geben, nach dem Rechten fu fehen.«

Gööb ... Leichtsinnig waren sie ihm ins Netz gegangen.

Seine Opfer waren Legion: einsame Tramper, ahnungslose Wanderer, durchgebrannte Teenager, Huren vom Straßenstrich an der Grenze nach Tschechien. So viele waren spurlos verschwunden! Die Hinweise häuften sich, dass im Fichtelgebirge etwas abgrundtief Böses erwacht war, ein Ungeheuer, das in Gestalt eines wackligen Wohnmobils auf Beutezug ging.

Es gab nur wenige Zeugen. Sie flüsterten ihre Aussagen rasch dahin und blickten ängstlich über die Schulter, als spürten sie den Brodem unendlicher Qualen heranwehen. Niemand wusste, wen es als Nächstes traf. Keiner wollte seine Gedärme bei lebendigem Leib aufgespindelt sehen und zu Wienern oder Krakauern verarbeitet wissen. Denn im Wursten galt Gööb als Virtuose. Seine zahllosen Talente beflügelten die Fantasie des gesamten Regierungsbezirks.

Bis Brandeisen und Küps aufgebrochen waren, um im dunklen Tann das Licht der Aufklärung zu entzünden. Sie hatten bei Gööb geklingelt und noch Witze gerissen über das Grunzen aus dem Schweinestall, welches jedes andere Geräusch froh übertönte. Nach dem Eintreten waren sie von zwei Wasserrohrhieben außer Gefecht gesetzt worden. Der klassische Verdammter-Wichser-steht-hinter-der-Tür-Hinterhalt.

Das Letzte, was Brandeisen gesehen hatte, war eine Momentaufnahme, eine Art Familienporträt. Die Gööbs starrten ihn mit ihren schiefen, gelbzahnigen Visagen an. Im Vordergrund sechs junge Männer, offenbar Söhne, teils schwachsinnig-muskelbepackt, teils wieselhaft-durchtrieben. Töchter oder dergleichen schien es nicht zu geben, dafür Mutter Gööb, eine vierschrötige Naturgewalt, die gerade mit einem Schlachterbeil hantierte. Und alle überragend der Paterfamilias, Gunter Gööb, Riese und Vollzeitsadist, Urheber einer beispielhaften Mordserie, mehrfach vorbestraft wegen Menschenhandels und äußerst kreativer Formen der Körperverletzung. Man musste seine Resozialisierung, an die nur ein paar Papiertiger am Oberlandesgericht glaubten, wohl als misslungen bezeichnen.

Küps hatte diese illustre Schar nicht nur in voller Pracht bewundern dürfen, sondern auch einen unheilvollen Satz gehört: »Endlich wieder was zum Spielen.«

Die beiden Strafverfolger waren erwacht, als sie nach unten geschleift wurden und ihre Köpfe über die Treppenstufen titschten. Brandeisen hatte sich dabei die Örtlichkeiten eingeprägt und die Sicherheitsmaßnahmen registriert. Dann waren sie mit Kabelbindern an Stühle gefesselt und prophylaktisch zusammengeschlagen worden. Der Staatsanwalt fragte sich, wie er seinem Dentisten die fehlenden Schneidezähne erklären sollte. Küps litt unter Schmerzen im Schritt.

Doch die Gööb-Söhne hatten erstaunlich schnell von ihren Übungsobjekten abgelassen. Auf ein Kommando des Vaters hatten sie die Opfer geknebelt und waren durch die Falltür verschwunden. Für Leibesvisitationen war glücklicherweise keine Zeit geblieben.

Vielleicht, so hoffte Brandeisen, stand an diesem Abend noch eine Entführung en famille auf dem Programm. Dann waren die Gööbs erst mal beschäftigt.

So weit, so schlecht.

Er versuchte, an die Fesseln des Kommissars heranzukommen. Seine Zahnlücken machten die Knabberarbeit nicht einfacher. »Wir find in argen Ungelegenheiten, mein Lieber«, sagte er in einer Pause. »Doch bin ich guten Mutef, diefe Leute ihrer gerechten Fra-, Pfra-«

»Strafe zuzuführen«, ergänzte Küps. Er kannte die geschraubte Ausdrucksweise seines Kompagnons.

»Nicht bewegen.«

Nach einer halben Ewigkeit war es vollbracht. Küps konnte seine linke Hand wieder benutzen. Dadurch kam er an das Pfeifenfeuerzeug in Brandeisens Hosentasche heran, einen wahren Flammenwerfer, der die Kabelbinder wegschmorte wie nichts.

Die beiden Ermittler erhoben sich und hüpften herum, um die Durchblutung anzuregen. Dabei fiel der Blick des Kommissars auf die Kalksteinmauer. Jemand hatte Buchstaben in den Stein geritzt. »Lasst mich sterben«, stand da. Und ganz oft das Wort BITTE in Versalien.

»Wir müffen unf beeilen«, mahnte der Staatsanwalt. »Irgendwann kommen die wieder.«

Küps entwickelte Berserkerkräfte. Er riss Stahlstangen von Decke und Wänden, dass es nur so eine Art war. Sie bastelten daraus eine Steighilfe, um an die Falltür heranzukommen. Dann machte sich Brandeisen daran, die Sprengfalle am Rahmen der Klappe zu entschärfen. Mit seinem Pfeifenbesteck trickste er den Zünder aus – der Weg war frei für den Kommissar.

Der kletterte das Gestänge hoch und nickte Brandeisen zu. Muskelstränge, geformt von bestem Bamberger Bier, bündelten sich zu einem wuchtigen Schulterstoß. Jetzt oder nie! Die Falltür flog samt Vorhängeschloss und Sicherungsbügel aus ihren Angeln.

Behände wie ein Orang-Utan schwang sich Küps durch die Luke nach oben. Dort hielt Sohn Nummer sechs Wache, Typ schwachsinnig-muskelbepackt, das Schlusslicht in der Erbfolge, ein schieläugiger Schrat. Er näherte sich mit dem bewährten Wasserrohr von OBI.

Indes, Küps hatte eine Kette mit hochgebracht und benutzte sie wie eine Peitsche. Während der junge Gööb noch ausholte zu einem zünftigen Hieb, schlangen sich bereits eiserne Schlaufen um seinen Hals. Röchelnd und würgend ging er zu Boden, wo seine Gliedmaßen noch eine Weile zuckten, bis er das Bewusstsein verlor.

Der Kommissar zog Brandeisen zu sich herauf. Dann schauten sich die beiden um.

»Widerlich!«, entfuhr es dem Staatsanwalt.

»Ich glaub, ich muss kotzen.« Küps kämpfte mit dem Brechreiz.

Verdiente die Folterhöhle schon keinen Preis bei *Schöner Wohnen*, so war die Kellerbar vollends ein Ort des Grauens: Siebzigerjahre-Holzverkleidung wie in einer Sauna, gusseiserne Partyhocker, Resopaltheke. An der Wand eine Postertapete, die einen stockfleckigen Sonnenuntergang in den Tropen zeigte. Außerdem gab es eine Discokugel, einen Flokatiteppich, einen vergammelten Billardtisch und weitere epochengemäße Einrichtungsgegenstände, die zu erwähnen der gute Geschmack verbietet.

Die Kellerbar war definitiv kein Ort zum Verweilen. Leider hatte Sohn Nummer sechs im letzten Moment einen Alarmknopf betätigt. Ein hoher Warnton schrillte durchs gesamte Anwesen.

»In diefer prekären Lage ift ef wohl am beften, hier fu bleiben«, sagte Brandeisen. »Wir können niemalf alle Fprengfallen entfärfen. Warten wir lieber auf den Anfturm der Höllenfaren.«

»Höllenscharen«, korrigierte Küps. »Die werden nicht lange auf sich warten lassen.«

Die beiden versuchten, sich notdürftig zu bewaffnen.

»Von diesen Gööbs nehm ich noch ein paar mit in den Tod«, brummte der Kommissar und schnappte sich eine hölzerne Heugabel, die zur Deko über dem Ausschank hing. »Möchte nicht wissen, wen die alles auf dem Gewissen haben. Neulich ist eine ganze Kindergartengruppe samt Erzieherinnen im Wald verschollen und nie mehr aufgetaucht.«

»Daf ift die richtige Einftellung, Gerhard! Laffen wir die kleinen Racker nicht ungefühnt.«

»Warum sind wir eigentlich nur zu zweit hier rausgefahren?«

»Fparfwang.«

»Sparzwang?«

»Ich werde eine geharnifte Befwerde einreichen.« Brandeisen spitzte mit seinem Pfeifenbesteck ein Billardqueue an.

Zur Sicherheit wickelten sie den bewusstlosen Wasserrohrsohn in den Flokati und schnürten ihn mit der Kette fest.

Der Kommissar horchte auf. Ein Trampeln von zahllosen Füßen war zu vernehmen. »Sie kommen! Wir können nicht hinaus.«

Die Kellertür öffnete sich, und eine Rotte Hausschweine stürmte die Treppe herab. Es waren regelrechte Kampfschweine, vier an der Zahl, bewehrt mit Stachelhalsbändern, infernalisch grunzend vor Hunger.

Die beiden vordersten wurden mit Queue und Heugabel fachgerecht aufgespießt. Doch die improvisierten Waffen blieben in den quietschenden Leibern stecken. Der dritten Sau verpasste Küps einen Fußtritt und schickte sie ins Reich der Träume. Für den letzten Widersacher benutzte Brandeisen lanzenförmige Cocktailspieße mit der Gravur »Saludos desde Lloret de Mar«: Wie ein Picador bei einer Corrida rammte er die scheußlichen Bar-

Requisiten dem Untier in den Nacken. Es hielt verdutzt inne – Zeit genug, um ihm die von der Decke gerupfte Discokugel über den Schädel zu ziehen.

Hinterdrein kam der Schweinehirt, ein weiterer Gööb-Sohn, Nummer fünf, wenn man im Countdown nach unten zählte. Er schwang eine lange Spaltaxt.

Die Ermittler besaßen einen taktischen Vorteil. Ihr Gegner musste erst über die niedergestreckten Schweine hinwegsteigen. Das hielt ihn auf, bis Queue und Heugabel wieder einsatzbereit waren. So rannte er in sein Verderben und wurde zu einem menschlichen Käseigel. Seine toten Augen spiegelten sich in den Discokugelresten facettenreich wider.

»Geht als Notwehr durch, oder?«

»Beftimmt.«

Küps betrachtete mit Bedauern die Heugabel. Sie war bei der Attacke abgebrochen. »Das Ding ist hinüber.« Mit dem Stiel brachte er die überlebenden Schweine zum Schweigen.

»Fie find ein echter Tierfreund.« Der Staatsanwalt besaß noch sein Queue, leider gab es nur dieses eine.

Doch ihr Sieg war von kurzer Dauer. Ein Schnellfeuergewehr ratterte los und bestrich die Kellerbar mit einem Geschosshagel.

Brandeisen suchte unter dem Billardtisch Schutz, der Kommissar hechtete hinter die Theke. Dabei betätigte er unfreiwillig die Wiedergabetaste eines alten Kassettendecks. Musik begann zu spielen in einer Lautstärke, die jede Verständigung unmöglich machte: *Highway to Hell* von AC/DC. Der Song stammte aus dem Jahre 1979 – passte also gerade noch so in dieses Seventies-Horrorszenario.

Ein Sohn der wieselhaft-durchtriebenen Sorte stieg dauerfeuernd die Treppe herunter, gefolgt von der Herrin des Hauses. Mutter Gööb hatte eine Schrotflinte dabei. Offenbar legte sie keinen Wert darauf, das Mobiliar zu schonen.

»Party Time«, dröhnte es aus den Boxen.

War es die nostalgische Umgebung, die Brandeisen eine höchst unangenehme Erinnerung durch die Synapsen jagte, oder einfach nur Instinkt? Jedenfalls kamen ihm die Bundesjugendspiele in den Sinn, jene schulische Sportveranstaltung, die ihn alljährlich aufs Schwerste gedemütigt und dem Spott seiner Mitschüler ausgesetzt hatte. Der Schlagballweitwurf war am schlimmsten gewesen. Brandeisen hatte den kleinen Hartgummifeind mit aller Kraft wegzuschleudern versucht – und stets nur mädchenhafte Weiten erzielt. Seither kannte er einen Namen für Adoleszenztraumata: Schlagball.

Sein Blick fiel auf die Billardkugeln im Auslauf des Tisches.

»I'm on the highway to hell!«, sang Bon Scott, der ein Jahr nach dem Release dieser historischen Liedzeile an seinem Erbrochenen erstickt war.

Behände wechselte der Schütze das Magazin und schoss weiter. Die Projektile fraßen sich ihren Weg durch die Theke. Küps lag flach auf dem Boden und betete.

Der richtige Mann zur richtigen Zeit, heißt es beim Cricket. *Das* wäre was gewesen für den Schulsport! Brandeisen sprang auf und warf.

Die ersten beiden Kugeln gingen daneben. Sohn Nummer vier richtete den Lauf seines Gewehrs auf den Staatsanwalt – und wurde ausgeknockt von der schwarzen Acht.

Brandeisen warf sich sofort wieder hin, denn jetzt sprach die Schrotflinte.

»Verfluchte Bullen!« Mutter Gööb sah ihre Brut arg dezimiert und wurde zur Rachegöttin. Sie feuerte beide Läufe ab, worauf sich der Billardtisch in ein Wrack verwandelte und keine brauchbare Deckung mehr abgab. Die Kugeln, volle und halbe, kullerten durch die Gegend.

Nachladen. Mutter Gööbs Wurstfinger waren erstaunlich flink. Schon rastete der Verschluss ein. Aus diesem elenden Paragrafenreiter würde sie Haschee machen. Und aus den Eiern Mayonnaise.

Aber sie hatte nicht mit Küps gerechnet. Was war das für ein Ding, mit dem er auf sie zustürzte? Es leuchtete rot und lila, wabernd, brodelnd, Blasen werfend. Ein Kabel hing auch dran.

Der Kommissar hieb die Lavalampe gegen die Kante der Theke. Sie brach entzwei, er fuhr herum und bohrte den Stumpf in den amorphen Busen der Matriarchin.

Augenblicklich gingen die Lichter aus. Der Stromschlag verursachte einen Kurzschluss, hatte aber noch genug Power, um Mutter Gööb vielfarbig zu illuminieren. Dagegen erschien die Regenbogenflagge geradezu monochrom.

Brandeisen erhob sich. »Verbindlichften Dank.«

»Wie viele Gööbs waren das jetzt?«, fragte sich Küps. Er stellte die Musik aus und wedelte den Gestank der angeschmorten Leiche beiseite.

»Der Vater und drei Föhne find noch übrig.«

»Machen wahrscheinlich einen Zug durch die Gemeinde. Frischfleisch besorgen.«

»Daf fteht fu befürchten«, sagte Brandeisen.

»Dann sehen wir uns mal um.«

Küps entwand Sohn Nummer vier die AK-47 und fesselte ihn mit einem Stromkabel. Der Staatsanwalt nahm die Schrotflinte an sich. Sie konnten bedenkenlos nach oben gehen, die Sprengfallen zum Erdgeschoss waren deaktiviert.

Die Behausung der Gööbs strotzte vor Zeugnissen ihres schändlichen Tuns. Neben den Habseligkeiten der Opfer fanden sich auch ein paar sterbliche Überreste, vor allem in der Küche. Brandeisen mochte sich nicht ausmalen, was hier alles durch den Fleischwolf gedreht worden war. Köttbullar waren ein Dreck dagegen.

Sie gingen nach draußen und kamen zu den Stallungen. Es wurde nicht besser.

Von der verschwundenen Kindergartengruppe waren gerade mal drei arme Würmer übrig geblieben. Sie sahen ziemlich moppelig aus und verlangten apathisch nach Pommes – offenbar die Gööbsche Mastmethode. Küps setzte die Kleinen in seinen Dienstwagen, einen schlammfarbenen Opel einer längst vergessenen Baureihe. Der Schlüssel steckte noch. Er rief über Funk Verstärkung herbei. Dummerweise verstand der Kollege in der Bayreuther Zentrale nur Bahnhof. Bamberg – Bayreuth: ein uralter Konflikt!

In diesem Moment waren Motorgeräusche zu hören. Ein Wohnmobil gondelte die Auffahrt hoch.

Eher ein Schlachtmobil.

Brandeisen und Küps warfen sich hinter den Misthaufen, um nicht gesehen zu werden. Mitten in die Schweinescheiße. Es stank mörderisch.

Sie hatten die Eingangstür des Hauses offen stehen lassen. Ein Fehler.

Das Wohnmobil hielt an.

Nichts rührte sich.

Nach einer Weile wurde die Beifahrertür geöffnet. Gööb-Sohn Nummer drei schob sich heraus, eine Pistole im Anschlag. Die Entfernung betrug etwa dreißig Meter.

Küps putzte ihn mit der AK-47 weg. Einer weniger.

Der Fahrer des Wohnmobils stieß mit Vollgas zurück. Brandeisen sprang hinter dem Misthaufen hervor, rannte ein Stück und drückte aus nächster Nähe ab.

Sohn Nummer zwei wurde von Schrotkugeln und Glassplittern durchsiebt. Er klappte über dem Steuer zusammen. Sonst war niemand in der Fahrerkabine zu sehen.

Das Wohnmobil kam zum Stehen. Es war, als hallte das Echo der Schüsse auf der gottverlassenen Hochebene nach. Irgendwo krächzte eine Krähe – wohl in Vorfreude auf das zu erwartende Festmahl.

Bevor sich bei Brandeisen und Küps späte Skrupel meldeten, fing Gunter Gööb zu verhandeln an.

»Ich hab hier zwei Gefangene, Küps!«, brüllte er. »Die müssen dran glauben, wenn ihr so weitermacht!«

»Du bluffst!« Der Kommissar zielte mit seinem Gewehr auf den Seiteneingang des Wohnmobils.

Spitze Schreie straften ihn Lügen.

»Hörst du das, Bulle? Das geht noch lauter!«

Die Schreie wurden schmerzensreich, panisch, erfüllt von blanker Todesangst. Sie waren weiblich. Und jung.

»Ich komm jetzt raus und geh mit den Geiseln ins Haus!«

Der Riese verließ das Wohnmobil und benutzte einen Teenager als Schutzschild. Sohn Nummer eins folgte ihm in gleicher Manier. Sie hielten ihren Gefangenen

Pistolen an die Schläfen und schleiften sie mit. Die Mädchen leisteten keinen Widerstand.

Dagegen waren die Ermittler machtlos. Die Gööbs verschwanden in ihrer Gruselburg.

Brandeisen kehrte zu Küps zurück. »Warum machen die daf?«, fragte er. »Im Hauf find die doch –«

»In der Falle?« Der Kommissar schüttelte den Kopf. »Wetten, die kommen gleich wieder raus? Vielleicht gibt's nen Hintereingang. Bewegung!«

Die beiden hatten gerade die ersten Meter zurückgelegt, als der Misthaufen in einem braungelben Feuerball explodierte. Durch die Druckwelle wurden sie zu Boden gerissen. Benommen blieben sie liegen.

Gunter Gööb hatte einen Granatwerfer benutzt, den man aus der Hand abfeuern konnte. Kurz darauf beugte er sich über Küps und stieß ihn mit dem Fuß an. Der Kriminaler versuchte sich zu orientieren.

»Mit euch werden wir wochenlang unseren Spaß haben«, sagte Gööb. »Hast du eine Ahnung, wie viel man von einem Menschen wegschnippeln kann, bis er den Geist aufgibt? Alles nur eine Frage der Wundversorgung. Du kannst dabei zuschauen, wie du immer weniger wirst. Wir machen das ganz langsam, zum Genießen.«

Er wandte sich Brandeisen zu, der von Sohn Nummer eins in Schach gehalten wurde. »Ah, der Klugscheißer ist auch schon wach! Für dich hab ich mir was ganz Besonderes ausgedacht. Wir setzen dich erst mal auf Nulldiät, Heilfasten und so. Und dann, wenn der Magen richtig knurrt, kriegst du einen Leckerbissen. À la carte versteht sich, du darfst bestimmen, was auf den Tisch kommt. Brust oder Keule?«

»Lass die Mädchen frei!«, presste Küps hervor.

Gööb tat, als würde er überlegen. »Tut mir leid, aber die sind mir schon ans Herz gewachsen. Ich habe vor, eine neue Familie zu gründen – jetzt, wo ihr die alte quasi ausgelöscht habt.«

»Fie foll der Teufel holen!«, sagte Brandeisen.

»Alles zu seiner Zeit.« Gööb zog ein Bowiemesser und bückte sich zu Küps hinunter. »Irgendwie hab ich Lust auf ein paar Finger, zum Vorgeschmack.«

Sohn Nummer eins lachte kehlig – und fuhr herum. Das Auto des Kommissars zockelte quer über den Hof und kam langsam näher. Doch hinter dem Lenkrad war kein Fahrer zu erkennen.

»Verdammt, was ist da los?«, fragte Gööb und erhob sich.

Plötzlich machte der Wagen einen Satz und raste mit Vollgas auf die überraschten Männer zu. Sohn Nummer eins konnte nicht mehr ausweichen. Er wurde von den Beinen geholt, der Kopf prallte gegen die Windschutzscheibe, und sein puppenartig erschlaffter Körper flog in hohem Bogen durch die Luft.

Den Ort, an dem er landete, hatte es bis vor Kurzem noch nicht gegeben. Wo der Misthaufen gewesen war, befand sich jetzt nämlich ein tiefer Krater – der Granatwerfer hatte ganze Arbeit geleistet. Und dieser Krater war im Nu mit Jauche vollgelaufen, irgendwo musste das Zeug ja hinfließen.

Sohn Nummer Eins versank wie ein Stein. Der Opel bretterte in den Schweinestall.

Abgelenkt von dieser unverhofften Wendung der Ereignisse drehte Gööb sich zu spät um, sodass ihn Küpsens Bodycheck mit voller Wucht traf. Er taumelte nach hinten, verlor am Rand des Kraters das Gleichgewicht und gesellte sich zu seinem Stammhalter.

Nun reichte ein Sturz in die Gülle natürlich nicht, um Gööb den Garaus zu machen. Das besorgte er unfreiwillig selbst. Er fiel auf den Körper seines Sohnes und bohrte sich dabei das Bowiemesser in den Wanst. Dies stellte die Spurensicherung zumindest Stunden später fest, als die beiden Leichen geborgen wurden.

Brandeisen und Küps schüttelten sich den Schreck aus den Gliedern.

»Das war ja was«, sagte der Kommissar.

»Fie ftinken entfetflich«, sagte der Staatsanwalt.

»Und Sie erst mal!«

Dann sahen sie im Schweinestall nach.

Den Geisterfahrern – es handelte sich um die drei Mastknirpse – war nichts passiert. Sie hatten ungewöhnliches Geschick bewiesen. Einer hatte im Fußraum gesessen und die Pedale bedient. Ein anderer hatte gelenkt, obwohl er kaum übers Armaturenbrett schauen konnte. Und der dritte hatte vom Rücksitz aus die Richtung angegeben. Fränkische Kinder, das war bekannt, übten schon früh für die Führerscheinprüfung – Dreikäsehochs im Wortsinn.

Die Teenagermädchen waren schnell befreit. Als schwieriger erwies es sich, sämtliche Entführungsopfer zu beruhigen und psychologisch zu betreuen, bis die Bayreuther Kollegen eintrafen.

Brandeisens Lispeln stellte den einzigen Lichtblick in diesem Albtraum dar. Er zitierte Sprechübungen und Zungenbrecher, die zum Training von Reibelauten dienten. »Fnecken erfrecken, wenn Fnecken an Fnecken flecken, weil fum Frecken vieler Fnecken Fnecken nicht fmecken.«

Küps übersetzte: »Schnecken erschrecken, wenn Schnecken an Schnecken schlecken, weil zum Schrecken vieler Schnecken Schnecken nicht schmecken.«

Zaghaftes Lächeln, das Eis war gebrochen. Daraufhin kamen »Sechsundsechzig sächsische Schuhzwecken« an die Reihe, »Siebzehn schneeschaufelnde Schneeschaufler« sowie ein »Streusalzstreuer, der keine Streusalzstreuersteuer zahlt«. Als Brandeisen zu Beispielen aus der Vogelwelt überging – Specht, Spatz, Storch und Sperber – musste sogar Küps grinsen.

Das Geflachse hellte die Stimmung etwas auf, sodass die Bamberger Ermittler ihre Schützlinge kurz allein lassen konnten. Noch einmal betraten sie die unterirdische Walstatt und kontrollierten die Fesseln der bewusstlosen Söhne sechs und vier.

»Gut, dass die beiden Trolle noch am Leben sind«, meinte Küps. »Dann kann man uns nicht unnötige Gewaltanwendung vorwerfen.«

Die Räumlichkeiten waren völlig verwüstet und somit endgültig ein Fall für den Innenarchitekten. Doch im Gegensatz zu dem abgebrühten Kommissar war das Blutbad an Brandeisen nicht spurlos vorübergegangen.

»In eine Kellerbar bringen mich keine fehn Pferde mehr«, sagte er.

»Oder siebenundsiebzig Schimmel.«

»Oder fiebenundfiebfich Fimmel.«

»Zweiundzwanzig Zebras?«

»Fffei-, fwwei-«, stammelte der Staatsanwalt.

»Schon gut«, sagte Küps. »Höchste Zeit, dass Sie neue Zähne kriegen.«

Die Jagd nach dem Kunigunden-Rubin

Staatsanwalt Brandeisen betrachtete sich im Spiegel und sang ein mittelhochdeutsches Lied. »Schoeniu lant rich unde here, swaz ich der noch han gesehen ...« Dabei überprüfte er den Sitz seines Kettenpanzers, nach Maß gefertigt von einem Schmied aus Langenzenn, der sich auf historische Rüstungen spezialisiert hatte. Passte wie angegossen. Dann zog er den weißen Waffenrock aus unbehandelter Baumwolle über und sorgte dafür, dass man das rote Kreuz auf der Brust gut erkennen konnte. Er gürtete sich mit einem fränkischen Langschwert und setzte einen konischen Helm mit Nasenschutz auf, beides Replikas aus gehärtetem Kohlenstoffstahl. Ein blauer Schild mit einem silbernen Adler, dem Wappen der Grafen von Andechs-Meranien, komplettierte das Ensemble. Sogar an die Lanze mit dem silbernen Fähnlein, auf das ebenfalls ein rotes Kreuz gestickt war, hatte Brandeisen gedacht.

Er drehte sich einmal um die eigene Achse. Und es gefiel ihm, was er sah. Fürwahr, in diesem Jahr würde *er* der Star des BRK Rosenmontagsballs sein. Das Motto lautete »Ritter, Hexen, Burggespenster«. Er ging als Bamberger Stadtritter, der dem heiligen Georg nachempfunden war. Jetzt fehlte nur noch ein Drache zum Töten.

»Sind Sie endlich fertig, Gerhard?«, rief er.

»Grmhm«, brummelte Küps von draußen.

»Wo bleiben Sie denn? Ich bin schon gespannt auf Ihr Kostüm.«

Widerstrebend schlurfte der Kommissar zum Ankleidezimmer des Staatsanwalts, wo sich die beiden

Ermittler auf ihren großen Auftritt vorbereiten wollten. Doch Brandeisen blockierte seit Stunden den Spiegel. Also hatte sich Küps auf dem Flur umgezogen und derweil ein stärkendes Bockbier getrunken. Gesellschaftliche Verpflichtungen waren ihm ein Graus. Für den Rosenmontagsball im Ziegelbau musste er vorglühen.

Brandeisen traute seinen Augen nicht. Herein kam eine vierschrötige Marktfrau in einem Gewand, das einem Gemeinschaftszelt der Pfadfinder nicht unähnlich war – außer, dass es geblümt war. Sie trug ein Kopftuch, im Arm hatte sie einen Korb mit allerlei Gemüse. Am auffälligsten war jedoch ein überdimensionierter Busen – und ein Dreitagebart.

»Ist das Ihr Ernst?«

»Sicher«, sagte Küps. »Die Humsera war doch ein Bamberger Original.«

»Ich weiß.« Brandeisen seufzte. Jedermann kannte die Humsera, eine Gärtnerin aus früheren Zeiten, der man ein loses Mundwerk nachgesagt hatte und die zu einem volkstümlichen Wahrzeichen geworden war. An sie erinnerte sogar eine Brunnenfigur am Grünen Markt. »Aber was ist mit dem Motto? Ritter und so weiter?«

»Das Motto ist doch wurscht, Hauptsache Bamberg.«

»Im Stillen habe ich gehofft, dass Sie meinem Vorschlag folgen und als Knappe gehen. Wir würden uns hervorragend ergänzen. Und nun das! Ein Mann in Frauenkleidern ... Sind wir jetzt bei *Charleys Tante*?«

Küps zog seinen Busen hoch. Er hatte das vermaledeite Ding mit Dämmmaterial von seinem Dachboden ausgestopft. Trotzdem rutschte es dauernd nach unten.

»Wäre diese Maskierung nicht etwas für Ihre Frau Gemahlin?«, hakte Brandeisen nach.

»Die kann nicht. Ihr altes Knieleiden macht ihr wieder zu schaffen.« Küps verschwieg, dass er die Ausrede seiner Angetrauten schon vorausgeahnt und ihr Humsera-Kostüm kurzerhand konfisziert hatte. Er besaß zwar noch einen Piratenhut, doch das dazu passende Ringelshirt war ihm etwas zu klein geworden.

»Heißt das, Sie haben nicht einmal eine Balldame?«

»Und was ist mit Ihnen?«

»Ich, mein Lieber, bin Junggeselle. Niemand erwartet von mir, dass ich in weiblicher Begleitung erscheine. Wohingegen Sie –«

»Regen Sie sich ab. Meine Schwägerin springt ein.«

»Ihre Schwägerin?«

»Die jüngere Schwester meiner Frau. Walburg, aus Strullendorf.«

»Aha, schön, das auch zu erfahren!«

Der Kommissar deutete auf seine Armbanduhr. »Wir müssen los. Das Taxi wartet.«

»Sagen Sie das doch gleich!«

Es dauerte eine Weile, bis Brandeisen sich und all seine Requisiten in der Droschke verstaut hatte. Dann ließen sie sich zum Ziegelbau kutschieren, einem Gebäude, das zum *Kongresshotel* gehörte und als Ballsaal genutzt wurde. Der Staatsanwalt lag auf dem Rücksitz, weil seine Bewegungsfreiheit durch die Kettenrüstung stark eingeschränkt war.

Küps saß vorne und stierte vor sich hin.

»Hast du heut Abend noch was vor?«, fragte ihn der türkische Taxifahrer. Er trug einen monströsen Turban und konnte sich das Lachen kaum verkneifen. »Ich kenn da eine Bar, wo wir zwei Hübschen ...«

»Verarschen kann ich mich selber«, knurrte der Kommissar. »Kripo Bamberg!«

»Und ich bin Hassan, der Sultan von der Gereuth«, gab der Mann zurück. »Dicke Frau – schöne Frau!«

»Halt die Pappn! Noch *ein* Wort, und du fährst zu deinen zweiundsiebzig Jungfrauen.«

Der Taxler ließ sich nicht einschüchtern. An der nächsten Ampel machte er eine Handyaufnahme von Küps, um sie auf Facebook zu veröffentlichen. »Das glaubt mir kein Mensch.«

Brandeisen begriff. Schlimm genug, dass sein alter Freund Bambergs bekanntesten und beliebtesten Faschingsball in dieser Humsera-Aufmachung heimsuchte. Doch brachiale Komik kam in den tollen Tagen gut an, da war man einfach gestrickt. Wenn Küps noch ein bisschen mit dem Busen wackelte – was aufgrund der Schwerkraft nicht zu vermeiden war – würde er ihm, dem Stadtritter ohne Furcht und Tadel, mühelos den Rang ablaufen. Die Welt war ungerecht.

Nach einer endlosen Viertelstunde kamen sie an.

»Wir sehen uns noch, meine kleine Sultanine!«, rief Hassan dem Kommissar hinterher.

Am Eingang zum Ziegelbau wartete die Schwägerin. Küps begrüßte sie, gab ihr eine Eintrittskarte und stellte den Staatsanwalt vor. Dem stockte der Atem. Walburg sah gar nicht wie eine Walburg oder eine Anverwandte der festungsartigen Kommissarsgattin aus. Es empfing ihn ein junges, gertenschlankes Geschöpf in bunten Strumpfhosen. Ihr Wams zeigte ein gewürfeltes Muster, auf dem Kopf trug sie eine Narrenkappe mit Eselsohren und Schellen, an den Füßen Schnabelschuhe. Alles in allem sehr ansprechend.

»Gott befohlen«, sagte Brandeisen und bot ihr seinen schildbewehrten Arm. »Wollt Ihr mein Hofnarr sein für diese denkwürdige Nacht?«

Walburg lächelte gewinnend. »Danke, aber ich geh lieber voraus und kündige den standhaften Ritter an.«

»Wie's beliebt. Das wäre sogar noch besser.«

Und schon ging es los. Der Staatsanwalt betrat huldvoll den Saal. Allein dank seiner Körpergröße von fast zwei Metern würde er Eindruck machen, das wusste er, und seine Lanze überragte ihn noch.

»Hört, Ihr Leut!«, begann Walburg. »Hier kommt Brandeisen von der ewigen Wacht!«

»Sankt Georg«, zischte er.

»Tschuldigung. Hier kommt ... Sankt Georg!«

»Verteidiger des Glaubens«, fügte er hinzu. »Retter des –«

»Und Ritter von der traurigen Gestalt!« Walburg verbeugte sich vor den versammelten Gästen, die jedoch keinerlei Notiz von den neu eingetroffenen Besuchern nahmen.

Dafür gab es zwei Gründe. Erstens: Der Ball war bereits in vollem Gange, gerade wurde eifrig das Tanzbein geschwungen. Zweitens: Zahlreiche andere Stadtritter waren auf die gleiche Idee wie Brandeisen gekommen. Ihre Kostüme, vorwiegend aus Plastik und Polyester, ließen natürlich zu wünschen übrig, außerdem besaßen sie keine Lanzen, nur ein paar lächerliche Gummischwerter und Pappschilde. Doch der Überraschungseffekt löste sich in Luft auf.

Erst als Küps hinter dem Staatsanwalt hervortrat, gab es Szenenapplaus. Jedermann deutete auf die Humsera und lachte sich scheckig.

»Viel Spaß noch«, sagte Walburg und verschwand in der Menge.

Brandeisen und Küps suchten sich einen Stehtisch am Rande der Geschehnisse – Stehtisch, weil Brandeisen schlecht sitzen konnte. Dauernd kamen Leute vorbei, um die Humsera zum Tanz aufzufordern: der OB, der zweite Bürgermeister, allerlei angetrunkene Stadträte und wen der Teufel sonst noch zu diesem Gelage befohlen hatte.

Der Kommissar hielt sich an seinem Bierseidla fest und sagte jedes Mal: »Schau, dass d' weiterkommst.« Langsam dämmerte ihm, dass sein Kostüm doch keine gute Idee gewesen war.

Brandeisen trank Kamillentee, weil kein historisch korrekter Met gereicht wurde. Niemand beachtete ihn. Es versprach ein demütigender Abend zu werden.

Auf der Tanzfläche tummelten sich die Feiernden. Neben den erwähnten Stadtrittern hatten zahlreiche Hexen mit Warzen, Zahnlücken und zerlumpten Gewändern in den Ziegelbau gefunden. Es gab mehrere Bären, die Poldi, den ehemaligen Burgbären der Altenburg, darstellten. Gespenster huschten in Bettlaken oder Skelettanzügen herum. Doch nicht jeder hielt sich an das Motto. Ein Neptun mit Dreizack mimte den Gabelmann bzw. Goblmoo. Und sogar E. T. A. Hoffmann war mit von der Partie.

Nach einem Foxtrott pausierte das Orchester. Es wurde um Stille gebeten. Ein besonderer Gast bestieg die Bühne. »Ohs!« und »Ahs!« ertönten.

Die Schirmherrin des Balls verschaffte sich Gehör: Leokardia Freifrau Schwengelstiel von Schwürbitz.

Auch sie ging als Hexe, hatte aber die erotische Variante gewählt: ein knappes, knallrotes Satinkleid, dazu ein schwarzes Schnürkorsett, Strumpfband und hochhackige Schuhe. Da blieb selbst dem Erzbischof, dessen Vorgänger im siebzehnten Jahrhundert fast eintausend Malefikanten auf den Scheiterhaufen geschickt hatten, die Spucke weg.

Die Adlige hielt eine kleine Rede über den Fasching und würdigte die fantasievollen Kostüme der Anwesenden. »Heuer haben es die Verbrecher besonders schwer«, scherzte Leokardia. »Die Humsera ist ihnen auf den Fersen.« Tosender Beifall. Küps drohte zu platzen.

Dann dankte die Freifrau den Sponsoren, aber die Aufmerksamkeit sämtlicher Zuschauer galt weniger ihren Worten als vielmehr dem, was sie um den Hals trug. An einer Goldkette hing ein riesiger, gefasster Edelstein, blutrot und facettenreich schimmernd. Der Kunigunden-Rubin!

Brandeisen kannte das sagenumwobene Pretiosum nur aus den Geschichtsbüchern. Im Flüsterton teilte er sein Wissen dem Kommissar mit: Seit dem neunzehnten Jahrhundert befand sich der Rubin im Familienbesitz derer von Schwürbitz, einem verarmten fränkischen Adelsgeschlecht, dessen itzgründischer Familiensitz bereits von den Schweden im Dreißigjährigen Krieg zerstört worden war. Danach verwalteten die Freiherren ihre dahinschmelzenden Latifundien mehr schlecht als recht. Zur Kolonialzeit wanderte der junge Rigoletto Freiherr Schwengelstiel von Schwürbitz nach Deutsch-Ostafrika aus, doch das Schwarzwasserfieber raffte ihn auf seiner Kaffeefarm dahin. Das Einzige, das seine Gattin Melusine bei der Rückkehr nach Franken retten konnte, war ein hühnereigroßer Rubin, das Geschenk eines Stammesfürsten der Massai.

Hierauf gelangte der Karfunkel in den Itzgrund. Melusine ließ den Rubin schleifen und fassen, benannte ihn nach der Bamberger Stadtheiligen Kunigunde und trug ihn bis ins hohe Alter offen am Hals. Außer diesem staunenswerten Juwel, einem Häuschen in Loffeld am Staffelberg und ihrem Adelstitel hatte sie zur Stunde ihres Todes nichts mehr besessen. Den folgenden Freiherren und -frauen erging es kaum anders. Nur in jüngster Zeit machte Leokardia, die Letzte in der Linie, von sich reden. Sie heiratete einen australischen Opal-Milliardär, doch der Greis verstarb noch in der Hochzeitsnacht. Man fand ihn mit einem seligen Lächeln auf dem Gesicht, vielleicht weil er vor seinem Ableben noch sein Testament geändert hatte, das nicht seine Gattin, sondern ein Koalabärreservat erblich begünstigte. Seither war Leokardia auf sich allein gestellt. Hin und wieder tauchte sie in regionalen Promiblättchen auf. Sie eröffnete Einkaufszentren, Unterführungen und Brücken für Umgehungsstraßen, bei denen noch die Umgehungsstraße fehlte – fest entschlossen, ihren Platz in der besseren Gesellschaft zu behaupten. Die Politik mied sie, auf diesem Parkett waren schon andere fränkische Aristokraten ausgerutscht. Nein, bei harmlosen Vergnügungen wie dem BRK Rosenmontagsball fühlte sie sich gut aufgehoben. Und je mehr Pressefotografen anwesend waren, desto besser. Das hob ihren Bekanntheitsgrad.

Inzwischen war Leokardia am Ende ihrer Rede angelangt. »Kommen wir zur Preisverleihung«, sagte sie. »Zum ersten Mal wird das beste Kostüm des Abends prämiert.« Trommelwirbel vom Orchester. Langsam öffnete sie einen vorbereiteten Umschlag und verkündete: »Der Gewinner ist ... Staatsanwalt Brandeisen!«

Seine Lippen bebten. Nein! War es möglich? Lächelte ihm Fortuna schließlich doch noch zu?

»Kommen Sie auf die Bühne!«, forderte Leokardia ihn unter dem Beifall der Ballgäste auf.

Wie in Trance erhob sich Brandeisen, nahm seinen Helm ab und stakste mit klirrender Rüstung zum Rednerpult. Es dauerte eine Weile, bis er es erklommen hatte. Leokardia schüttelte ihm die Hand und setzte ihm den Preis auf den Kopf – eine goldene Narrenkappe. Vor Rührung verdrückte der Staatsanwalt eine Träne. Dann wandte er sich an das Auditorium. Auf welche Weise sollte er sich bedanken? Vielleicht mit einer Ansprache auf Mittelhochdeutsch!

»Ich saz ûf eime steine, und dahte bein mit beine ...«, fing er an.

Plötzlich geschah vieles gleichzeitig. Zu seinen Füßen zischte es, schlagartig hüllte dicker Rauch ihn ein. Während er hustend vom Rednerpult zurückwich und den Waffenrock als Atemschutz vor Mund und Nase schlug, konnte er Leokardia erkennen, die ebenfalls mit dem Qualm kämpfte. Da näherte sich ihr eine Gestalt von hinten, vollführte einen echsengleichen Sprung und riss der Freifrau den Rubin vom Hals. So schnell, wie es gekommen war, verschwand das merkwürdige Wesen. Es sah aus wie ein mannsgroßes Reptil, sehnig, gelenkig und schwarz-rot glühend, als sei es Höllenschlünden entsprungen.

Leokardia schrie auf. Sie fasste sich ans Dekolleté und fiel in Ohnmacht.

Doch nicht genug: Die Bühnenvorhänge fingen Feuer und gingen in Flammen auf. Vom Festsaal drangen

Hilferufe durch die Rauchschwaden, Panik griff um sich. Alles rannte, rettete und flüchtete zu den Ausgängen.

Der Staatsanwalt beugte sich über Leokardia und nahm einen Kettenhandschuh ab, um ihren Puls zu fühlen. Aber da war schon die Humsera zur Stelle und schüttete der Freifrau ein Seidla Bier ins Gesicht. Sie erwachte, worauf Küps sie behände wie ein alter Dachs aus der Gefahrenzone trug. Brandeisen, durch seine Rüstung behindert, blieb zurück. Die Flammen schlugen höher und höher.

Irgendwie schaffte es der Kommissar ins Freie. Er stellte seine blaublütige Last auf die Füße, gemeinsam schnappten sie nach Luft, umgeben von vielen anderen konsternierten Ballgästen. Walburg gesellte sich zu den beiden. Sie war als Letzte der Feuersbrunst entronnen und sank erschöpft zu Boden.

»Alles klar?«, fragte Küps.

»Das war knapp«, keuchte Leokardia. »Aber wo ist der Staatsanwalt?«

»Noch da drin.« Walburg hustete sich die Seele aus dem Leib.

»Dann muss ich wieder rein.« Der Kommissar fasste sich ein Herz. Niemals würde er Brandeisen im Stich lassen.

Feuerzungen loderten aus den Fenstern, der Vorhang am Eingangsbereich wurde zu einer Fackel. Taghell war die Nacht gelichtet, mörderisch der Hitze Glut.

»Das überlebst du nie.« Walburg versuchte ihren Schwager zurückzuhalten. »Es ist zu spät, du kannst nichts mehr tun.«

Im Inneren des Gebäudes kam es zu einer Explosion, vermutlich flog ein Gastank in die Luft. Ein gewaltiger

Feuerball wuchs brausend und prasselnd empor, gefolgt von einer Druckwelle. Sie schleuderte ein schwärzliches Etwas nach draußen.

Brandeisen erhob sich. Er blinzelte. Seine Augenbrauen und die Wimpern fehlten, doch er bewahrte Haltung.

Küps eilte hinzu. »Gott sei Dank, Sie haben's geschafft!«

»Nicht der Rede wert.« Der Staatsanwalt qualmte wie ein Räucherengel. Er trug nur noch lange Schiesser-Unterwäsche und Socken mit Strumpfhaltern. Zusammen mit dem Kommissar erstickte er ein paar Flämmchen an den versengten Stellen.

»Wo ist denn Ihre Rüstung geblieben?«, fragte Küps.

»Glücklicherweise konnte ich mich daraus befreien. Der Schmied hat überall Haken und Ösen angebracht.« Brandeisen verbeugte sich vor der Freifrau. »Wie ist die werte Gesundheit, Durchlauchtigste?«

»Mir geht's gut«, sagte Leokardia. »Aber der Rubin ist weg.«

»Ich fürchte, Sie sind ein Opfer des Salamanders geworden.«

»Wie meinen?«

»Der Salamander ist ein berüchtigter Dieb. Ein Meisterdieb, wenn man bereit ist, ihm diese zweifelhafte Ehre zuzugestehen. Dass er auch in Franken sein Unwesen treibt, war mir bis dato neu.«

»Sie sprechen in Rätseln«, wunderte sich Küps.

»Ihr Unverständnis, mein lieber Gerhard, rührt daher, dass Sie sich nicht so intensiv wie ich mit den Fahndungslisten für Erzkriminelle befassen. Ein Echsenkostüm, Raub unter Zuhilfenahme von Rauchgranaten,

Feuer – eindeutig die Handschrift des Salamanders. Es war nur eine Frage der Zeit und der in Aussicht stehenden Beute, bis er Bamberg einen Besuch abstatten würde. Aber diesen Drachen werde ich zur Strecke bringen!«

»In Unterwäsche?« Küps konnte es nicht fassen, dass sich sein alter Freund schon wieder in die Verbrecherjagd stürzte.

Ein Taxi bremste mit quietschenden Reifen. Die Fensterscheibe fuhr herunter. »Braucht ihr ne Mitfahrgelegenheit?« Es war Hassan.

»Çok naziksiniz«, antwortete Brandeisen in perfektem Türkisch. »Sehr freundlich.«

»Ich hab gesehen, wie ein Kerl mit einem schwarzen Ferrari abgehauen ist. Hilft euch das?«

»Olağanüstü, der Salamander hat eine Schwäche für schnelle Autos. Aber warten Sie bitte noch zwei Sekunden.« Der Staatsanwalt musste sich unbedingt etwas Standesgemäßes zum Anziehen besorgen.

Alle Ballgäste schienen überlebt zu haben und mit kleineren Blessuren davongekommen zu sein. Brandeisen ging zu einem Poldi und beschlagnahmte dessen Bärenkostüm. Der Mann, ein städtischer Beamter, protestierte nur schwach. Er stieg aus seinem struppigen Fellanzug, der ihm ohnehin viel zu warm war. Nach diesem Inferno würde er sich ein paar Monate wegen Rauchvergiftung krankschreiben lassen. Vielleicht konnte er noch eine doppelseitige Lungenentzündung draufschlagen.

»Na dann, ich bin startklar!« Brandeisen stieg ins Taxi. Küps, Walburg und Leokardia taten es ihm gleich.

»Der Ferrari ist Richtung Markusplatz verschwunden«, sagte Hassan.

»Dann probieren wir es in der Innenstadt. In einem Promitreff.«

»Warum das?«, fragte Küps.

»Der Salamander prahlt gerne mit seinen Raubzügen. Nach einem Coup legt er das Kostüm ab und begießt seine schändliche Tat in aller Öffentlichkeit. Dadurch will er zeigen, dass ihm niemand etwas anhaben kann.«

»Ziemlich arrogant.«

»Auch das. Aber in erster Linie möchte er die örtlichen Gesetzeshüter, also uns, der Lächerlichkeit preisgeben.«

Hassan hatte verstanden und gab Gas. Promitreffs. Davon kannte er eine ganze Reihe ...

Als Erstes fuhren sie zum Restaurant *Messerschmitt* – doch keine Spur vom Salamander, das Lokal war dem Fürsten der Diebe vielleicht zu konservativ. Gleich in der Nähe lag das *Luitpold* – auch Fehlanzeige. Abstecher ins *Hoffmanns*, in die *Villa Geyerswörth* und ins *Eckerts* brachten ebenfalls nichts. Blieb noch das *Hofbräu*, in dem der Hansi seit Jahr und Tag seinen Kochlöffel schwang.

Während sie durch Bamberg kurvten, machte Hassan völlig unbeeindruckt von den Reizen Leokardias und Walburgs der Humsera den Hof. »Wart nicht, kleine Sultanine, lass uns brennen im Feuer der Liebe!«, sang er in den Worten von Gülsenizade Hayali und fuhr mit dem Dichter Kul Mustafa fort: »Und je mehr aus dem goldenen Becher du trinkst, je schöner wirst du!«

»Mach nur so weiter, Börschla«, erwiderte der Kommissar. »Dir wird das Lachen noch vergehen.«

»Flieh nicht, mein Reh, flieh nicht! Ich bin dein Sklave.«

»Wenn wir nicht mitten in einem Einsatz wären ...«

Am *Hofbräu* angekommen, fiel Brandeisen sofort ein

schwarzer Ferrari auf, der im Parkverbot abgestellt war. »Na endlich! Da wiegt sich jemand wohl in Sicherheit.«

Er verließ das Taxi und betrat das Lokal in seiner Tarnung als Burgbär. Die anderen sollten im Wagen warten.

Das *Hofbräu* war im Stil eines Prager Kaffeehauses eingerichtet und atmete als einziges Bamberger Gasthaus den Hauch des Alten Reiches, als der deutsche Kaiser noch auf dem Hradschin residierte und weder Bayern noch Preußen in der Domstadt das Sagen hatten. Doch am Rosenmontag waren die Räumlichkeiten mit Luftschlangen, Konfetti und Girlanden dekoriert. Brandeisen nahm neben dem Eingang Aufstellung, dort hatte er alles im Blick.

Am Bartresen ließ kein anderer als der Salamander die Korken knallen. Sein Kostüm hatte er inzwischen abgelegt, stattdessen trug er ein weißes Dinnerjackett mit schwarzer Fliege. Der Gentleman-Schurke sah unverschämt gut aus, ein bisschen wie der junge David Niven.

»Der reinste Spaziergang«, sagte der Salamander leichthin. »Und keine Zeugen, abgesehen von diesem eingerosteten Staatsanwalt.« Er strich über sein Menjoubärtchen und nahm einen Schluck Champagner. »Aber der ist kein Gegner für mich.«

Seine Zuhörerschaft war durchweg weiblich, angetan mit Verkleidungen, wie sie bei Kneipenbummeln zur Faschingszeit beliebt waren: eine sexy Krankenschwester, eine Politesse im Minirock sowie ein Schmusekätzchen, dessen Bekleidung eher aufgemalt als tatsächlich vorhanden war. Die drei hingen an den Lippen des Salamanders und waren schon gehörig angeschickert.

»So ein Job ist nur eine Frage der Exitstrategie. Ihr seid ziemlich unbedarft hier in Bamberg, keine Security, keine Kontrollen der Ballgäste. Ein bisschen Rauch, und alle nehmen Reißaus. Lebt ihr noch im Mittelalter?«

Dämliches Kichern. Zuprosten. Leichte Körperkontakte. Der Salamander prüfte wohl, wen er in seinem Ferrari mitnehmen sollte, um die Party im Hotel fortzusetzen. Wahrscheinlich alle drei, mutmaßte Brandeisen, der in seinem Bärenkostüm vor sich hin schwitzte.

Da stieß ein weiteres Faschingsluder zu der fröhlichen Schar und zog die Aufmerksamkeit des Bösewichts auf sich. Die junge Frau trug einen geblümten Umhang, auf ihrem Kopf thronte ein mächtiger Turban. Unter ihrer Gewandung schien sie nackt zu sein, was ihr aufs Anmutigste zu verhüllen gelang. Ein paar laszive Schleiertanzbewegungen, und der Salamander stand in ihrem Bann.

»Was führt denn Salomé in mein Serail?«, wollte er wissen und reichte ihr eine volle Champagnerschale.

Sie trank in einem Zug aus. »Das Prickeln.«

Rasch weihte er die neue Kandidatin in seine Untaten ein. Den drei anderen steckte er ein paar Briefchen Koks zu, worauf sie auf die Toilette verschwanden. Brandeisen indes wusste, wer Salomé in Wirklichkeit war: die unerschrockene – Walburg! Sie hatte ihr Narrenkostüm mithilfe von Hassan und Küps gegen diesen pseudoorientalischen Mummenschanz ausgewechselt.

»Und was hast du bei dem Ball mitgehen lassen?«, fragte die Schwägerin des Kommissars mit großen, verlangenden Augen.

Der Meisterdieb lächelte geheimnisvoll. »Komm näher, mein Täubchen, und wirf einen Blick darauf.« Er zog Walburg an sich und öffnete sein Jackett.

»Hammer!«, stieß sie hervor. »Ist der echt?«

»So echt wie die Silikonpolster der Politesse, aber von besserer Qualität. Der Kunigunden-Rubin hat fast dreihundert Karat.«

»Und wie viel ist er wert?«

»Mindestens sechzig Millionen, bei einer illegalen Auktion noch viel mehr.«

»Sag bloß!«

Seine Finger betasteten Walburgs wohlgeformten Nacken. »Doch das Schönste kommt noch: Die Frau, die ich um dieses schöne Stück erleichtert habe, denkt, ich sei in sie verliebt. Amüsant, nicht wahr? Ohne sie hätte ich gar nicht von diesem Baby erfahren.«

»Darf ich mal anfassen?«

»Nur zu.«

Walburg nahm den Edelstein ehrfurchtsvoll in die Hand. Sie gab bewundernde Laute von sich – und blinzelte Brandeisen kaum merklich zu. Gleichzeitig bot sie dem Salamander Einsichten in Gefilde, die in der klassischen türkischen Liebesdichtung als Tannenhain bezeichnet worden waren. »Du hast eine Geliebte?«, fragte sie.

»Die glaubt allen Ernstes, dass ich ihr dieses wundervolle Stück zurückgebe, heute Nacht, in ihrem Häuschen irgendwo auf den Lande. Dann will sie die Versicherungssumme kassieren und mich mit einem ›Honorar‹ abspeisen – mich, den Salamander! In was für einer Welt leben diese Aristokraten?«

»Du Schuft!« Leokardia hatte das *Hofbräu* betreten und den Rest der Unterhaltung mitbekommen, während ihr Lover von Walburg abgelenkt war. »Ich kratz dir die Augen aus!«

»Guten Abend, mein Schatz. Was für eine angenehme Überraschung ...«

»Ich weiß, was du vorhast. Du bist nicht nur ein Dieb, sondern auch ein Betrüger!«

Walburg zog einen Ausweis aus ihrem Turban. »Und ich bin eine Lloyd's-Agentin. Hiermit wäre hinreichend bewiesen –«

Woraufhin die Ereignisse sich überschlugen. Die Freifrau und der Salamander stürzten sich auf Walburg und versuchten, ihr den Rubin zu entwinden. Brandeisen sprang hinzu, um Walburg zu helfen, die offenbar im Dienst einer Versicherung stand und gerade eine Champagnerflasche über den Schädel gezogen bekam. Die drei Koksnäschen kehrten von der Toilette zurück und schrien Zeter und Mordio. Großes Durcheinander, Kreischen, Quieken, grapschende Hände, ineinander verkeilte Leiber – eine gute Gelegenheit, sich abzusetzen ... Zugleich öffnete sich sie Tür, und mehrere Polizisten in Uniform stürmten herein. Sie trennten die Streithähne und filzten sie.

»Der Salamander ist durch den Hintereingang geflüchtet!«, rief Brandeisen. »Sie müssen ihn sofort verfolgen.«

»So, müssen wir?«, sagte ein Wachtmeister, der den Staatsanwalt nicht kannte. »Und was ist das hier?«

In den Falten des Bärenkostüms fand sich der Kunigunden-Rubin.

»Ich wurde bestohlen, ich, Freifrau Schwengelstiel von Schwürbitz!«, rief Leokardia mit der gebieterischen Stimme einer Feudalherrin. »Verhaften Sie den Mann!«

Fränkische Büttel neigten seit jeher dazu, vor dem Adelsstand zu kuschen. Brandeisen wurde ohne Umschweife in einen Polizeibus verfrachtet. Walburg konnte nicht widersprechen, sie war bewusstlos. Und Küps kam erst ins *Hofbräu*, als schon alles vorbei war. Er hatte die Kollegen vorsorglich verständigt, aber zunächst eine Partie Backgammon gegen Hassan beendet in der Annahme, er werde bei dieser Scharade nicht gebraucht. Außerdem hatte er Walburg sein Humsera-Gewand geliehen und trug nur noch Feinrippware. In diesem Aufzug wollte er nur unter Leute gehen, wenn es sich nicht vermeiden ließ.

»Ihr habt den Falschen erwischt«, schrie Küps dem Wachtmeister ins Gesicht, der damit beschäftigt war, die Personalien der restlichen Gäste aufzunehmen. Er suchte nach Leokardia, doch sie hatte sich wie der Salamander auf Französisch verabschiedet. Walburg kam zu sich und wurde mit einer schweren Gehirnerschütterung ins Klinikum gebracht. Küps konnte nur zusehen und seine Schwägerin bedauern. Er fragte sich, was wohl in seiner Abwesenheit geschehen war.

Der Wachtmeister übergab ihm das Corpus Delicti. »Wir haben den Klunker, Herr Kommissar. Was wollen Sie mehr?« Dann prustete er los und wies auf den Feinripp. »Verkühlen Sie sich bloß net.«

Küps winkte ab. Er betrachtete den Kunigunden-Rubin. Das Ding sah wirklich imponierend aus. Vielleicht sollte er es seiner Frau mitbringen, damit sie sich für ein paar Stunden wie Farah Diba fühlen konnte. Morgen früh würde er eine Pressekonferenz geben und die Sicherstellung des Juwels verkünden. Alles andere würde sich schon irgendwie aufklären. Um diesen Salamander konnten sich die Kollegen vom BKA kümmern. Und eine Nacht in der Arrestzelle tat Brandeisen mal ganz gut.

Er trat ins Freie. Der Ferrari war weg.

»Soll ich dich nach Hause bringen, kleine Sultanine?« Hassan hielt ihm die Tür auf.

»Du hast beim Backgammon geschummelt!«

»Würde mir nie einfallen. Willst du Revanche?«

»Um Geld?« In dem Kommissar, einem passionierten Schafkopfer, regte sich der Spieltrieb.

»Klar.«

Küps stieg ein und setzte sich so hin, dass er gut an die Mittelkonsole rankam. Er öffnete den Backgammon-Koffer und baute die Steine auf.

Hassan nahm hinter dem Steuer Platz. »Wir könnten ja um Kleidungsstücke spielen. Wie beim Strip-Poker.«

Hörten diese Possen denn nie auf? Küps drehte die Augen zur Wagendecke. »Ich muss dir ein Geständnis machen. Ich bin verheiratet.«

Hassan grinste über beide Ohren. »Nobody is perfect.«

Der Geist der Wahrheit

»Huch!« Duncan Farquar Sykes-Snitterfield, 19. Earl von Cragganmore und Glenhorne, zuckte zusammen. »Warum schleichst du dich so an?«

Lady Seona schwebte langsam zum Altar. »Tut mir schrecklich leid, mein Lieber«, sagte sie mit heiserer Stimme. »Du weißt doch, dass ich kein Geräusch verursache. Sacht ist der Schritt des Todes. Das Kettenrasseln überlasse ich dem Blinden Blair im Westflügel.«

Lord Duncan machte eine entschuldigende Geste. »Ich fürchte, momentan bin ich etwas nervös.«

Es war weit nach dem Dinner. Die Sonne hatte längst die letzten Strahlen über die heidebewachsenen Hänge des Ben Fionn-Breac geschickt. Dunkel wie eh und je murmelten die Wasser des Loch Muir. Im Herzen der schottischen Highlands brach eine mondlose Nacht an.

Sie befanden sich in der Kapelle von Gloomis Castle, 1687 geweiht, mit Bleiglasfenstern und reichem Interieur ausgestattet. Die Tafelbilder an Wänden und Decken stammten von dem holländischen Maler Jacob de Wet. Er hatte sein mangelndes Talent seinerzeit mit Fleiß wettgemacht und die Bibel in einer Art Comicstrip verewigt. Es war ein würdevoller, der Kontemplation förderlicher Raum. Pünktlich an jedem Monatsersten erschien hier der freundlichste Geist des Schlosses: die Schwerhörige Seona.

Sie rückte ihr vergammeltes Haarnetz zurecht und schaute sich interessiert um. »Du hast einen Gast mitgebracht?«

Neben Lymont, dem statuengleich neben der Tür verharrenden Butler, staunte Staatsanwalt Brandeisen nicht schlecht. Einen leibhaftigen Geist hatte er noch nie erblickt – wobei »leibhaftig« nicht ganz stimmte. Die durchscheinende Gestalt von Lady Seona wirkte wie eine verblasste Daguerreotypie.

Lord Duncan stellte den fränkischen Gesetzesmann vor. »Wir kennen uns aus meiner Studienzeit in Deutschland, University of Bamberg. Mister Brandeisen ist in seiner Heimat *procurator fiscal*, gleichwohl ein guter Freund. Ich habe ihn um seine Hilfe in einer etwas heiklen Angelegenheit gebeten.«

»Was?« Lady Seona fummelte an ihrem Hörrohr herum. »Ich versteh kein Wort, Junge. Sprich lauter!«

»ER HILFT MIR!«, brüllte Sykes-Snitterfield. »WEIL MICH DIE POLIZEI DES MORDES VERDÄCHTIGT!«

»Schrei doch nicht so.« Sie ordnete ihren Reifrock und legte ein verwittertes Dekolleté frei, dessen Reize schon lange keine Sterblichen mehr in den Bann zogen. Huldvoll ließ sie sich auf einem Sitz in der Kirchenbank nieder. Er war seit Jahrhunderten eigens für sie reserviert. Niemand sonst wagte, darauf Platz zu nehmen. »Willst du uns nicht bekannt machen?«

Der Hausherr erklärte Brandeisen, wen er vor sich hatte: den Geist von Seona Cameron, ehedem Lady Gloomis, Schwester des Grafen von Fungus. Dessen Schwippschwager, König Jakob V., frönte dem unschönen Hobby, jeden Cameron umzubringen, der ihm in die Finger geriet. Deshalb wurden Seona und ihr zweiter Ehemann, Barclay Guthrie von Skirmish, im Jahre 1536 aufgrund einer fingierten Anklage wegen Hexerei zum Tode verurteilt. Eingekerkert im Gefängnis von Edinburgh gelang es Guthrie zu fliehen. Doch er wurde von seinen Häschern eingeholt und von einer Klippe gestürzt. Die unglückselige Lady Gloomis indes, fast ertaubt von heißem Pech, das ihr unter der Folter in den Gehörgang geträuft worden war, verbrannte auf dem Scheiterhaufen von Castle Hill. Seither spukte sie in der Kapelle ihres alten Familiensitzes.

»Diesen Fall sollten wir neu aufrollen, Mylady.« Brandeisen machte einen formvollendeten Kratzfuß. Wie Seine Lordschaft sprach er mit erhobener Stimme.

»Blödsinn«, winkte Lady Seona ab. »Ich bin ja schon tot.«

»Und um keinen Tag gealtert, wenn ich das sagen darf. Was sind schon 500 Jahre? Ein jedes Ding muss Zeit zum Reifen haben, heißt es bei Shakespeare.«

Lord Duncan ging dazwischen. Brandeisen war nicht in Gloomis Castle, um mit den Gespenstern zu schäkern. Er sollte die Vorwürfe, die gegen ihn, den Schlossherrn, erhoben wurden, entkräften. Das ging am einfachsten, indem sie den wahren Täter fanden. »Jetzt mal aufgepasst, Seona! Die haben mich am Wickel, weil ich einen Russen umgebracht haben soll.«

»Einen Moskowiter? Ich kannte mal einen feschen Offizier aus dem Stab des Zaren ... Wurde gevierteilt.«

»Das Mordopfer ist Wassily Putschkin, ein russischer Oligarch«, sagte der Lord. »Er hat über Strohmänner große Teile des Familienbesitzes aufgekauft, darunter auch unsere geliebte Whiskydestillerie, bis er kurz davorstand, Gloomis Castle zu pfänden und mit seinem Mafiagesindel hier einzuziehen.«

»Verfluchter Scheißkerl!«

»Wie du weißt, ist unser Besitz hoffnungslos überschuldet, was ihn zu einer leichten Beute für skrupellose Investoren macht. Aus diesem Grund habe ich vor zwei

Tagen eine Abendgesellschaft gegeben. Putschkin war zu Gast, des Weiteren seine Dolmetscherin, ein korrupter Regierungsvertreter sowie eine Expertin vom National Trust for Scotland.« Da er die skeptischen Mienen sah, fuhr Lord Duncan fort. »Wenn das Schloss an den gemeinnützigen National Trust fiele, wäre das die beste Lösung. Es sei denn, ich gewinne in der Lotterie.«

»Wie ist dieser Putschkin gestorben?«, fragte Lady Seona. »Und warum fällt der Verdacht auf dich, Duncie?«

»Brandeisen soll das darlegen.« Der 19. Earl von Cragganmore und Glenhorne übergab an den redegewandten, manchmal jedoch zur Klugscheißerei neigenden Juristen.

»Zunächst eilte ich mit dem ersten Aeroplan herbei, um meinem alten Kommilitonen Beistand zu leisten«, schickte der Staatsanwalt voraus. »Leider ist es mit seinem Alibi schlecht bestellt. Er gibt an, zur Zeit des Mordes in seinem Zimmer gewesen zu sein, schlafend.«

»Na und?«, wunderte sich die schwerhörige Seona.

»Aus mehreren Gründen hält die Polizei ihn für den Hauptverdächtigen. Zunächst einmal hat er ein glasklares Motiv – die drohende Übernahme des Castles. Darüber hinaus ist er mit der Mordwaffe vertraut.«

»Die da wäre?«

»Eine wunderschöne Steinschlosspistole aus unserer Waffenkammer«, schaltete sich Lord Duncan wieder ein, »mit achtkantigem Damastlauf und einem Schaft aus Walnussholz, gefertigt von James & Redfern, London, im Jahre 1811. Cuthbert Sykes-Snitterfield, der 10. Earl, trug sie einst in der Schlacht bei Waterloo und zog damit einem französischen General einen neuen Scheitel – Streifschuss quer über die Schädeldecke, ein wahrer

Kunstschuss, wenn ich das sagen darf, der seither als *scottish haircut* bekannt ist.« Er machte eine verlegene Pause. »Am Nachmittag vor dem Mord habe ich das gute Stück noch den Gästen gezeigt und die Handhabung demonstriert. Ich habe die Pistole sogar geladen. Sie ist voll funktionsfähig. Wir halten in der Waffenkammer auch Pulver und passende Kugeln vorrätig.«

Brandeisen nickte düster. »Und Putschkin wurde damit im Bett erschossen, gegen Mitternacht. Auf dem Hahn und dem Abzug befinden sich Fingerabdrücke Seiner Lordschaft. Für die örtlichen Behörden ist der Fall damit gelöst. Nur aus Respekt vor dem Adelstitel sehen sie von einer Verhaftung ab. Euer Nachfahre steht bis zum Prozessbeginn unter Hausarrest.«

»Mit fälschlichen Anklagen kenne ich mich aus«, meinte Lady Seona. »Das kann höchst unerfreulich enden.«

»Richtig. Und da es keinen einzigen Zeugen des Mordes gibt, dachten wir uns, vielleicht hat Ihre Durchlaucht etwas bemerkt, das der Aufklärung dieser Strafsache dienlich wäre.«

»Also gehört habe ich nichts.«

»Nun, das ... ist nachvollziehbar.«

»Dafür habe ich etwas gesehen. Wo war Putschkin untergebracht?«

»Zweiter Stock, Westflügel, im Wehrzimmer«, sagte Lord Duncan. »Wo die alten Rüstungen stehen.«

»Da zieht es doch wie Hechtsuppe.«

»Eben. Der Schuft sollte es so ungemütlich wie möglich haben.«

Lady Seona zögerte.

»Nur zu, Mylady, tut Euch keinen Zwang an«, forderte Brandeisen sie auf.

»Nun gut«, begann sie. »Ich glitt so durch die Gänge des Castles, die Treppen hinauf und hinunter, auch mal durch die Decke oder eine Tür – meine Mitternachtsrunde. Tja, und plötzlich erblickte ich einen Maskierten.«

»Potztausend!«, entfuhr es dem Lord.

»Er trug einen schwarzen Umhang mit Kapuze, deshalb konnte ich sein Gesicht nicht sehen. Und er schien in großer Eile zu sein. Jedenfalls huschte er durch die zweite Etage des Westflügels wie ein gemeiner Dieb. Ich folgte ihm, aber das ging nicht so schnell, ich bin ja nicht mehr die Jüngste. Als ich das Treppenhaus erreichte, war er leider schon verschwunden.« Lady Seona hob bedauernd die Arme. »Das ist alles.«

»Ein Maskierter ...«, wiederholte Brandeisen. »Oder eine Maskierte. Umhänge verschleiern die Identität – sehr umsichtig für den Fall einer unerwarteten Begegnung.«

»Das muss der Mörder gewesen sein!«, rief der Schlossherr und hakte bei seiner Ahnin nach. »Kannst du uns nicht mehr über ihn sagen? War er groß oder klein, dick oder dünn?«

»Groß«, erwiderte sie, »sechs Fuß, wenn nicht mehr.«

»Damit scheidet die zierliche Dolmetscherin aus.«

»Und relativ schmal«, fügte sie hinzu.

»Dann kann es auch nicht das fette Schwein von der Regierung gewesen sein.« Lord Duncan freute sich wie Robert the Bruce nach der Schlacht von Bannockburn. »Bleibt nur noch Miss Foakes, diese Bohnenstange vom National Trust.«

Lady Seona spitzte betrübt die Lippen. »Ich sagte, *relativ* schmal. Außerdem macht Schwarz ja bekanntlich schlank. Nein, eine Bohnenstange war es definitiv nicht. Um ehrlich zu sein, hatte der Maskierte genau deine Statur, Duncie.«

Stille. Duncie blieb die Spucke weg. »Aber …«

»Das will gar nichts heißen«, ging Brandeisen dazwischen. »Kleidung lässt sich aufpolstern, mit einem Korsett wirkt man dünner, hohe Absätze verändern die Größe. Wir brauchen unbedingt mehr Informationen.«

Der Geist streckte tröstend seine körperlose Hand aus. »Tut mir leid, Junge. Ich darf doch nicht lügen.«

Lord Duncan verstand die Welt nicht mehr.

»Trotzdem vielen Dank, Mylady.« Brandeisen dirigierte seinen Freund zur Tür der Kapelle. Lymont, der Butler, wirkte besorgt.

»Vielleicht fragen Sie noch andere Gespenster«, schlug Lady Seona zum Abschied vor. »Der Blinde Blair hat bestimmt irgendetwas mitgekriegt.«

Bevor sie diesem Rat folgten, flößte Lymont seinem Dienstherrn im Salon einen doppelten Whisky aus eigener Herstellung ein. Auch der Staatsanwalt bekam einen stärkenden Schluck. Nach und nach fand sich Lord Duncan mit der Tatsache ab, dass seine Ur-ur-usw.-Großmutter, wenn auch unfreiwillig, den Verdacht der Polizei bestätigt hatte. Doch jetzt war nicht die Zeit zu säumen. Forsch erhob er sich und zitierte das Motto der Sykes-Snitterfields, wie es im Familienwappen verewigt war: »Problemae nobis culos praetereunt.«

Brandeisen, ein alter Lateiner, übersetzte: »Probleme gehen uns an den Gesäßen vorbei.«

»Genau.«

»Was für ein optimistischer Wahlspruch. Na dann: Carpe noctem!«

Sie machten sich auf den Weg zum Westflügel, Lymont und die Whiskykaraffe im Schlepptau. Lange mussten sie nicht suchen, denn der Blinde Blair war schon von Weitem zu hören. Er stellte sich als ein wahrer Riese heraus. Das Kettenrasseln machte ihm einen Heidenspaß.

»Der Arme wurde von seinem Neffen an einer Mauer festgekettet«, erklärte Lord Duncan. »Es war nur ein Spiel, Engländer gegen Schotten vermutlich, 1390 müsste das gewesen sein. Aber Gloomis Castle ist ja überaus weiträumig. Es gibt hier Zimmer, die ich nie betreten habe, Zimmer, die man niemals betreten sollte, und Zimmer, die man gar nicht betreten kann.«

»Und was geschah mit dem Blinden Blair?«, fragte Brandeisen.

»Der Neffe kehrte mit Unschuldsmiene zur Familie zurück. Nach einer Tracht Prügel gab er zu, den Onkel zum Spaß in Eisen geschlagen zu haben. Leider wusste er nicht mehr, wo. Blair, Than von Gloomis, wurde wochenlang gesucht und musste schmählich verhungern. In seiner Not aß er sogar die eigenen Augen.«

»Darum hab ich immer Kohldampf!«, grölte der Geist. Er schlurfte ihnen entgegen und tastete sich dabei an den Wänden entlang. Seine Erscheinung war furchterregend: ein Hüne wie einst William Wallace, Hände wie T-Bone-Steaks, vergilbter Rauschebart und leere, verwüstete Augenhöhlen, die ihn mit Abstand zum hässlichsten Gespenst des Castles machten.

»Was ist dein Begehr, junger Duncan?«, fragte er.

Der Schlossherr legte dem Blinden Blair den Fall dar. »Ist dir in der Mordnacht irgendwas aufgefallen?«

»Klar! Ich hab einen Schuss gehört.«

»Aha.«

»Dann hab ich die Ketten liegen lassen«, er hielt einen rostigen Schlüssel hoch, mit dem er sich bei Bedarf befreien konnte – eine erhebliche Verbesserung gegenüber 1390 –, »und bin losmarschiert.«

»Gesehen habt Ihr natürlich nichts«, sagte Brandeisen.

»Dafür hab ich was gehört. Die Tür vom Wehrzimmer, die knarzt wie ne alte Jungfer beim Vollzug.«

Lord Duncan war ganz Ohr. »Und weiter?«

»Schritte. Ich hinterher, über die Treppe runter zum ersten Stock, den Gang entlang. Wenn's sein muss, bin ich ziemlich flink. Na ja, und die nächste Tür, von der meine Lauscherchen was vernommen haben, war das quietschende Mistding zu deiner Wohnung, Duncie. Klingt wie ne rollige Nonne.«

Der aktuelle Earl erstarrte. »Kein Irrtum möglich?«

Der Blinde Blair schüttelte den Kopf. »Ich hab das Gehör einer Schleiereule. Du steckst in der Klemme.«

Brandeisen beschloss, der Sache nachzugehen. Sie tranken eine weitere Runde Whisky, dann begaben sie sich zu den Gemächern des letzten Abkömmlings derer zu Cragganmore und Glenhorne. Der Blinde Blair schloss sich ihnen an und nahm seine Ketten mit. Sie mussten dringend geölt werden.

Die Durchsuchung der Wohnung von Lord Duncan gestaltete sich kurz. »Schaut mal in der Truhe nach«, meinte der sehschwache Geist. »Die klemmt immer wie ein taufrisches Bauernmädel.«

»Schluss jetzt mit den Kopulationsvergleichen!«, entrüstete sich der Staatsanwalt und öffnete die Truhe, die in Wirklichkeit die Seekiste von Marmaduke Sykes-Snitterfield, dem 9. Earl von Cragganmore und Glenhorne, gewesen war. Er hatte das Familienvermögen mithilfe der British East India Company über die Maßen gemehrt und die Muskatnuss in den Norden des damals schon Vereinigten Königreiches gebracht. »Beim Zeus!«, rief Brandeisen und förderte einen schwarzen Umhang zutage. »Die Verkleidung des Maskierten!« Das Versteck war so offensichtlich, dass es die Polizei wohl übersehen hatte.

Lord Duncan stritt alles ab. »Das Ding gehörte Lord Marmaduke, damit spazierte er auf dem Achterdeck seines Ostindienseglers herum. Ich habe es seit Jahren nicht mehr gesehen. Der Mörder muss es in der Truhe deponiert haben, um den Verdacht auf mich zu lenken.«

»Ich glaube dir, alter Knabe, keine Frage«, sagte Brandeisen. Doch inzwischen klang er nicht mehr so überzeugt. Führte Duncie ihn an der Nase herum? Die Beweislast war erdrückend.

»Mir ist noch was eingefallen ...«, meldete sich der Blinde Blair.

»Bitte sehr.«

»Der Kerl, der hier kurz vor Mitternacht reinspaziert ist, also der Mörder ... Der hat geniest.«

»Geniest?« Der Staatsanwalt stutzte.

»Wenn ich's doch sage! Ich wollte ihm schon ›Gesundheit‹ wünschen, hab's mir aber verkniffen, damit er keinen Herzinfarkt kriegt. Ich meine, als Geist kann man den Leuten ja einen ordentlichen Schrecken einjagen.«

Daraufhin musterte Brandeisen seinen Freund eingehend, stellte aber keine Anzeichen einer Erkältung fest. Es hätte ihn auch gewundert, denn der robuste Schotte war seit jeher mit einer Rossnatur gesegnet. »Das ändert alles«, sagte er im Brustton der Überzeugung. »Lord Duncan ist gesund wie ein Pferd.«

»Wenn Sie mir eine Bemerkung gestatten ...« Aus Lymonts Mund kamen plötzlich Worte. »Miss Foakes vom

National Trust war vorgestern leicht verkühlt. Ihre Nase wies eine unübersehbare Rötung auf. Sie musste nicht selten ihr Taschentuch benutzen.«

»Stimmt!«, triumphierte Duncie. »Dann hat also doch die Bohnenstange Putschkin umgebracht! Wahrscheinlich wollte sie nicht, dass Gloomis Castle in die Hände eines Ausländers fällt, glühende Patriotin und so …«

»Wir kommen der Sache schon näher.« Brandeisen nahm den Umhang, der stark nach Mottenkugeln roch, unter seinem Tweed Jackett in Verwahrung. »Ich würde gern weitere Aussagen hören.«

Der Blinde Blair brummte zustimmend. »Am besten geht ihr zum Stummen Stuart. Das ist unser Turmgeist. Mit dem Sprechen tut der sich aber ein bisschen schwer …«

Gesagt, getan. Die Abordnung zur Verteidigung der Ehre des 19. Earl von Cragganmore und Glenhorne pilgerte zum Zentrum des uralten Anwesens, dem Hauptturm, von dem alle Flügel wegführten. Sogar Lady Seona gesellte sich wieder zu ihnen, sie war gespannt, wie die Sache ausging. Den Geistern fiel der Aufstieg über die vielstufige Wendeltreppe sichtlich leichter als den Lebenden.

Im obersten Zimmer saß wie immer der Stumme Stuart und spielte Karten an einem mit grünem Filz bezogenen Tisch.

»Dumme Geschichte«, fing Lord Duncan an. »Lord Stuart, der 13. Earl von Cragganmore und Glenhorne, zockte mit dem Grafen von South-Shields-on-Tyne um irgendwelche Weiderechte bis tief in die Nacht. Ein Diener kam herein und erinnerte die beiden daran, dass der Sonntag anbrach. Sie scherten sich einen Dreck darum, und Stuart fügte noch hinzu, der Teufel möge doch selbst einsteigen. Sprach's, und es geschah: Der Teufel erschien tatsächlich und gewann den ganzen Pot. Seither ist Stuarts Seele dazu verdammt, bis zum Jüngsten Tag Karten zu spielen – mit sich selbst.«

Der Stumme Stuart schmiss die Karten hin. Diese ewigen Patiencen waren einfach nicht auszuhalten. Umso mehr freute er sich über seine Gäste – endlich Gesellschaft! Er deutete eine Verbeugung an.

»Warum ist Lord Stuart stumm?«, wollte Brandeisen wissen. »War auch das eine Strafe des Satans?«

»Nein, er hat sich nach seinem vollmundigen Lapsus die Zunge abgebissen. Selbstverstümmelung.« Lord Duncan erzählte seinem Vorfahren, warum sie sich zu ihm hochbemüht hatten. Er schloss mit der Frage: »Pro Stunde Kartenspielen steht dir doch eine Pause zu, Stuie. Hast du dir vorgestern gegen Mitternacht vielleicht die Beine vertreten?«

Der Stumme Stuart nickte und fing an, wild zu gestikulieren. In einer Art Pantomime legte er seine Beobachtungen dar. Ein Schuss – seine Finger bildeten eine Pistole nach. Weitere Gebärden machten deutlich, dass er von seinem Turm heruntergesaust war und gerade noch bemerkt hatte, wie ein Maskierter in die Wohnung des Schlossherrn eindrang.

»Habt Ihr auch gesehen, wie er wieder herauskam?«, fragte der Staatsanwalt.

Leider nein, dazu sei keine Zeit gewesen, er musste wieder zurück an den Spieltisch. Lord Stuart deutete auf seine Nase und schnupperte. Er habe jedoch etwas Ungewöhnliches gerochen, sollte das wohl heißen.

»Gerochen ...«, sinnierte Brandeisen. »Meint Ihr etwa einen bestimmten Duft, der sich zweifelsfrei dem Mörder zuordnen lässt?«

Heftiges Nicken.

»Das ist mir auch aufgefallen«, pflichtete der Blinde Blair ihm bei. »Es hat nach faulen Eiern gestunken.«

Ratlose Gesichter. Was sollten sie mit solch einer Information anfangen?

»Miss Foakes hatte eigentlich ein recht angenehmes Odeur«, sagte Lord Duncan, »nach Hyazinthen und Meersalz. Ich kann mir das nicht erklären.«

Brandeisen beschloss, etwas auszuprobieren.

»Lymont, schenken Sie uns bitte noch einen Whisky ein. Vielleicht bringt das die grauen Zellen in Schwung.«

Der treue Butler stellte zwei Regency-Gläser auf den Spieltisch und befüllte sie mit 25-jährigem Single Malt aus der Wanderkaraffe. Währenddessen entfaltete der Staatsanwalt den Umhang von Lord Marmaduke und schüttelte ihn kräftig aus. Ein durchdringender Geruch nach Mottenkugeln erfüllte sogleich den Raum.

Lymont nieste, doch es gelang ihm, nichts zu verschütten.

»Sie sind wohl allergisch gegen diesen Mief«, sagte Brandeisen. »Eine ähnliche Statur wie Seine Lordschaft haben Sie auch. Wer reinigt in diesem Haus das Silber?«

»Ich kann mir kaum noch Personal leisten.« Lord Duncan druckste herum. »Bei Anlässen wie vorgestern Abend beschäftige ich Leute aus dem Dorf. Lymont und ich sind sonst immer ganz allein.«

»Und um angelaufenes Silber zu säubern, wird manchmal ein Silbertauchbad benutzt. Wenn sich die Schicht aus Silbersulfid löst, entsteht Schwefelwasserstoff, der riecht nach faulen Eiern. Ich nehme an, Lymont hat sich nach dem Dinner gleich um das Besteck gekümmert, und der Geruch blieb eine Weile an ihm haften.«

Brandeisen blickte in die Runde. »Ihre Ladyschaft, Eure Lordschaften, der Fall ist gelöst. Der Butler war der Mörder.«

Lymont wollte schier im Boden versinken. Der ergraute Domestik, der sein Leben lang Haltung bewahrt hatte, zitterte am ganzen Leib. Bittere Zähren liefen ihm über die Wangen. »Es tut mir unendlich leid, Mylord! Dass der Verdacht auf Euch fällt, lag nicht in meiner Absicht. Wie Ihr wisst, diente ich schon Eurem Vater und Eurem Großvater. Ich konnte einfach nicht mitansehen, wie Gloomis Castle in die Hände eines schnöden Geschäftemachers fällt, noch dazu eines Russen. Diese Leute wurden schon von unseren tapferen 93rd Sutherland Highlanders unter Lord Gilchrist in ihre Schranken gewiesen. Das war im Krimkrieg, wenn ich das bemerken darf, eine weitaus glücklichere Zeit als diese von Geldsorgen beschwerten Tage.« Er streckte die Arme aus. »Übergebt mich den Hütern des Gesetzes. Ich gestehe.«

»Immer mit der Ruhe«, versuchte Lord Duncan die treue Seele zu beruhigen. »Hier wird niemand verhaftet.«

»Haben Sie Handschuhe benutzt?«, fragte Brandeisen.

»Gewiss, Herr Staatsanwalt. Die habe ich vom Silberreinigen anbehalten.«

»Deswegen hat man nur deine Fingerabdrücke gefunden, Duncie. Aber lass mich nachdenken, wie wir aus dieser Sache juristisch herauskommen.« Brandeisen nahm einen inspirierenden Schluck Whisky. 25 Jahre Lagerung in ausgewählten Oloroso-Sherryfässern entfalteten ihre Wirkung. »Ahh, jetzt sehe ich es vor mir. Die Pistole lag noch geladen herum. Lymont muss angeben, dass er dem Alkohol zugeneigt ist. Berauscht vom Scotch, den er heimlich aus den herrschaftlichen Beständen abzweigt –«

»Das würde mir nie einfallen, Sir!«, protestierte der Butler.

»Wir müssen doch etwas für die Polizei konstruieren. Also, Sie waren betrunken, haben sich die Pistole geschnappt und Putschkin aus den bekannten Gründen ins Jenseits befördert. Dann geht das als Totschlag im Affekt durch. Am besten, Sie fangen gleich mit dem Saufen an, Lymont.« Brandeisen hielt ihm das Glas hin. »Dadurch sind Sie nicht schuldfähig, Lord Duncans Hausarzt wird Ihnen bestimmt ein hübsches Delirium tremens attestieren. Und Haft steht in Ihrem biblischen Alter ohnehin nicht zur Debatte. Wenn wir die Geschichte dann noch an die Medien lancieren, sind Sie fein raus. ›Butler verteidigt Schottlands Erbe‹. Wir liefern denen sogar die Schlagzeile.«

»Ich weiß nicht …« Lymont war unschlüssig. »Ist das legal?«

»Haben sich die Sykes-Snitterfields je um Spitzfindigkeiten geschert?«, donnerte Lord Duncan. »Wir machen das jetzt so, punktum!«

»Sehr wohl, Mylord.« Lymont nahm den Whisky entgegen und goss ihn sich hinter die Binde. Seinem Gesichtsausdruck war zu entnehmen, dass er den edlen Gerstenbrand durchaus zu goutieren wusste.

»Dann wär ja alles geklärt«, sagte der Blinde Blair.

»Spielt jemand einen Whist mit?«, wollte der Stumme Stuart unter Zuhilfenahme allerlei Gesten wissen.

»Dass es so schlecht um unsere Finanzen steht, war mir nicht bekannt.« Die Schwerhörige Seona hatte nur das Wichtigste mitgekriegt. Aber das reichte ihr. »Wenn du Geld brauchst, Duncie, solltest du mal im Geheimzimmer nachschauen.«

»Geheimzimmer?«, erschallte es einstimmig.

»Wenn sich nur einer von euch Männern in unserer Familienhistorie auskennen würde ... Ich meine natürlich den Raum, in dem der Clan der Kincaids einst Zuflucht vor den Macphersons suchte. Lord Tyree, der 3. Earl von Cragganmore und Glenhorne, ließ die Kincaids kurzerhand einmauern, um den Streit beizulegen. Was er nicht wusste: Diese diebischen Elstern hatten einen Wikingerhort im Gepäck. Ich nehme einmal die Woche ein Bad in purem Gold.«

Showdown im Steigerwald

Die Stimme des Kommissars war nur ein Flüstern. »Endlich ist es so weit. Es geht los.«

»Wer spricht da?«, fragte Staatsanwalt Brandeisen. Auf den ersten Blick konnte er die Nummer auf dem Telefondisplay nicht zuordnen. »Sind Sie das, Küps?«

»Da qualmt's! Der schmeißt seine Drogenküche an. Ich hab die ganze Zeit recht gehabt!«

»Immer der Reihe nach, alter Freund. Wo befinden Sie sich überhaupt?« Brandeisens Tonfall war begütigend, als spräche er mit jemandem, dessen Geisteszustand langsam, aber unaufhaltsam auf einen Punkt völliger Zerrüttung zusteuerte. Vor einigen Wochen war der Kommissar noch ein ganz normaler oberfränkischer Polizist gewesen: zuverlässig, pragmatisch, ein wenig antriebslos und nur dann unwirsch, wenn er bei seinem Feierabendbier gestört wurde. Doch er hatte sich verändert ...

»Tütschengereuth, am Sportplatz«, raunte Küps in sein Handy. »Kamera läuft. Ich schalte jetzt das Richtmikrofon ein. Beweisaufnahme im Fall Truppach, 5. Juli, 11.42 Uhr. Tag 27 der Observation.« Er konnte ein Gähnen nicht unterdrücken. Wann hatte er zuletzt ein paar Stunden am Stück geschlafen? Er wusste es nicht mehr.

»Na gut.« Der Staatsanwalt seufzte und erhob sich. »Ich bin in einer halben Stunde bei Ihnen.«

»Kommen Sie allein, möglichst unauffällig, wenn's geht. Und bringen Sie bloß keine Verstärkung mit! Küps Ende.«

»Verstärkung?«, wunderte sich Brandeisen, während er sein Büro verließ und die Treppe zum Parkplatz hinunterstieg. Da war wohl der Wunsch Vater des Gedankens. Kein Bamberger Bulle würde auch nur einen Finger rühren, um Küps in Tütschengereuth zu unterstützen. Offenbar schritt der Realitätsverlust des Kommissars weiter voran. Brandeisen stieg nur deshalb ins Cockpit seines Jaguars, weil er sich verpflichtet fühlte, Küps den Klauen des Wahnsinns zu entreißen.

Es hatte mit einem neuen DVD-Paket in der Sammlung seines langjährigen Ermittlungspartners begonnen. *Breaking Bad.* Dabei handelte es sich um eine erfolgreiche amerikanische TV-Serie. Hauptfigur: ein biederer Chemielehrer, der nach und nach zu einem eiskalten Drogenbaron aufsteigt. Für die Herstellung von Methamphetamin macht er sich sein Fachwissen zunutze und gerät immer tiefer in einen Strudel aus Gewalt und Verrat. Das Fernsehdrama war mit Auszeichnungen überhäuft worden und besaß eine weltweite Fangemeinde, die ständig wuchs.

Küps hatte sich von der Story fasziniert gezeigt. Denn der Verkauf und Gebrauch von Methamphetamin, umgangssprachlich Crystal Meth, stellte in Franken zunehmend ein Problem dar. Die aufputschende Droge barg immense Gesundheitsrisiken. Aufgrund der hohen Beschaffungskriminalität platzten die Gefängnisse aus allen Nähten. Doch weil das Zeug überwiegend in Osteuropa produziert wurde, kam die Polizei nicht an die Wurzel des Übels heran. Immer mehr Crystal Meth kursierte, anscheinend konnte die Staatsmacht nichts dagegen tun. Und das stank Küps gewaltig. Angeregt von *Breaking Bad* entwickelte er eine Theorie. Was wäre, wenn die Droge inzwischen in einem geheimen fränkischen Meth-Labor gekocht wurde, von einem Chemiefreak, den das große Geld lockte?

Der Kommissar verbiss sich regelrecht in sein Konstrukt, erstellte Täterprofile, umriss einen Verdächtigenkreis und grenzte ihn schrittweise ein. Als seine Recherche jedoch eine zeitraubende Observation erforderlich machte, wollte ihm niemand glauben. Eine Meth-Küche in Franken? Lächerlich! Der Etat sei ohnehin knapp, beschied ihn sein Vorgesetzter. Wutentbrannt hatte Küps Urlaub genommen und war auf eigene Faust losgezogen.

Die Landstraße in Richtung Tütschengereuth, eines Dorfes an den nördlichen Ausläufern des Steigerwalds, empfing Brandeisen mit sommerlicher Grellheit. Er fuhr durch Bischberg, bog bei Trosdorf von der B 26 auf eine Landstraße ab und brauste mit durchgedrücktem Gaspedal weiter.

Der Sportplatz lag laut Navi am Ortseingang. Brandeisen stellte den Jaguar neben einem Kartoffelacker ab. Von Ferne sah er die Operationsbasis des Kommissars und ließ alle Hoffnung fahren: ein beschlagnahmter VW-Camping-Bus T3 von Westfalia mit Aufstelldach, vorwiegend rostrot und mit Graffitis verziert, quasi die Pestbeule im Fuhrpark der Bamberger Polizei. Die vormaligen Besitzer dieses Wracks, ein Lehrerinnenpärchen auf Altersteilzeit, hatten am Stettfelder Baggersee den Summer of Love gefeiert – mit 40-jähriger Verspätung. Brandeisen hatte damals auf eine Anklage verzichtet. Für die beiden Blumenkinder war die Vernichtung ihrer Marihuanavorräte aus eigenem Anbau niederschmetternd genug gewesen. Seither war der VW-Bus im Dornröschenschlaf vor sich hingedämmert, bis Küps ihn für seine Beschattungszwecke wachgeküsst hatte.

In hundert Metern Entfernung stand das exakte Gegenteil des traurigen Gefährts: ein funkelnagelneues

Hymermobil mit Bronzemetallic-Lackierung, mindestens sechs Meter lang. Aus dem Dachabzug drangen Dampfschwaden.

Brandeisen klopfte an die Schiebetür des T3.

»Da sind Sie ja!« Küps empfing ihn mit Mehrtagesbart und dunklen Ringen um die Augen. Ein löchriges Feinripp-Trägerunterhemd spannte sich über seinen Bierbauch. »Rein mit Ihnen! Na los!«

Dem Staatsanwalt schlug ein strenger Geruch entgegen. Kein Zweifel, der Kommissar hatte sich seit Längerem nicht mehr gewaschen. Er nahm auf einer Art Sitzgelegenheit Platz und schlug wieder seinen milden Tonfall für Irre an. »Was haben Sie denn herausgefunden, mein Bester?«

Küps kontrollierte die Kamera auf dem Stativ. »Beweise, Brandeisen! Beweise! Ich bin schon auf die blöden Gesichter der Kollegen gespannt!«

»Am Telefon sprachen Sie von einer Drogenküche.«

»Was machen die wohl da drüben in ihrem Scheißwohnmobil? Gulasch aus der Dose? Ferien am Sportplatz? Nein, die brauen Crystal.«

»Für eine Anklage brauchen wir ein bisschen mehr. Wen haben Sie da überhaupt im Visier?«

»Einen Chemiker namens Truppach, Matthias. Steht schon seit zwölf Stunden da drüben. Arbeitet eigentlich an der Uni Erlangen, lebt in Bamberg, verheiratet, zwei Kinder, Reihenhaus, total unauffällig. Aber in seiner Freizeit verdient er sich einen ordentlichen Batzen dazu, da können Sie Gift drauf nehmen. Seit einer Ewigkeit bin ich an dem Kerl dran.«

»Und wie kommen Sie darauf, dass Truppach –«

»Vor Kurzem ist er im Baumarkt gewesen, Großeinkauf. Mit den Gerätschaften, die er sich da besorgt hat, kann man ein ganzes Forschungslabor ausstatten. Riesige Glaskolben, Edelstahltanks, Röhren und Schläuche von hier bis zum Mond. Der Kerl will in die Serienproduktion einsteigen. Was er in seinem Hobbykeller zusammengemixt hat, reicht ihm nicht mehr. Und deshalb hat er sich diese mobile Hexenküche eingerichtet. Um in der Pampa ungestört Drogen zu panschen.«

»Na ja, verdächtig ist das schon«, gab Brandeisen widerstrebend zu.

»Verdächtig? Das ist der Anfang vom Ende. Sobald ein paar Chargen von dem Teufelszeug fertig sind, geht das in den Straßenverkauf. Franken wird bald in einem Atemzug mit Mexiko genannt werden oder Kolumbien. Dann sind wir hier Meth-Produzent Numero uno.«

»Haben Sie keine anderen Anhaltspunkte? Als Chemiker könnte Truppach doch irgendwelche Versuche anstellen, sagen wir, für ein neues Mittel gegen Heuschnupfen.«

»Gestern Abend hat er vor einer dubiosen Bar gehalten und jemanden aufgegabelt. Bestimmt war das sein Gehilfe, vielleicht ein Junkie, der sich in der Drogenszene auskennt – genau wie in *Breaking Bad*! Leider war die Person im Dunkeln nicht zu erkennen.«

Küps machte sich ein Bier auf. Etwas früh am Tag, fand Brandeisen, aber der Kommissar schien Nervennahrung nötig zu haben. Nach dem Mief in diesem Iltisbau zu urteilen, schwitzte er den Gerstensaft gleich wieder aus.

»Wie auch immer ...« Der Staatsanwalt stand auf. »Marschieren wir doch einfach zu dem Wohnmobil hinüber und ertappen Truppach in flagranti.«

»Dann verraten wir unsere Tarnung.«

»Irgendwann muss man handeln. Nehmen wir den Mann hops.«

»Und wenn er bewaffnet ist?«

Brandeisen machte Anstalten, die Schiebetür zu öffnen. »Das Risiko gehe ich ein.«

In diesem Moment hörten sie, wie der Motor des Wohnmobils ansprang. Langsam tuckerte es zur Straße.

»Scheiße, der haut ab!«, rief Küps. »Sie haben ihn aufgeschreckt!« Trotz seiner Körperfülle quetschte er sich blitzschnell zum Fahrersitz durch und startete den VW-Bus. Beim dritten Versuch sprang er an. »Du entkommst uns nicht, Truppach! Heute ist Zahltag!«

Der Kommissar nahm die Verfolgung auf. Er wendete, die Reifen drehten kurz durch, Schotter spritzte. Kamera und Richtmikrofon kippten um, doch das war ihm egal. Starr hielt er den Blick auf das Zielfahrzeug gerichtet. Brandeisen klammerte sich an einen Haltegriff und an die Bierflasche, die er gerade noch gerettet hatte. Er leerte sie auf gerader Strecke. Da ihm die düsteren Obsessionen seines Freundes Kummer bereiteten, war er einem Frühschoppen nicht abgeneigt.

Truppach bretterte durch Tütschengereuth Richtung Trabelsdorf und bog nach Lisberg ab. Von dort ging es weiter nach Burgebrach. Er fuhr einen flotten Reifen, als wäre ihm ein vollschlanker, übernächtigter und nichtsdestotrotz hartnäckiger Polizist auf den Fersen, dessen Deodorant versagte.

Währenddessen kam Küps ins Spekulieren. »Truppach hat die ganze Nacht hindurch Meth gekocht. Jetzt ist er auf dem Weg zu dem Dealer, der die Ware für ihn vertickt. Dadurch erfahren wir, wer seine Geschäftspartner sind.«

»Oder er gondelt einfach nur durch die Lande«, wandte Brandeisen ein.

»Nie im Leben! Da hat jemand eine Verabredung mit seiner Geldquelle. Typen wie Truppach machen sich nicht im Vertrieb die Hände schmutzig, die bleiben schön im Hintergrund. Er trifft seinen Mittelsmann und übergibt ihm die frische Produktion.«

»Abwarten.«

Das Wohnmobil fuhr jetzt über die B 22 nach Westen in den Steigerwald. Küps folgte ihm mit entsprechendem Abstand und kurbelte die Scheibe herunter. Der Wind bemühte sich vergeblich, das kümmerliche Resthaar auf seinem Schädel zu verwuscheln. Wenigstens blieb er dadurch wach.

»Ich kann nur hoffen, dass Sie sich in nichts verrannt haben.« Der Staatsanwalt zweifelte immer noch. Wie konnte er den Kommissar bloß überzeugen, von dieser *idée fixe* abzulassen?

Zehn Minuten später erreichten sie Ebrach. Am Ortsende bog das Hymermobil zum Campingplatz Weihersee ab. Doch schon nach wenigen Metern verlangsamte es die Fahrt und parkte neben dem Naturbad AcquaSana.

Truppach stieg aus. Kariertes Freizeithemd, Flanellhose, Sandalen – er wirkte so harmlos und spießig, wie Brandeisen es vermutet hatte. Eine Sporttasche hing ihm über der Schulter.

Doch er war nicht allein. Die Beifahrertür öffnete sich, eine attraktive Blondine stöckelte zu Truppach und gab ihm einen dicken Schmatz auf die Wange. Ihre Oberweite, von einem weißen Bikinioberteil nur unzureichend im Zaum gehalten, war ihr dabei ein wenig im Weg, aber das störte den Chemiker nicht. Gemeinsam betraten sie das Naturbad.

Küps brachte den Mund nicht mehr zu.

Brandeisen ging es genauso. Nach einer Weile fand er die Sprache wieder. »Wer hätte das gedacht: eine alte Bekannte. Erinnern Sie sich noch an den Mord im Bordell? An den Stadtrat mit der Viagra-Überdosis? Das war einer unserer ersten Fälle.« [1]

»Und ob ich mich erinnere!«, stieß der Kommissar hervor. »Wie hieß die Frau noch mal?«

»Karin Gundlitz, mit Künstlernamen Fiona Felucci. Hat damals als Zeugin ausgesagt. Ohne sie hätten wir den Täter nicht gefasst.«

»Truppach ist verheiratet, aber definitiv nicht mit diesem blonden Gift!«, fügte Küps hinzu. »Das muss seine Komplizin sein.«

»Gespielin, würde ich eher sagen.« Brandeisen überlegte. Jetzt sah die Sache anders aus. War Truppachs Wohnmobilaktion nur ein Vorwand für ein Sexabenteuer auf dem Lande? Dann gab es hier nichts zu ermitteln. Am besten war es wohl, diese fehlgeleitete Observation sofort einzustellen, dem Kommissar einen guten Psychotherapeuten zu empfehlen und seine Extratour unter den Teppich zu kehren, *errare humanum est.* Doch dass Truppach ausgerechnet an eine Stripperin geraten war, machte den Staatsanwalt stutzig.

»Folgen wir dem seltsamen Pärchen«, sagte er schließlich. »Bisher konnte ich mich auf Ihren Riecher immer verlassen.«

Am Kassenhäuschen mussten sich die beiden Badehosen und Handtücher leihen, um als Freunde des

---

[1] »Fest der Liebe« in: *Drei Morde zu wenig. Brandeisen & Küps ermitteln*

kühlen Nass durchzugehen. Sie suchten sich ein abgelegenes Plätzchen auf der Liegewiese. Küps hatte sich in graue Bermudashorts gezwängt, die ihm die Anmutung eines Presssacks im Naturdarm verliehen. Brandeisen trug schwarze Pants. Aufgrund seiner langen, dünnen Gliedmaßen sah er damit aus wie ein ausgestorbener Flugsaurier, der im Begriff stand, auf seine Beute herniederzustoßen.

Truppach vergnügte sich derweil mit seiner Begleiterin im Schwimmbecken. Die Frau zog alle Blicke auf sich. Nun tendierte ein weißer Bikini bei Wasserung ohnehin schon zu einer gewissen Transparenz, welche die hervorstechendsten Eigenschaften seiner Trägerin betonte. Das dehnungsfreudige Material – Spandex, zwei Nummern zu klein – unterstrich dieses Phänomen. Doch Karin Gundlitz verstand es zudem, ihre jahrelange Erfahrung im Ausdruckstanz effektvoll einzusetzen. Es war ein perlendes Lachen, Hüpfen, Haare-Zurückstreichen, als stünde Ebrach zur Mittagsstunde unter dem göttlichen Schutz Aphrodites, der Schaumgeborenen.

Truppach genoss den Neid des männlichen Publikums in vollen Zügen. Und als seine Karin am Ende des Badespaßes huldvoll durch den Niedrigwasserbereich watete und den Fluten entstieg, kam ihre Bikinihose erst richtig zur Geltung: ein briefmarkengroßes Nichts, dessen Schnürchen irgendwo in der Anatomie verschwanden.

Brandeisen und Küps lagen vorsichtshalber auf den Bäuchen. Keiner rührte sich. Sie beobachteten die Darbietung mit der Verstandeskälte professioneller Fahnder.

Auf der Liegewiese lief bereits die Fortsetzung. Karin Gundlitz sank auf ihr Badetuch und wurde von Truppach liebevoll abfrottiert. Nach dieser dramatischen Pause richtete sie sich auf, nahm das Oberteil ab und cremte sich ausgiebig mit Sonnenmilch ein.

Brandeisen hatte keine Ahnung, ob oben ohne im AcquaSana erlaubt war. Aber ebenso gut hätte man gegen einen Tsunami protestieren können. So etwas passierte einfach, und jedermann nahm es mit der Handykamera auf. Den anderen Badegästen blieb die Spucke weg. Sogar die Kinder bekamen große Augen, wie bei *Welt der Wunder* auf Pro7.

Verschämt schaute Brandeisen zu Küps. Kein fränkisches »Leck mich fett!« oder zumindest Grunzlaute der Anerkennung? Stattdessen blickte der Kommissar sinnend in die Ferne, als sei der Parkplatz viel interessanter.

Aus Gründen des UV-Schutzes bearbeitete Karin Gundlitz ihre Brustpartie besonders nachdrücklich. Dann legte sie sich flach hin, und Truppach salbte ihr den Rücken. Kurz darauf bat sie ihn, ihr den String aus den Gesäßfalten zu pflücken, von wegen nahtloser Bräune. Die Zuschauer hielten die Luft an.

»Das ist wie bei Tesafilm. Man muss nur den Anfang finden«, spottete Brandeisen.

Doch Küps war mit seinen Gedanken und Blicken woanders. »Irgendwas tut sich da.« Er richtete sich auf.

»Wie meinen?«

»Truppachs Wohnmobil. Da sind Leute.«

»Wahrscheinlich Sommerfrischler. Still jetzt!« Brandeisen, sonst nur schwer erregbar, war wie gebannt. Unendlich langsam löste sich der String von Karin Gundlitz' nacktem Hintern. Dieser Truppach schien ein Genießer zu sein.

Küps hatte einen Feldstecher eingeschmuggelt. Er linste hindurch. »Die haben ein Brecheisen. Knacken grad die Tür.« Er holte seine Dienstwaffe aus dem Kulturbeutel und stürmte los. »Zugriff!«

Karins Pobacken erzitterten, als Truppach die Schnürchen ganz entfernte. Ein paar Schwimmgreise kämpften mit ihrem Kreislauf, die örtlichen Jungmänner sabberten.

Brandeisen riss sich von dem Anblick los und folgte dem Kommissar. Der war weit voraus. Schüsse krachten. Drehte er jetzt vollkommen durch?

Der Parkplatz war in eine Staubwolke gehüllt. Man konnte gerade noch das Heck einer schweren Limousine erahnen, die sich mit aufheulendem Motor entfernte. Küps verschoss den Rest seines Magazins, zu spät. »Die sind jetzt über alle Berge.«

»Wer denn, zum Teufel?«, rief der Staatsanwalt.

»Na, die Meth-Dealer! Wetten, dass die den ganzen Stoff aus dem Wohnmobil geklaut haben, vor der geplanten Übergabe? Das kommt davon, wenn man sich mit der Unterwelt einlässt.«

Durch die aufgebrochene Tür gelangten die beiden Ermittler ins Innere. Es sah tatsächlich aus wie in einem Labor, verschiedene Behältnisse, Messzylinder, Abfüllröhrchen, Schläuche, alles in heilloser Unordnung. Doch es roch kaum nach Chemikalien, sondern irgendwie ... malzig.

Inzwischen waren Truppach und die mit einem Badetuch umhüllte Karin Gundlitz herbeigeeilt.

»Haben *Sie* hier so gewütet?«, fuhr der Mann Küps an. »Was geht hier vor?«

»Das waren Einbrecher – Ihre neuen Freunde.«

»Bleiben Sie, wo Sie sind! Ich rufe die Polizei!«

Der Kommissar wies auf seine Waffe. »Nicht nötig, Kripo Bamberg.« Er stellte sich und Brandeisen vor. »Wir beobachten Sie schon seit Wochen. Jetzt erklären Sie mal, was es mit diesen Apparaturen auf sich hat.«

»Geht Sie gar nichts an.« Truppach klang eingeschüchtert.

»So? Dann nehme ich Sie fest, und wir unterhalten uns auf der Wache weiter. Im hiesigen Knast ist für Drogenköche sicher noch ein Plätzchen frei.«

»Drogen? Ich verstehe nicht ...« Schließlich begriff der Chemiker. »Wo denken Sie hin? Ich habe hier mit Bier experimentiert.«

»Etwas genauer, bitte«, sagte Brandeisen.

»Synthetisch hergestelltes Rauchbier, im Auftrag einer Großbrauerei. Die Industrie hat enormes Interesse daran, den langwierigen Gärungsprozess zu umgehen. Die wollen ein künstliches Produkt, dem Original geschmacklich ebenbürtig, aber viel billiger in der Herstellung.«

»Was für ein Frevel!«

»Stellen Sie sich vor, es funktioniert! Natürlich ist das streng geheim. Ich kann Ihnen meine Aufzeichnungen mit der Formel zeigen.« Er blickte sich suchend um. »Wo ist denn mein Notebook? Vorhin war es doch noch da, hier auf der Arbeitsplatte.«

»Hat wohl den Besitzer gewechselt. Ihre Formel ist weg.« Küps erzählte von der flüchtigen Limousine.

»Das muss die Konkurrenz gewesen sein, diese Konzerne reißen sich um meine Forschung.« Truppach sackte in sich zusammen. »Alles umsonst!«

»Und wie hat die Konkurrenz Wind von der Sache bekommen, wenn alles geheim war?«, wollte Brandeisen wissen.

Stille. Die Männer musterten einander, bis es ihnen

dämmerte. Karin Gundlitz hatte sich klammheimlich verabschiedet.

Zu dritt versuchten sie, sich aus dem Wohnmobil zu zwängen. »Ihr Busenwunder hat Sie im Freibad abgelenkt«, sagte Küps, »damit die Diebe hier alles auf den Kopf stellen konnten. Karin Gundlitz steckt mit denen unter einer Decke.«

»Sie heißt Fiona.«

»Hab ich auch mal gedacht«, räumte Brandeisen ein.

»Ich wollte mich scheiden lassen! Wir waren Seelenverwandte!«

»Witzbold.«

Irgendwie schafften sie es, ins Freie zu gelangen, und sahen gerade noch, wie die treulose Stripperin auf einem offenbar gestohlenen Rennrad zur Hauptstraße eierte. Karins Exitstrategie ließ zu wünschen übrig, zumal sich das Badetuch löste und sie splitternackt weiterradelte.

Ebrach hatte unverschämtes Glück an diesem strahlenden, perfekt ausgeleuchteten Julitag. Ohne Zweifel kamen den Steigerwäldlern die berühmten Zeilen aus Goethes Venezianischen Epigrammen in den Sinn: *Arm und kleiderlos war, als ich sie geworben, das Mädchen. Damals gefiel sie mir nackt, wie sie mir jetzt noch gefällt.«* Brandeisen indessen fühlte sich an das Video zu dem Queen-Song *Bicycle Race* erinnert. *Bicycle races are coming your way, so forget all your duties, oh yeah ...*

Küps saß schon im VW-Bus. »Das Mistding springt nicht an!«, fluchte er. Mittlerweile waren sie von Schaulustigen umringt.

»Dann nehmen wir mein Wohnmobil«, schlug Truppach vor – ohne zu bedenken, dass der Kommissar aus Versehen einen Reifen zerschossen hatte.

Es dauerte eine Weile, die Batterie des T3 zu überbrücken. Mit Karacho fuhren sie zur Hauptstraße.

Wohin jetzt? Karin Gundlitz konnte verschiedene Richtungen eingeschlagen haben. Ihre Chance auf eine Mitfahrgelegenheit war groß, wozu nicht zuletzt der Rennradsattel ein Erkleckliches beitrug.

Küps bog nach Bamberg ab. Ein Fehler, wie sich herausstellte. In der Ortsmitte gerieten sie prompt in eine Polizeikontrolle. Anscheinend waren die Ebracher Kollegen von aufrechten Mitbürgern alarmiert worden.

Hauptwachtmeister Hans Höppel winkte den VW-Bus mit der Kelle raus. »Wen hammer denn do …«

Dummerweise trug das Trio Infernal immer noch Badehosen, die Ausweise lagen im AcquaSana. Brandeisen entrüstete sich wortreich, doch es half nichts, sie mussten am Straßenrand warten, während die Ebracher Kollegen den T3 filzten. Küpsens Dienstpistole wurde beschlagnahmt, was die Lage nicht wirklich entspannte. Drei halbnackte aufgepeitschte Individuen in einem Hippie-Gefährt, bewaffnet und irgendwelche Märchen über chemische Formeln und eine Diebesbande stammelnd – das konnte doch nur eines bedeuten …

Der Motorblock des Busses befand sich im Heck und war schwer zugänglich. Nur echte Experten mit Oldtimerkenntnissen wussten, wo sie suchen mussten. Am Ende gelang Hans Höppel eine Woche vor dem wohlverdienten Ruhestand der Coup seines Lebens: zehn Kilo hochpotentes Marihuana, versteckt hinter dem Vergaser. Ein bisschen alt, aber das spielte keine Rolle. Und so wie diese schrägen Vögel aus Bamberg aussahen, war da sicher noch mehr zu holen.

»Leibesvisitation«, ordnete er an. »Haben wir noch Einweghandschuhe?«

Zwei Fremde rechnen ab

Die Luft flirrte vor Hitze, gnadenlos brannte die Mittagssonne hernieder. Ein Schwarm grünglänzender Fliegen erhob sich von der Leiche. In der Brust des jungen Mannes klaffte ein bratpfannengroßes Loch.

Küps drehte ihn um. Zwischen den Schulterblättern konnte man die deutlich kleinere Eintrittswunde erkennen.

»Er ist von hinten erschossen worden«, sagte der Kommissar. »Tut mir leid, Hetty.«

»Dariusz war ein guter Junge. Die beste Hilfskraft, die ich je hatte.« Sie senkte den Kopf und wischte sich eine Träne von der Wange. Dann breitete sie eine Decke über den leblosen Körper. »Er hat den Zaun repariert, deshalb musste er sterben. Ich hab noch gesagt, geh nicht allein zur Nordweide hoch, das ist viel zu gefährlich.«

Küps berührte sie am Arm. »Scheint so, als würde Pendrick jetzt Ernst machen.«

»Der Teufel soll ihn holen!« Hetty wandte sich einer Fichtenschonung zu, die sich jenseits des Zauns bis zum nächsten Hügelkamm erstreckte. »Hörst du, Pendrick? Dafür schmorst du in der Hölle! Aber zuvor schneid ich dir den Kopf ab und lass dir von den Krähen die Augen aushacken!«

Der Kommissar ließ sie ihren Zorn hinausschreien. Seine Schwester Henrietta war schon immer eine resolute Person gewesen. Wenn sie in Fahrt war, kam man ihr besser nicht in die Quere.

»Erst ist der Stall unten am Schwarzbach abgebrannt«, erklärte er Brandeisen. »Dann haben sie sechs

Rinder abgeknallt. Und jetzt das. Begreifen Sie, warum ich Sie gerufen habe?«

»Verständigen Sie die Rechtsmedizin und die Hofer Kollegen.«

»Klar. Die werden sich aber Zeit lassen. Entweder stehen sie auf Pendricks Lohnliste. Oder er hat sie in der Hand, weil er ihre Familien bedroht.«

»Ist das nicht etwas übertrieben?«, fragte der Staatsanwalt.

»Diese sogenannten Gesetzeshüter haben schon keinen Finger gerührt, als der alte Janisch in seiner eigenen Scheune ›zufällig‹ von einem Heuballen erschlagen wurde. Der wollte auch kein Land verkaufen, genauso wie Hetty.«

»Und das LKA?«

»Fühlt sich nicht zuständig. Wenn Sie mich fragen: Die feinen Pinsel aus München trauen sich gar nicht erst hier hoch. Wir sind auf uns allein gestellt.«

Küps machte noch ein paar Fotos vom Tatort und der Leiche. Dann stiegen sie in den Geländewagen und fuhren zurück zu Hettys Ranch. Düster erhob sich in der Ferne der Nadelwald und dahinter das Hochmoor, schweigend wie eh und je.

Vor zwei Wochen hatte Küps Sonderurlaub genommen und war den weiten Weg nach Ostoberfranken ins bayerische Vogtland gekommen, um Hetty Beistand zu leisten. Seine Schwester besaß dort einen kleinen Bauernhof mit fünfzig Hektar Weideland. Kurz nach der Wiedervereinigung hatte sie sich im ehemaligen Grenzgebiet zwischen Bayern, Thüringen und Sachsen niedergelassen und ein neues Leben angefangen. Viele waren damals dem Lockruf von Leipzig oder Berlin gefolgt. Doch neben hoffnungsvollen Siedlern zogen die großen Städte des Ostens auch massenhaft Abenteurer, Glücksritter und Halsabschneider an, woran sich bis heute wenig geändert hat.

Hetty traute der Goldgräberstimmung nicht. Menschenansammlungen waren ihr ohnehin suspekt, sogar in der Heimat. Also verließ sie das beschauliche Bamberg und kehrte der Zivilisation den Rücken. Ins Zonenrandgebiet nördlich von Unterhartmannsreuth wagte sich damals kaum jemand, eine raue, strukturschwache Gegend, wo es nur Wölfe, Kreuzottern und die Überreste des Todesstreifens gab. Henrietta Küps erwarb ein verfallenes Gehöft und baute es mit ihren eigenen Händen wieder auf. Die ersten Jahre waren hart, sie probierte es mit Schafen und Ziegen, dann sattelte sie auf Rinder um, schottische Galloways, eine robuste Rasse, ideal für die ganzjährige Freilandhaltung. Inzwischen war die Herde auf knapp hundert Tiere angewachsen. Der Fleischhandel lief gut, die Metzger der Region waren treue Abnehmer – bis Pendrick dazwischenfunkte.

»Der Scheißkerl setzt jeden unter Druck, der Galloway-Fleisch verkauft. Ich bleib auf meinen Steaks sitzen, es ist ein Jammer. Lang dauert es nicht mehr, dann dreht mir die Bank den Geldhahn zu, und ich steh vor dem Ruin.«

Sie saßen an einem grob gezimmerten Tisch vor dem Haus, das Vordach spendete Schatten. Hetty schenkte Kaffee ein.

»Und warum das alles?«, wollte der Staatsanwalt wissen. »Wer ist dieser Pendrick überhaupt?«

»Angefangen hat er als Spekulant«, antwortete der Kommissar. »Nach der Wende tauchte er plötzlich auf und verscheuerte marode Ost-Immobilien an ahnungslose Westler. Sie wissen schon, die Bruchbuden von Wirtschaftsflüchtlingen, die sonst keiner haben wollte.«

»Der Staat hat solche Geschäftemacher auch noch subventioniert«, meinte Brandeisen und nickte Hetty zu. »Kompliment, Frau Küps. Der haut einen um, ein richtiger Gourmet-Kaffee.«

Der Kommissar fuhr fort. »Als die Regierung das Grenzland zum Verkauf freigab, schlug Pendrick zu. Er wurde Großgrundbesitzer, das nötige Kleingeld dafür hatte er mittlerweile. Und um die Flächen abzurunden und industriell nutzbar zu machen, schwatzte er den Bauern ihr Land ab.«

»Nach dem Wegfall der Zonenrandförderung hatte er leichtes Spiel«, ergänzte Hetty. »Viele gaben auf und ließen sich für einen Spottpreis über den Tisch ziehen. Nur ich nicht.«

»Und wozu braucht Pendrick all das Land?«, fragte Brandeisen.

»Er legt riesige Christbaumkulturen an, wie sie es im Frankenwald machen.« Der Kommissar lachte verdrießlich. »Sie nennen ihn schon den ›Fichtenfürst‹. Und wo er keine Bäume hinsetzt, baut er Biogasmais an, das bringt richtig Schotter.«

»Biogas klingt doch umweltfreundlich.«

»Ist es aber nicht. Diese endlosen Maisäcker zerstören die Artenvielfalt. Weideflächen werden immer weniger, die Erosion nimmt zu. Außerdem ist die Klimabilanz von Methangasanlagen verheerend.«

Brandeisen fiel dazu ein Zitat ein. »Wie heißt es bei Aristoteles? *Die größten Ungerechtigkeiten gehen von denen aus, die das Übermaß verfolgen, nicht von denen, die die Not treibt.«*

»Und zur Durchsetzung seiner Ziele ist Pendrick jedes Mittel recht. Er hat eine Horde Schläger angeheuert, Neonazis und solches Pack, die machen für ihn die Drecksarbeit. Bei dem alten Janisch haben sie noch einen Unfall vorgetäuscht. Jetzt geben sie sich diese Mühe nicht mehr. Die Pflanzzeit naht.«

»Der arme Dariusz. Hat der Fichtenfürst auch was gegen Ausländer?«

»Wenn es ihm nützt. Würde mich nicht wundern, wenn er demnächst für den Landtag kandidiert und direkt reingewählt wird. Manche Leute laufen gern einem starken Mann hinterher.«

Brandeisen war im Bilde. Offenbar hatte sich das Gesetz aus den hintersten Winkeln der Republik zurückgezogen – falls es dort je gewesen war. Gelichter wie Pendrick herrschte hier von eigenen Gnaden. »Was wollen wir tun?«

»Von den örtlichen Behörden ist keine Hilfe zu erwarten. Ich schlage vor, wir statten Pendrick heute Abend einen Besuch ab und stellen ihn zur Rede.« Küps holte seine Dienstpistole aus dem Schulterholster und wog sie in der Hand.

»Wollen Sie eine Schießerei anfangen?«, wunderte sich Brandeisen.

»Dient nur der eigenen Sicherheit.«

»Uns steht immer noch die Macht des Wortes zu Gebote«, widersprach der Staatsanwalt. »Stecken Sie die Waffe lieber weg, sonst passiert noch ein Unglück.«

»Was haben Sie vor?«, fragte Hetty.

»Ich werde Pendrick seine Rechte verlesen und ihn festnehmen. Ein Anfangsverdacht ist vorhanden. Wenn der Untersuchungsrichter in Hof nicht mitspielt, beantrage ich in Bayreuth eine Sonderkommission, die sich mit dem Fall befasst. Die Gerechtigkeit wird siegen.«

»Danke, dass Sie extra aus Bamberg hergekommen sind.« Hetty ließ die Schultern sinken. »Aber ich hab wenig Hoffnung, dass Gerhard und Sie was ausrichten können.«

Brandeisen war ein langer Schlacks und maß fast zwei Meter. Er straffte den Rücken. »Sie sehen hier die geballte Kraft des Gesetzes vor sich. Ihr werter Herr Bruder und ich haben schon so manchen Banditen seiner verdienten Strafe zugeführt. Wir werden Pendrick das Handwerk legen, meine Liebe, dafür verbürge ich mich.«

Hetty musste lächeln – das erste gute Zeichen an diesem unheilvollen Tag. »Mit leerem Magen ziehen Sie mir jedenfalls nicht los. Jetzt wird gegessen.«

Sie verschwand im Haus. Kurz darauf kehrte sie mit einer Platte knuspriger Steaks zurück. Dazu gab es weiße Bohnen und selbst gebackenes Brot. »Wir leben einfach hier draußen. Greifen Sie zu.«

Peng Ho brachte einen Drei-Liter-Krug Hausbräu. Hetty hatte den spindeldürren Hongkong-Chinesen schon vor Jahren als Koch eingestellt. Seither gehörte er zur Familie.

»Zum Wohl, Herr Staatsanwalt.« Peng rollte das »r« wie ein echter Franke – nicht jedem Klischee war zu trauen.

Die Steaks waren so frisch und blutig, dass man den Bullen noch brüllen hörte. Man haute rein und schmiedete Pläne.

Nach der Mahlzeit hielten die beiden Ermittler Siesta. Es war ein Jahrhundertsommer im Vogtland. Normalerweise fror den Ureinwohnern schon ab Oktober das Hirn ein. Die warme Jahreszeit währte zwei, drei verregnete Monate. Heuer war vieles anders.

Gegen fünf machten sich Brandeisen und Küps fertig. Hetty wollte unbedingt mit, doch der Kommissar bat sie, auf der Ranch die Stellung zu halten. Außer Peng Ho gab es noch einen Stalljungen namens Miguel, der aus Guatemala stammte. Hetty hatte ihn zu sich genommen, nachdem ihr erster und einziger Lebensgefährte mit den Saisoneinnahmen abgehauen war. Irgendjemand musste sich ja um die Tiere kümmern.

»Fahren wir nicht mit dem Rover zu Pendricks Hazienda?«, fragte Brandeisen.

»Hin kämen wir ohne Probleme.« Küps wuchtete einen schweren Westernsattel vom Gatter. »Aber falls sich Pendrick der Festnahme widersetzt, könnte der Rückzug problematisch werden. Dann sollten wir die Straße meiden und beweglich bleiben. Das Gelände ist von tiefen Furchen und Wasserläufen durchzogen.«

»Verstehe.«

Der Kommissar, dem seine gedrungene Statur im unwegsamen Vogtland zustattenkam, öffnete die Box. Ein dunkelbrauner Zuchthengst begrüßte ihn wiehernd. »Hat er gut gefressen, Miguel?«

»Si, Señor. Gedroschenen Mais und Hafer.«

»Gracias!« Küps sattelte das stattliche Tier und führte es nach draußen. Als Kind hatte er Jahr für Jahr auf dem Plärrer seine Runden gedreht, im »Buffalo-Bill-Zelt«, wo alte Zirkuspferde ihr Gnadenbrot verzehrten. Damals hatte er seine Liebe zur Reiterei entdeckt. Doch erst seit er Hetty regelmäßig besuchte, konnte er seine Leidenschaft ausleben.

Miguel holte eine lammfromme Fuchsstute aus dem Stall.

Brandeisen wurde nervös. »Auf so ein Ding kriegen Sie mich nie!«

»Können Sie nicht reiten?«, fragte der Kommissar ungläubig. Die äußere Erscheinung des Staatsanwalts und seine kultivierte Lebensart legten nahe, dass er sich auf dem Rücken der Pferde wie zu Hause fühlte. Doch der Schein trog.

»Soll ich mir den Hals brechen? Diese Tiere sind unberechenbar.«

»Ruby ist ein gutes Pferd«, sagte Miguel. »Sie wird Ihnen keinen Ärger machen.«

»Haben Sie nicht etwas ... Kleineres?«

Küps dachte kurz nach. Ein Grinsen schlich sich in seinen Blick. Miguel grinste zurück. »Warten Sie mal.«

Nach einem Gang zur Koppel kam der Stalljunge mit einem struppigen Shetland-Pony zurück. Die Farbe war undefinierbar, irgendwas zwischen gescheckt und schwarz. Der Widerrist ging Brandeisen gerade mal bis zur Hüfte.

»Das nehm ich!« Der Staatsanwalt freute sich, eine Totalblamage noch einmal abwenden zu können. Mit diesem stummelbeinigen, tonnenförmigen Geschöpf würde er schon zurande kommen. »Auf welchen Namen hört es?«

»Schmusebär«, sagte Miguel. »Mas el nombre ...«

»Das haben wir gleich!« Küps half dem Jungen, das Pony für den Ritt fertig zu machen. In ein paar Minuten war es so weit. Schmusebär hatte sich keinen Millimeter gerührt.

»Scheint ja ein braver Kamerad zu sein.« Brandeisens Skepsis war gewichen. Mit einem langen Schritt schwang er sich in den Sattel.

Miguel kicherte. Der Gehapparat des Staatsanwalts berührte fast den Boden. Er sah aus wie Don Quichotte, der im Karussell auf das Signal zur Abfahrt wartet.

Dann ging es los. Nein, Schmusebär bäumte sich nicht auf, wie vielleicht zu befürchten gewesen war. Küps ritt mit seinem Braunen voran, das Pony trabte hinterdrein.

Prinzipiell hatte Brandeisen keine schlechte Wahl getroffen. Schmusebär würde noch nach Tagen ohne Futter und Wasser weitergaloppieren, wenn der Hengst des Kommissars längst zusammengebrochen war. Der Ausflug schien ihm Freude zu bereiten. Doch erwies sich das Pony als das bissigste, bösartigste, störrischste Biest, das je einen Huf auf God's Own Country respektive Franken gesetzt hatte.

»Wie weit ist es denn noch?«, fragte Brandeisen. Seine Füße waren taub, sein Steiß Matsch. Kaum, dass die Ranch außer Sicht geraten war, hatte Schmusebär geschnappt, gebuckelt und getreten. Bei einer kurzen Rast wäre es ihm fast gelungen, seinen Reiter mit einem gut gezielten Pissestrahl zu durchnässen. Ein anatomisches Kunststück, Küps war Zeuge.

»Wir sind bald da«, sagte der Kommissar zum ungefähr zehnten Mal. Er hielt an und trank von seiner Wasserflasche. Über Meilen waren sie am Rand des Feldwegs durch dürres Gras getrottet. Ihr Weg hatte sie durch hochgelegene Fichtenwälder und manch dunklen Tann geführt, unter dem sich die Hitze des Tages staute und Tod und Verderben ausbrütete. Es war kein Tag, um in der wilden Landschaft zu verweilen.

Ein enges Tal lag vor ihnen. Die Pferde sogen in tiefen Zügen die Luft ein.

»Keinen Schritt weiter.«

Ein schieläugiger Galgenvogel mit einem Zylinderhut löste sich aus dem Schatten der Bäume und blockierte auf seinem Falben den Weg. »Wer seid ihr und was wollt ihr?«

Küps sah aus den Augenwinkeln, wie sich weitere Spießgesellen an den Flanken gruppierten, um sie einzukreisen. Sie waren zu Fuß, doch mochten es mindestens ein Dutzend Männer sein, genug, um zwei beherzte Kriminalbeamte auf Nimmerwiedersehen verschwinden zu lassen.

Brandeisen stellte sich und den Kommissar vor.

Die Bande entblößte Zähne, die dringend einer kieferorthopädischen Korrektur bedurften.

»Wir möchten Ihren Arbeitgeber verhaften«, sagte der Staatsanwalt. »Und wir wären Ihnen sehr verbunden, wenn Sie die Straße freigäben. Im Unterholz reitet sich's schlecht.«

»Den Boss verhaften?« Schielauge gab ein kehliges Lachen von sich. »Ihr seid wohl lebensmüde.«

»Durchaus nicht. Ich garantiere Ihnen allen einen fairen Prozess und gegebenfalls auch mildernde Umstände, wenn Sie hier und jetzt von Ihren früheren Untaten Abstand nehmen und uns passieren lassen.«

»Häh?«

»Wenn Pendrick erst einmal hinter Gittern sitzt«, fuhr Brandeisen fort, »kann ich mich nicht mehr großzügig zeigen. Dann heißt es mitgefangen, mitgehangen.«

»Der verarscht uns doch«, sagte ein Glatzkopf mit Baseballschläger. »Schluss mit dem Gequatsche!« Er stieß ein kojotenartiges Geheul aus, das er sich in einem Heim für Schwererziehbare angewöhnt haben mochte.

Wie auf Kommando wurde Brandeisen vom Pony gezerrt und mit Schlägen eingedeckt. Küps hielt sich auf dem Braunen und schoss mit der Pistole in die Luft. Da zu wenige Patronen im Magazin waren, um Pendricks Wegelagerer außer Gefecht zu setzen, versuchte er sie einzuschüchtern.

Doch es klappte nicht. Der Ritt der beiden Freunde drohte böse zu enden. Ungewaschene Fäuste trafen Brandeisens Gesicht. Küps bekam einen Hieb auf den Arm, seine Heckler & Koch fiel zu Boden. Schmusebär biss zwar wie verrückt um sich und schlug so heftig aus, dass einem Angreifer der halbe Kiefer wegflog. Aber das machte die anderen nur noch wütender.

Plötzlich war der Hall einer wahren Donnerbüchse zu vernehmen. Und wie es aussah, traf der Schütze alles, was er anvisierte: Zehen durch den Stiefel hindurch, Ohrmuscheln, Daumen, Handteller. Und manch haarlosem Schurken zog er einen akkuraten Mittelscheitel über die Schädeldecke.

Der Staatsanwalt befreite sich aus der Umklammerung seiner verblüfften Gegner und sprang auf sein Pony. Der Kommissar schüttelte zwei Strauchdiebe mit Fußtritten ab. Sie wandten sich zur Flucht und galoppierten aus dem Tal heraus, das ihnen fast zur tödlichen Falle geworden wäre.

Erneut sprach das ferne Gewehr und hielt Pendricks Männer in Schach. Brandeisen und Küps entkamen – knapp.

Eine Weile ritten sie, als säße ihnen der Satan im Nacken. Auf einer Anhöhe hielten sie schließlich an und stiegen ab, um die Pferde verschnaufen zu lassen. Während sie so dastanden und ihre Verletzungen untersuchten, näherte sich ein Reiter. Schon von Weitem hob er zum Gruß das Gewehr über den Kopf.

»Scheint unser Retter in der Not zu sein«, sagte Küps.

Brandeisen spuckte Blut. Er hatte eine gerissene Augenbraue, die Oberlippe war stark geschwollen und seine Rippen schmerzten. Er sah ziemlich lädiert aus.

Der Reiter erwies sich als Reiterin. Geschickt ließ sie sich vom Sattel ihrer weißen Araberstute gleiten und näherte sich dem Ermittlerduo. Sie trug Wildlederhosen, ein T-Shirt mit abgeschnittenen Ärmeln und einen löchrigen Strohhut. Nach ihrem zerschlissenen Äußeren zu urteilen, trieb sich die junge Frau schon seit Längerem in den einsamen Hügeln herum. Sie hielt eine Repetierbüchse mit Zielfernrohr locker auf dem Arm. »Was sollte das da unten werden?«

»Eine Festnahme«, sagte der Kommissar verdattert und machte sich und den Staatsanwalt bekannt. »Diese Strolche sind uns dazwischengekommen.«

»Denen habt ihr's aber anständig gegeben.«

Brandeisen räusperte sich. »Ein kleines Handgemenge, nichts weiter. Danke, dass Sie uns geholfen haben.«

»Die hätten euch umgelegt.«

»Wir wurden überrascht. Das nächste Mal gehen wir durchdachter vor.«

»Nächstes Mal?«, spottete die Meisterschützin. »Könnt ihr vergessen. Das war nur ein Teil von Pendricks Leuten. Heute Nacht kommt der ganze Trupp und fackelt Hettys Ranch ab.«

»Sie sind ja bestens informiert«, meinte Küps.

»Ich blicke über die Wipfel der Wälder und höre auf das, was mir die Bussarde erzählen.« Sie hielt inne und kniete sich hin, als würde sie von einem schweren Gewicht zu Boden gezogen. Ihre Stimme zitterte. »Nur bei Dariusz bin ich zu spät gekommen.«

Bei der jungen Frau handelte es sich um Delilah Janisch. Es stellte sich heraus, dass sie seit dem Tod ihres Vaters in Höhlen hauste wie eine Wildkatze. Beeren, Wurzeln und Kaninchen waren ihre einzige Nahrung, hin und wieder erlegte sie ein Stück Rotwild. Sie lauerte Pendricks Marodeuren auf, wann immer sie konnte. Und sie war in Dariusz verliebt gewesen.

Der Kommissar überredete sie, mit ihm und Brandeisen zur Ranch zurückzureiten. Man müsse jetzt zusammenhalten. Trotz allem, was geschehen war, sei Rache ein schlechter Ratgeber.

»Ich werde diesen dreckigen Ratten weh tun«, sagte Delilah und strich sich eine schwarze Strähne aus dem Gesicht. »Zählt das auch als Rache?«

Hetty war überrascht, Janischs Tochter zu sehen. Sie hatte angenommen, dass Delilah mit der Eisenbahn zu ihren Verwandten in den Süden gefahren war.

»Dad hat mir verboten, hier zu bleiben, wenn ihm was passiert. Aber ich lass mich nicht vertreiben.« Die junge Frau reinigte ihr Gewehr. »Wie steht es mit Ihnen?«

»Ich lebe für dieses Land«, sagte Hetty. »Und ich werde es behalten. Mit dem Wagen zu fliehen kommt nicht infrage.«

Strom und Telefon funktionierten nicht, offenbar waren die Leitungen gekappt worden. Handys hatten so weit draußen keinen Empfang. Peng Ho schmiss einen Dieselgenerator an, damit die Kühlzelle in der Lagerhalle weiterlief. Miguel hatte einen Großteil der Rinder in den

Pferch getrieben. Im Haus zündeten sie Petroleumlampen an.

»Das ist ein guter Ort, um einem Angriff standzuhalten.« Küps ging prüfend in dem großen Wohnzimmer umher. »Wände aus Naturstein und einen halben Meter dick. Zwei Türen, vorne und hinten – gleichzeitig zu beobachten. Die schmalen Fenster sind ausgezeichnete Schießscharten.«

Bevor der Kommissar jedem seine Aufgabe zuwies, verteilten sie die Waffen. Da Hetty gelegentlich auf die Jagd ging, war einiges vorhanden. Sie selbst vertraute ihrem doppelläufigen Bergstutzen. Küps bekam eine Bockflinte und einen Revolver, der sonst für den Fangschuss vorgesehen war. Miguel durfte das Kleinkalibergewehr benutzen.

»Damit hab ich schon Feldhasen erwischt«, sagte er. »Und einen tollwütigen Fuchs!«

Beim Rinderhüten vor einer Woche hatte er es jedoch nicht dabeigehabt. Der Zylindermann war aufgetaucht und hatte ihn übel verprügelt. Zum Abschluss seiner Tortur war er gezwungen worden, ein Lied auf der Mundharmonika zu spielen.

»Das vergess ich nie«, zischte der Junge. Seine schwarzen Augen glühten wie ein Stück Kohle. »Ich bin sehr böse auf *el sombrero de copa*.«

»Das Schwein mit dem Zylinder hat Dariusz erschossen«, sagte Delilah. »Er ist Pendricks rechte Hand. Man nennt ihn Bad Eyes Schulz. Die sinnlose Gewalt geht vor allem auf sein Konto.« Sie machte eine Pause und füllte ihre Munitionsbestände aus Hettys Arsenal auf. »Bitte lass ihn für mich übrig, Miguel.«

»Quizás, Señorita. Vielleicht.«

Dann war Peng Ho an der Reihe. Die Statur des reispapierdünnen Chinesen ließ ihn als wenig kampftauglich erscheinen.

»Sie halten sich besser raus«, sagte Küps.

Worauf sich ein Fleischerbeil schwungvoll in die Bodendielen grub – genau zwischen die Beine des Kommissars. Peng machte seinem Namen zwar keine Ehre. Dafür hatte er in seiner lang zurückliegenden Laufbahn bei der berüchtigten Hongkong-Triade *Sun Yee On* Erfahrung im Gebrauch von Hieb- und Stichwaffen erworben. Noch immer verfügte er über eine Wurfmessersammlung, mit der er täglich trainierte. Küps ließ den treuen Asiaten im Obergeschoss Stellung beziehen.

Blieb noch Brandeisen. »Wie Sie wissen, lehne ich Schusswaffen ab. Ich wäre aber bereit, in dieser unerquicklichen Situation eine Ausnahme zu machen.«

»Nehmen Sie den Revolver«, sagte Küps.

»Ich weiß was Besseres.« Der Staatsanwalt ging zu seinem Wagen nach draußen und kam mit einem Koffer zurück, der wie ein Posaunenkasten aussah. »Kleines Mitbringsel von zu Hause. Ihr Prunkstück für Sondereinsätze.«

Gerührt holte der Kommissar seine Protecta Bulldog heraus. Die Striker-Flinte Kaliber 12, genannt »Streetsweeper«, besaß ein monströses Trommelmagazin und machte Löcher mit 3-D-Effekt – falls sie von ihrem Ziel überhaupt etwas übrig ließ. »Damit treffen sogar Sie.« Küps drückte Brandeisen sein Baby in die Hand und erklärte die kinderleichte Bedienung. »Nur der Rückstoß ist heftig. Kommen Sie damit klar?«

»Ich werde mich vorsehen.«

»Wenn er mit dem Ding schießt, ist der einzig sichere

Platz hinter ihm«, sagte der Kommissar zu den anderen. Dann wies er jedem seinen Posten zu.

Inzwischen war es kurz vor elf. Die Umgebung der Ranch lag im Dunkeln, die Zeit des Wartens begann.

An Schlaf war nicht zu denken. Also erzählte Brandeisen von den spannenden Kriminalfällen, die er zusammen mit Küps gelöst hatte. Wie sie einem ruchlosen Richtermörder auf die Spur gekommen waren. Was sie gegen den Schlitzer von Scheßlitz unternommen hatten. Es dauerte nicht lange, und alle waren eingenickt.

Nur der Staatsanwalt redete ununterbrochen weiter. Bis er bemerkte, wie sich Delilah zur Hintertür stahl.

»Was haben Sie vor?«, flüsterte er.

Sie blieb stehen. »Wenn die nachts angreifen, haben wir keine Chance. Die zünden uns die Bude über dem Kopf an, ohne dass wir einen von denen zu Gesicht bekommen.«

»Stimmt. Zum Schießen wäre Tageslicht besser.«

»Deshalb trage ich den Kampf zum Feind. Die Furt am Schwarzbach ist eine gute Stelle für einen Hinterhalt. Dort nehme ich die Kerle unter Beschuss. Das hält sie bis zum Morgengrauen auf.«

»Machen Sie keine Dummheiten!«

»Ich bin eine Guerillera. Da draußen nütze ich euch mehr als in dieser Mausefalle.«

Brandeisen widersprach, doch Delilah ließ sich nicht umstimmen. Mit gemischten Gefühlen wünschte er ihr viel Glück.

»Haltet Ausschau nach mir bei Sonnenaufgang.« Mit diesen Worten huschte sie hinaus in die Nacht.

Stunden später waren Schüsse zu hören, vereinzelt und in weiter Entfernung. Es ging eine ganze Weile so, dann herrschte wieder Stille.

Es war zermürbend, in die Dunkelheit zu starren und auf ungewöhnliche Bewegungen zu achten. Sie hielten abwechselnd Wache und ließen das Feuer im Kamin nicht ausgehen. Jeder spürte, dass sich eine Gefahr näherte, der sie im Grunde nicht gewachsen waren. Was auch immer Delilah ausgerichtet hatte – ihr Mut konnte den Eingeschlossenen nur einen Aufschub gewähren.

Als die Banditen kamen, schlief Brandeisen fest. Küps rüttelte ihn wach. »Da sind sie!«

Es war kurz vor fünf, ein blutiger Tag dämmerte herauf.

Pendrick hatte seine gesamte Privatarmee aufgeboten. Vier Männer ritten hintereinander die Straße zur Ranch hoch, zwanzig weitere Halunken gingen zu Fuß neben ihnen her. Die Pick-up-Trucks, mit denen sie gekommen waren, standen an Hettys Fischteich in einer geschützten Senke.

Der Trupp durchquerte das Tor und nahm in Schussweite Aufstellung. Sie schienen sich völlig sicher zu fühlen.

Brandeisen öffnete ein Fenster und sah es als Erster: Vor Bad Eyes Schulz, der seinen Zylinder in den Nacken geschoben hatte, saß Delilah im Sattel. Eine hässliche Schramme zog sich über ihre Stirn. Es war, als griffe den Verteidigern eine eiskalte Hand ans Herz.

Schielauge ließ seinen Falben noch ein paar Schritte gehen und hielt an. »Küps!«, rief er mit rauer Sadistenstimme. »Hörst du mich, Küps?«

Der Kommissar schaute zu den anderen: Ratlosigkeit, Entsetzen. Das Verhängnis war wie erwartet eingetreten.

Bad Eyes Schulz bohrte Delilah den Lauf seines Schießprügels in die Seite und riss ihren Kopf brutal nach hinten. »Wir haben der Kleinen noch kein Haar gekrümmt. Aber das kann sich schnell ändern. Meine Männer sind ganz scharf drauf, ihre Messer an junger, weicher Haut auszuprobieren. Und nicht nur ihre Messer.«

Höhnisches Lachen.

»Also schieb deinen Bullenarsch raus. Zum Verhandeln.«

Küps vergewisserte sich, dass sämtliche Gewehre auf die Angreifer gerichtet waren.

Die anderen hatten sich wieder gefangen. Hetty lud ihren Stutzen durch. Miguel visierte ein Ziel an. Brandeisen machte die Protecta klar.

Sie nickten, zu allem entschlossen.

Peng Ho wollte noch etwas sagen, doch der Kommissar trat mit seinem Revolver bereits nach draußen.

Fünfzig Schritte trennten Recht und Gesetz von Mordbrennerei.

»So sieht mein Angebot aus«, begann Bad Eyes Schulz. »Ihr steigt in eure Autos und verschwindet. Freier Abzug, wir wollen ja kein Blutbad. Aber davor unterschreibt Hetty diesen Vertrag.« Einer seiner Handlanger hielt demonstrativ ein Schriftstück hoch. »Hiermit verkaufe ich mein Anwesen und alle dazugehörigen Ländereien ... bla bla bla. Wenn Hetty den Vertrag gegengezeichnet hat, lass ich die Kleine laufen.«

Küps überlegte. Kein Zweifel, Schielauge wollte alle aus dem Haus herauslocken und ein Massaker anrichten. Was danach mit Delilah passieren würde, malte er sich lieber nicht aus. Eine friedliche Lösung war extrem unwahrscheinlich.

»Wer garantiert mir, dass Sie Wort halten?«, fragte er.

»Doktor Pendrick. Er ist Geschäftsmann. Ich vertrete ihn in dieser ... Angelegenheit.«

»Wie ist *der* denn Doktor geworden?«

»Der Boss steckt voller Ideen. Er hat viele einflussreiche Freunde. Und er sieht alles, was ihm nicht gefällt.«

Der Kommissar ließ seinen Blick schweifen. War oben auf dem Hügelkamm nicht der Umriss eines Reiters zu erkennen?

»Was ist?«, drängte Bad Eyes Schulz.

»Einverstanden.« Küps ließ die Schultern hängen. »Geben Sie mir diesen verdammten Vertrag.«

Der Handlanger, ein schwitzender Nickelbrillenträger, kam ihm mit den Papieren entgegen. Er leckte sich die Lippen und zwinkerte Delilah lüstern zu.

Plötzlich schien alles in Zeitlupe abzulaufen.

Küps drückte ab. Nickelbrille erwischte es an der Schulter, er schrie auf. Der Kommissar zog ihm den Revolverlauf über den Schädel und benutzte den bewusstlosen Körper als Deckung.

Hetty schickte eine 9.3 mm auf die Reise. Sekundenbruchteile später fehlte Bad Eyes Schulz nicht nur ein Auge, sondern auch der Rest seines Schädels. Er kippte aus dem Sattel.

Delilah schnappte sich seinen Revolver und nahm die Nebenleute unter Feuer. Miguel verpasste einem weiteren Reiter einen Streifschuss an der Wange. Brandeisen jagte ein paar Schrotladungen über die Köpfe des Fußvolks, dass es nur so pfiff.

Die Banditen wandten sich zur Flucht, nicht nur, weil sie perfekte Zielscheiben abgaben und die Leiche ihres Anführers im Staub lag: Eine weitere Bedrohung kam auf sie zugetrampelt. Peng Ho hatte das Gatter des Rinderpferchs geöffnet und die Tiere zu einer Stampede angestachelt. Delilah und Küps konnten sich gerade noch ins Haus retten. Dann trieben die Galloways alles, was Beine hatte, vor sich her.

Bedauernd strich Peng über die Klinge seiner Machete. Umsonst angeschärft. Obwohl – zur Feier des Tages konnte er Sushi machen.

Delilah lieh sich Hettys mörderischen Stutzen und pfiff nach ihrer Araberstute. Das edle Tier preschte wie aus dem Nichts herbei. Brandeisen und Küps schwangen sich ebenfalls in die Sättel. Das Mädchen, der Kommissar und der Staatsanwalt ritten nebeneinander über die Nordweide.

Pendrick hatte ein paar Meilen Vorsprung. Doch in den Weiten des Vogtlands war das so gut wie nichts. Djangos oberfränkische Erben kamen unerbittlich näher und ließen die Fährte nicht aus den Augen, weder in steinigen Canyons noch in finsterem Forst.

Am Rande des Hochmoors stellten sie den Fichtenfürsten schließlich. Sein Pferd scheute auf dem tückischen Untergrund. Er wurde abgeworfen, rappelte sich hoch und zog eine Waffe. Delilah schoss sie ihm aus der Hand.

»Geben Sie auf«, sagte Küps. »Es ist vorbei.«

»Gar nichts ist vorbei!« Pendrick schäumte. »Die Richter fressen mir aus der Hand, meine Anwälte machen Sie fertig. Bald wachsen überall im Vogtland Christbäume. Maisfelder werden den Rest der Landschaft bedecken. Und diese stinkenden Rinder verschwinden für immer!«

Die Schimpftirade des Fichtenfürsten ging noch weiter. Er drohte mit seinen Kontakten zu Landratsamt, Verfassungsschutz und EU-Politikern. Während er Gift und Galle spuckte, holte er eine verspiegelte Sonnenbrille in Pilotenform aus der Brusttasche und setzte sie auf. Leider war das Ding bei seinem Sturz nicht zu Bruch gegangen.

Brandeisen, Küps und Delilah waren nicht die Einzigen, die Pendricks Redeschwall schwer erträglich fanden. Nahebei graste ein einsames Galloway-Rind. Offenbar fühlte es sich bei der Nahrungsaufnahme gestört, denn es hob unwirsch den Kopf.

Hettys Tiere waren in der Regel ausgesprochen friedlich. Mit ihrem zotteligen Fell wirkten sie wie große Teddybären, die man am liebsten knuddeln möchte.

Das galt nicht für Little Lothar. Der Stier war ein bisschen soziopathisch veranlagt und vertrug sich mit keinem seiner Artgenossen. Gebilde von Menschenhand waren ihm ein Gräuel. Im vergangenen Winter hatte er spontan einen Unterstand zerlegt und als Zugabe noch den Rover umgeschmissen. Hetty war nichts anderes übrig geblieben, als ihn von der Herde zu trennen. Seither führte er auf dem Hochmoor das Leben eines Eigenbrötlers. Bei jeder Jahreszeit trotzte er Wind und Wetter und war sich selbst genug.

Ob es am aggressiven Tonfall des Fichtenfürsten lag oder an der blitzenden Sonnenbrille – Little Lothar setzte sich schnaubend in Bewegung. Sein Name war irreführend, er wog nämlich eine gute Tonne. Wenn er einmal in Schwung geriet, konnte ihn nichts mehr aufhalten.

Pendrick bemerkte zu spät, was da auf ihn zuwalzte. Der Schädel des Stiers traf ihn mit der Wucht eines

Rammbocks und katapultierte ihn einige Klafter weit ins Moor. Er landete in einem schwärzlichen Tümpel.

Little Lothar trottete zu seinem Weideplatz zurück, als wäre nichts geschehen.

Nach ein paar Schreck- und Schmerzsekunden versuchte der Fichtenfürst, sich aus der zähen Masse zu befreien. Doch er versank immer tiefer. Es ging rasend schnell.

Brandeisen saß ab und legte sich flach auf das Torfmoos, um Pendrick eine Hand zu reichen. Delilah warf ihrem Widersacher ein Lasso zu. Aber er bekam es nicht zu fassen. Nur sein Kopf ragte noch aus dem Pfuhl heraus. »Helft mir, ihr Schweinehunde!«

Als er den Mund zu einer letzten Verwünschung öffnete, schloss sich der gefräßige Schlund des Moores über ihm. Ein gurgelndes Geräusch ertönte. Dann war Ruhe.

Die Pilotenbrille trieb noch auf der torfigen Oberfläche. Schließlich verschwand auch sie.

Wortlos ritt das Trio zurück. Nach ein paar Meilen verabschiedete sich Delilah, um auf ihrem Hof nach dem Rechten zu sehen. Sie wollte das Werk ihres Vaters fortsetzen und die Farm neu aufbauen. »Adios!«

»Vaya con dios!«, sagte der Kommissar.

Brandeisen und Küps setzten ihren Weg fort. Der Staatsanwalt stimmte ein Lied an.

Zwei Kämpfer und Streiter,
Zwei kühne Reiter,
Einst ritten durch raue Vogtlande.
Sie ritten lang,
Ihre Blicke war'n bang,
Doch tilgten sie Schimpf und Schande.

»Bitte nicht weitersingen«, sagte Küps. »Sonst gibt's eine Leiche mehr.«

Brandeisen hielt den Mund. Obwohl er sich für einen ganz passablen Sänger hielt.

Der Braune und Schmusebär fielen in leichten Galopp. Vor der steigenden Sonne waren nur zwei ungleiche Silhouetten zu erkennen. Kleiner Mann auf großem Pferd und großer Mann auf Pony.

Das Pony fing an zu bocken.

Die Bissgurrn

Neulich sidst der Küps an seim Schdammblatz aufm *Schbeedsi*. Der Himml is zum Zerschbringa blau, und a glaans Lüfdla geht. Auf der Uhr über der Schänkn sin die Zeicher schdeegabliem. Die Obre Pfarr und der Dom und der Michelsberch lieng do wie gämoolt – alles, wies sei muss und immer scho woä.

Obä ich denk mer vo weidm, irchendwos schdimmt heut net. Weil der Küps immer sein Glöbers schüddlt und blöd grinst, der Herr Kommissar. Und wie er mich kumma sieht, lacht er groodnaus.

Wos isn do edsäd so widsich, frooch ich nä.

Des glabbst du im Lebn net, socht er.

Der Stefan schdellt mer a Seidla hie. Miä schdosn oo und dringn erschd amol.

Sachn gibds, die gibds goä net, socht der Küps.

Wos füa Sachn, frooch ich.

Kaschbä laafn frei rum auf der Welt ... Do konnst nur soong: Sangt Gedreu, machs Dürla auf.

Wos füa Kaschbä?, frooch ich.

Gestern Oomd häddst do sein müssn. Do hast wos verbasst.

Saggrament, wos woä denn los? Raus mit der Schbrooch!

Fängt der Küps oo zu erzähln: Do sin so a boä Durisdn aufm *Schbeedsi* gwesn. Ham sich hindn an die Heggn nooghoggt, gleich nebn der Wiesn, und a »Schäuferlein« gessn.

Frankn woän des net, sooch ich.

Naa, Breußn woän des, des host gleich ghört.

Dena hods beschdimmt gfalln aufm *Schbeedsi,* sooch ich.

Freilich, so was Schöns kenna die goä net bei sich dahamm, socht der Küps. Die Breußn sidsn also a wengala do, dringn ihr Biä und lossn sichs gut gehn. Zu viert woän die, zwaa Bärla, so middleres Aldä, mit bunda Jubbn und Wandäschdiefl, zwengs die vieln Hüüchl in Bamberch. Kummt der Chef vorbei, wasst scho, der Fritz, und froocht, ob alles basst.

Der Fritz is ja immä die Höflichkeit in Berson, sooch ich.

Ebn. Jednfalls, die Breußn soong, dass alles in Ordnung wär, obwohl sie vo ihra Schäuferla des Fett und die halba Grusdn übrig glossn hom, die Doldis.

Des Fett und die Grusdn schmeggn doch am besdn, sooch ich.

Brauchst fräng, socht der Küps. Obä des is edsäd wurscht, weil des Gschbrääch is nuch weidäganga. Die Breußn wolldn vo dem Fritz nämlich wos wissn. »Um welches Gebilde handelt es sich hier?«, froocht so a olda Fregaddn mit aam Bfund Schmingn im Gsicht.

Häh?, sooch ich.

Der Küps deutet nüber zur Heggn.

Wie eds?, frooch ich und kumm net mit.

Um welches Gebilde handelt es sich hier?, socht er und mocht widdä die Breußnschbrooch noch.

Ach, du maanst des Voochlhäusla, sooch ich. Des aufm Bfohl in der Wiesn drinschdeht?

Voochlhäusla is gut, socht der Küps. Des Riesnding is ehrä a Voochlmehrfamilienhaus. Mit am länglichn Kasdn in der Middn, do basst Fuddä nei füä eewich und drei Dooch. Mit dem dungln Holz und die Schnidserein siecht des Ding manchmol richtig unheimlich aus.

Hobb, weidä, sooch ich. Wos hodn der Fritz edsäd gsocht auf die Frooch vo dera Breußnschobbl?

Der Fritz hod sich nix oomergn lossn und hot gsocht: Des is a Katzngrab.

A Katzngrab, sooch ich und lach.

A Katzngrab, socht der Küps. Zwengs dem Fuddäkasdn. Do würd a Katz ja grood neibassn.

Der Fritz is scho a Vreggä, sooch ich.

Der hods faustdick hindä die Oän, socht der Küps.

Und wos hom die Breußn nochäd gsocht?, frooch ich.

Der Fregaddn is erschd amol die Luft wechgabliem. »Ein Katzengrab!«, hods dann gablärrt. »Und wir sitzen direkt daneben? Da wird mir ganz anders!« – Die Katz is doch hie, socht der Fritz. Die mocht kan Maunzärä mehr. – »Woran ist das arme Tier denn verschieden?«, froocht die Fregaddn. – Des woä eichendlich a Kaader, socht der Fritz. Der Kellerkaader Kuglblitz. Und gschdorm isser beim Boggbiäanschdich, an Alkoholvergiftung.

Boggbiäanschdich! Des hom die Breußn dann goä nimmä verschdandn, sooch ich.

Na, des homs net. Also hod der Fritz erglärt, dass der Kuglblitz jedn Dooch immä sei Seidla Biä gricht hod. Obä Boggbiä is ja schdärgä wie normals Biä, und aa mol is es besonders schdork gwesn, und weils net aufbasst hom und dem Kaader wie sunst aa sei Schüssäla vollgmacht hom, hods na zerleecht.

Des is doch a Schmarrn, sooch ich.

Obä a schönä Schmarrn, socht der Küps. Des konnst goä net schönä erfindn.

Und wos hom die Breußn gsocht?

Die Fregaddn is im Vieregg gschbrunga. Ich glaab, die woä scho oogsuffn, die blöda Sulln. »Das ist ein Fall von Tierquälerei«, hod sie gschrien, »Mord an der unschuldigen Kreatur! Sie gehören angezeigt! Polizei!«

Der homs doch ins Hirn gschissn, sooch ich.

A Krawallschachtl woäs halt, socht der Küps. Der ganz Keller hod scho aufgmergt, wos do edsäd los is und warum die Breußnschobbl die Ruh nausdrägt. Do hob *ich* dann mein Aufdritt ghobt. Wennsd in Frangn die Bollizei rufst, issi scho do, sooch ich und halt mein Ausweis hoch.

Do homs geguggt, sooch ich.

Die hom die Goschn goä nimmä zubracht, socht der Küps. Obä des Besde kummt nuch. Weil inzwischn woä der Brandeisen do.

Der Schdaadsanwalt?, frooch ich.

Eijoo! Der Brandeisen hod kurz midm Stefan gflüsdert und gleich gschbannt, wos läfft. Und wos macht er? Geht zu dem Tisch mit dem Breußngsindl hie und schdellt sich vor, mit Diener und Habe-die-Ehre und allem, wos dazughört.

Alde Schule, sooch ich.

Und weil der Brandeisen a Schdudierter is, hält er den Breußn an Vordraach. Dass des »ein alter fränkischer Brauch« wär, die Kellerkatzn aufm Keller beizusedsn, »in einem Hochgrab an ihrer früheren Wirkungsstätte«. Dass es scho im aldn Ägypten an Katznkult gebm hätt und dass damols des erschde Biä gebraut worn is, wos beweist, dass die Frankn direkt vo die Pharaonen abschdammen. »Ich möchte doch darum bitten, die Sitten der Ureinwohner zu respektieren, alldieweil es zu unschönen Szenen kommen kann und der Volkszorn möglicherweise nicht mehr zu bändigen ist.« Genau so hod der des gesocht.

Leck fett, sooch ich. Der Brandeisen is a Hund.

Wenn der mooch, isser füä jedn Grambf zu hom, socht der Küps. Kurz und gut: Ich hob scho dengt, dass die Breußn endlich die Babbm haldn. Obä die Fregaddn hod sich immä weidä aufgabörscht.

Woä des a Bissgurrn, sooch ich.

Edsädla hommers, socht der Küps, des is des richdiche Wort! A Bissgurrn woä des, wiest sie diä schlimmer net vorschdelln konnst. Socht die doch zum Fritz: »Behaupten Sie etwa, dass der Kater in diesem Behältnis verwest ist?« – Wos denn sunst?, socht der Fritz. – »Dann muss hier das Gesundheitsamt einschreiten«, socht die Bissgurrn, die elendich, und schaut mich oo. »Herr Wachtmeister, sorgen Sie dafür, dass diese Gaststätte unverzüglich geschlossen wird!«

Geh zu, sooch ich und dreh die Aang raus.

Die Leut sin dann nadürlich unruich gworn, socht der Küps. Den *Schbeedsi* schließn? Wennsd des öffndlich verlangst, spielst ja mit deim Lebm. Ich hob a wengala gezöchert und wollt scho fast die Woarheit erzähln. Blödslich schdeht die Bissgurrn auf, geht durch die Heggn naus auf die Wiesn und socht: »Sie sind allesamt Barbaren! Man muss die Tierleiche exhumieren, bevor noch jemand zu Schaden kommt.« Und dann macht sie des Katzngrab auf, also den Fuddäkasdn füä die Vöchäla, und wos bassiert?

Nix, sooch ich.

Sunnablumakärn riesln naus, socht der Küps.

Gscheit recht, sooch ich.

Die Bissgurrn schaut wie a Moggala, wenns blidst, und mergt, dass sie sich bis auf die Gnochn blamiert hod. Und alla freun sich wos zamm und brunsn fast in die Hosn vor Lachn. Spässla gmacht, sooch ich dann, um die Siduadsion zu endschärfn, des Katzngrab is a Voochlhäusla. Und der Fritz als gudä Wirt schdellt den Breußn schnell a Rundn Willi hie auf Kosdn des Hauses. Die Bissgurrn ziecht nuch a garschdichs Gsicht. Obä schlussendlich kibbt sie sich iän Schnabbs nei und gibt a Ruh.

Des is kaa Wundä, sooch ich. Wenn Breußn wos ummersunst gring, fühln die sich gleich wie der Kaisä högstbersönlich.

Und der Brandeisen socht nuch zur Bissgurrn: »Jetzt können Sie Ihren Lieben zu Hause eine drollige Anekdote über das Frankenvölkchen erzählen.«

Der Brandeisen waaß halt, wos sich ghört, sooch ich.

Und die Bambercher hom widdä a neua *Schbeedsi*-Schdorri, socht der Küps.

Der Stefan bringt uns zwaa frischa Seidla, weil er scho gsehn hod, dass uns bei dem ganzn Gebabbl des Maul dodaal droggn worn is.

Miä schdosn oo und schaun nüber zur Wiesn. »Aufs Katzngrab!«, sooch ich.

Bleibt so a Männla mit Radlerglamoddn und Schdeggerlasbaa an unserm Disch schdehn und socht: »Ein Katzengrab ist das also! Ich habe mich schon gefragt, was es mit diesem merkwürdigen Gebilde auf sich hat.«

Der Küps guggt aufn Schaum vo seim Biä, und ich merk, in dem broodls! Schmarrt des Schdeggerlasbaa uns oo, und miä hom nuch net amol oogedrungn! Wo gibds denn des? Die Leut hom heutzudooch einfoch kan Fungn Anschdant mehr.

Do licht der Kellerkaader Kuglblitz, sooch ich. Gesdern hommäna beigsedst.

Und wennsd uns noch mol bei am frischn Seidla schdörst, socht der Küps, dann lichst gleich daneben.

Des Männla schleicht sich.

Miä wardn a weng. Und weil nix mehr frei is, hoggd sich des Männla ins Loch, des sin die Disch hindn bei die Aborrde. Den Hollämöffl simmä los.

Heilichäs, sooch ich.

Do mochst wos mit, socht der Küps.

Der Schaum vom Biä is längst wech, obä des Schbeedsi schmeggt uns aa so. Miä schaun nunder auf Bamberch und dengn an die ganzn Gschichtla, wos gibt. Nooch und nooch falln uns immer mehrä ei. Lusticha und blöda und saublöda aa, weil des Leben is halt amol so.

A guuds Gschichtla, sooch ich nach aaner Weil, des is ja wie a guuds Biä. Des musst schö langsam oodringn. Bei die erschdn Schlugg löffds a weng schneller zwengs am Dorscht. Der Middldeil is dann zum Genießn. Und wennst des Naachäla siggst, haust es goä nei.

Und wennst Lust host, beschdellsdä nuch an Schnitt, socht der Küps.

Schnitt gibds nur drinna, socht der Stefan, der grood mit am volln Dablett vorbeikummt. Wolldä nuch aans?

Ich gugg nä oo und sooch nix.

Der Küps guggt nä oo und socht nix.

Schdehn die neua Grüüch scho do.

Der Glühweinstadtrat

Neulich kummt der Küps aufm *Schbeedsi*, wasst scho, der Kommissar, der glaa dick. Der Fritz schdelldm gleich a Seidla hie. Miä schdosn oo und schaun aweng naus auf die verschneidn Bäum und die weißn Dächla und Dürmla vo Bamberch. Im Windä is der *Schbeedsikeller* nämlich genauso schö wie im Sommä, nur dass Linsn mit Schboodsn auf der Kardn schdehn, und an Bogg gibds aa.

Noch einer Weil denk ich mer: Wos riechdn do so grauslich? Des müfflt ja wie a bridschäbraada Sandkerwaleichn. Is undäm Disch a Schnabbsflaschn ausgloffn odä wos? Und dann merk ich: den Gschdank den hod der Küps neidrong.

Gell du bist undä die Algoholigä ganga?, frooch ich nä.

Du blöödä Hund, socht der Küps. Ich kumm grood vom Weihnachdsmarkt. Do hods an Doodn geem.

Dunnerkeil, sooch ich. Scho widdä a Doodä!

In Frangn werd halt am Band gschdorm, socht der Küps. Des geht zu wie bei der Bosch odä beim Kuufi.

Und wer hod nachäd den Löffl obgeem?, frooch ich.

No der Ding, socht der Küps.

Der Ding?, frooch ich.

Der Ding …, wie hassdn der edsäd? Der Schdoddroot, wasst scho, der mit der Brilln.

Miä hom viel Schdoddräät mit Brilln, sooch ich. Konnst des net aweng eigrendsn?

Der Ding, der is immä in die Weinschdubm rumgflaggt, a Bimberläswichtich woä des, und aweng a Wambm hod er ghobd.

In welchä Baddei woä der denn?, frooch ich.

Der woä scho in jedä Baddei, socht der Küps. Es Bederla auf alla Subbn is der gwesn, der Ding. Und im Advent hod er sich immä durch die Fußgängäzona gsoffn, vom Maxblatz zur Obän Brüggn und widdä zurück. Dann hod er jedm a Gschbrääch aufghängt, der in Bamberch wos zäm soong hod, und hod nä mit seim Bolliddiggägebabbl in Grund und Bodn graadscht.

Ach der Ding!, sooch ich.

Genau der, socht der Küps.

Und der is doot?, frooch ich.

Heut Middooch hods nä des Gschdell zammghaut. Aus, Ende, Öbfl.

Heilichs Blechla, sooch ich. Und wie is des bassiert?

Middn im größdn Gmöhr, wie er grood bei seim siebten odä achten Glühwein woä.

Hod der den Blämbl net verdroong?, frooch ich.

Der hod an jedn Blämbl verdroong, socht der Küps. Des isses ja, wos mich schdudsich gmocht hod! Sieben, acht Glühwein, füä den Ding woä des gor nix, do is der erscht warm worn.

Gell du hosd an gongreedn Verdacht?, frooch ich.

Freilich hob ich an Verdacht, socht der Küps. Des woä Mord!

Echt?, frooch ich. A richdichä Mord?

Dem homs a Gift nei sein Glühwein gschütt, socht der Küps.

Gift, sooch ich und hob so mei Zweifl. Sin mer eds bei der Miss Maabl?

Du Schmarrä, socht der Küps. Der Schdaadsanwalt socht aa, dass des a asdreiner Giftmord woä.

Der Brandeisen?, frooch ich.

Der hod sich gfreut wie a Schneehoos, socht der Küps. Weil Gift is bei am Mord quasi die hohe Schule, sowos kenna miä goä net in Bamberch. Bei uns schlong sie sich högdens an Glöbers ei, odä sie rammln sich midm Audola zamm. Obä Gift, des is aweng hindnrum, verschdesst, do wasst net gleich, wer der Dääder woä, do musst richdich ermiddln.

Und wie soll des zuganga sei mit dem Gift?, frooch ich.

Fängt der Küps oo zu erzähln: Der Ding, der hod bei so am neua Glühweinschdond die Grädschn gmocht, do hods an Boggbiäglühwein geem.

Boggbiäglühwein, sooch ich. Wos die sich alls eifolln lossn!

Wenns a Gschäft mochn willst, musst halt aweng a Fandasie hom, socht der Küps.

Boggbiäglühwein, sooch ich, des is beschdimmt a Deufelszeuch.

Schmeggt eichendlich goä net schlecht, socht der Küps. Ich hob die Brüh midm Brandeisen nadürlich gleich analysiert, im Selbstversuch, also undäm Einsatz vo meim Lebm.

Die Bollizei, dein Freund und Helfer, sooch ich.

Obä der Glühwein woä in Ordnung, socht der Küps.

Und dann?, frooch ich.

Dann hommä die Bolliddiggäschbeedsis vom Ding gfroocht, wo er sunst nuch gwesn is, also an welchm Glühweinschdond. Und dann hod sich rausgschdellt, dass die braggdisch an jedm Glühweinschdond gwesn worn. Die ham an Zuuch durch die Gmaa gmocht.

Meine Herrn!, sooch ich. Hom die nix Bessers zäm doo?

Des glabbst im Lebm net, wos es am Weihnachdsmarkt alles füä Glühwein gibt, socht der Küps. An

Heidlbeerglühwein, an Öbfl-Schdachlbeer-Glühwein, an Kirschglühwein, an Broseggoglühwein, an Broodobflglühwein, an Glühwein aus Frangnwein, an Rauchbiäglühwein, an roodn, an grüna und an weißn Glühwein vom Keesmüller, a schwarze Widwe mit Süßholz drinna, an Karl-Friedrich vom Riffelmacher ...

Hör fei auf!, sooch ich.

Und des is nur der Glühwein, socht der Küps. Dann gibds nuch an Rumbunsch, an Aaiäbunsch, an heißn Caibi, an heißn Schbrizz, an heißn Meet und – hold dich fest – a Wiggingäblut.

A Wiggingäblut?, frooch ich.

Mit Honich und Kirsch, socht der Küps. Ko mä scho dringn.

Zeuch gibds, sooch ich, des gibds goä net.

Miä hom des gwissnhaft durchbrobiert, socht der Küps, und alles woä einwandfrei.

Und edsäd dringst nuch a Biä hinderher?, frooch ich nä.

Des is zum Neudralisiern noch dem ganzn süßn Gebabb, socht der Küps. Jednfalls, vo am Gift hom miä nix gmergt. Sunst hädd mer ja den ganzn Weihnachdsmarkt zumachn müssn.

Des hädd a Geöffl geem, sooch ich.

Ebm, socht der Küps. Simmä also zurück zum Boggbiäglühweinschdond, weil wir hom uns dengt, a Gift, des bei einer oldn Saufnosn wie dem Ding gwirgt hod, des muss so schdark gwesn sei, dass er gleich nochm erschdn Schlugg hiegebollert is.

Des hasst ..., sooch ich und überleech, ... der Dääder hod des Gift dem Ding in sein Boggbiäglühwein neigmischt.

Direggd in sein Becher nei, socht der Küps. Obä aaner vom Ausschank woä des sichä net. Die wärn ja saublöd, wenns ihr Kundn vergifdn würdn. Und gsäng hom die aa nix, weil an dem Schdond Hochbedrieb woä.

Und die Bolliddiggäschbeedsis vom Ding?, frooch ich. Mit wem woä des Kerwasgsicht denn undäwegs?

Mit drei Schdoddräät, socht der Küps. Die worn alla nuch do, wie miä zur Leichn kumma sin. Und dann homs uns gholfn beim Rekonschdruiern.

Aha!, sooch ich. Wenn aaner vo denna scho hammganga wär, dann hädd er sich ja verdächdich gmocht.

Genau, socht der Küps. Obä die Schdoddräät hom sich ums Verreggn nimmä erinnern gekönnt, wer die ledsde Glühweinrundn gholt hod.

Weil sie scho zammgwaacht gwesn worn, die Doldis, sooch ich.

Voderweecha, socht der Küps. A Bambercher Schdoddroot verdräächt scho aweng wos. Weil Bollidigg werd bei uns ja am Biädisch gmocht, da brauchst a Leebä wie a Aggergaul. Und überoll gibds Freibiä füä unsera Volgsverdredä. Naa, bsuffn worn die drei Kaschbä nuch long net!

Und wie is nachäd weidäganga?, frooch ich.

Eds hod dem Brandeisen sei Schdund gschlong, socht der Küps. Der hod nämlich kombiniert wie der Scherlogg Holms. Schdichwort: Modief.

Des kenn ich vom Grimmi, sooch ich. Füä an Mord brauchst a Modief.

Odä du bist gschdöördt, socht der Küps. Dann langds, dasst gschdöördt bist, dann brauchst ka Modief.

Woä do a Gschdöördä dabei?, frooch ich.

Aweng gschdöördt worn die drei alla, sunst wersd ja

ka Schdoddroot, socht der Küps. Obä füä an Jachdschein langds bei denna net.

Und blödslich lacht der ganz *Schbeedsikeller* groodnaus, weil die Leut die Oän gschbidsd hom, wos miä so zammwaafn.

Redn mer liebä aweng leisä, sooch ich.

Schdeich mern Fragg nauf, socht der Küps. Des koo jedä hörn. Morng schdeeds eh im Äffdee.

Wennst maanst, sooch ich.

Kurz und gut, socht der Küps, der Brandeisen hod sich die drei Kameradn nacheinandä vorgagnöbft. Aufn Kopf hod er denna zugsocht, wos sie füra Modief hom, weil der Brandeisen kennt sich aus mit dem Bolliddiggägschwädl. Der hod dahamm Aggdnordnä voll mit Madderial über die Großgobferdn.

Edsäd därfst obä kaa Naama nenna, sooch ich und schau mich um. Und alla Leut duun so, als ob nix wär, und fanga widdä es Raadschn oo.

Also der erschde Schdoddroot, socht der Küps, des woä so a Schbordlichä, fidd wie a Durnschuh, a Brust wie a Schabesokasdn, mit anner Amikabbm auf sein Deeds.

Ach der Ding!, sooch ich.

Den Ding hammä doch scho, socht der Küps. Ich nenn den mit der Amikabbm eds Amikabbm, verschdesst?

Amikabbm, sooch ich und nigg. Weidä.

Die Amikabbm is a oldä Schamöä, socht der Küps. Auf den flieng die Weibä wie die Webbsn aufs Mamalaadaamala.

Glügg muss der Mensch hom, sooch ich.

Der hod aweng zu viel Glügg, socht der Küps. Wos der für Weibä börscht, des geht auf kaa Kuhhaut, glaana, großa, digga, dünna, leedicha, verheiäda, sidsnglossna,

Feechä, Menschä, Brunskachln, do kennt der nix. Obä neulich isser zu weit ganga. Im Sebdembä is doch die ganz Bagaasch auf Bedford gfoän.

Bedford, unsä Baddnäschdadd in England, sooch ich.

Und do hod die Amikabbm die Dochdä vo seim Fraggdsionsvorsidsndn durch die Heggn gäzong, socht der Küps, middn im Schdoddbarg.

Geh zu!, sooch ich.

Des hod obä fast niemand gschnallt, socht der Küps. Und des Maadla hält sei Maul, weils nuch auf die Schuul geht und an neua Minicuubä vom Babba gricht, wennses Abbi baggd. Und in die Amikabbm isses immä nuch verschossn.

Wos hod des edsäd mit dem Mord zu duun?, frooch ich.

Der Ding, socht der Küps, also des Obfä, der hod des Schäfäschdündla in Bedford mit seim Handy aufgnomma. Und dodermit hod er die Amikabbm erbresst. Im Schdoddroot woä des net zu übäsehn. Die Amikabbm hod jedn Androoch vom Ding undäschdüdst, immä richdich abgschdimmt und so weidä. Der Äffdee hod sich scho gwundert übä die Harmonie in der Fraggdsion. Die Amikabbm woä des Schooßhündla vom Ding und hod nix dogeechn machn gekönnt.

Außer Gift, sooch ich. Dann wärä den Ding endgüldich los gewesn.

Des hod der Brandeisen aa gsocht. A eindeutiches Modief!

Der Küps mocht an Zwingärä mit die Aang, und der Chef schdellt uns zwaa frischa Seidla hie. Sunst halt mer uns net so lang an unsära Grüüch fest. Des mochmer edsäd nur, weil der Küps aweng ausnüchdern muss vo seim Glühweineinsatz. Miä befeuchdn die Kehln, wies so schö hasst.

Beim zweidn Schdoddroot gehds schneller, socht er. Obwohl, des woä goä ka Schdoddroot, sondern a Schdoddrädin.

A Fraa woä aa dabei?, frooch ich.

Die kennst beschdimmt, socht der Küps. Die olda Vollwaafn kennt a jedä.

Dann nenn mer si Vollwaafn, sooch ich. Die andern Gäst luurn nämlich scho widdä und schdelln die Lauschä.

Vollwaafn gibds in jedä Baddei, socht der Küps. Und a boä hoggn sogoä baddeilos im Schdoddroot. Obä *die* Vollwaafn, die woä quasi a Busnfreundin vom Ding.

Busnfreundin?, frooch ich. Hod die übähaubds an Busn?

Des sacht mer halt so, socht der Küps. Kommä zum Modief. Die Vollwaafn woä nämlich aufn Lisdnblads vom Ding scharf, Busnfreundin hin odä her. Bei der ledsdn Wohl issi grood nuch in Schdoddroot neigrudschd. Obä so wies ausschaut, kummt sie es näggsda Mol nimmä nei.

Des wär füä die Vollwaafn der Undägang, sooch ich. Joä füä Joä gschleimt und am End nausgwählt, des wär scho beinlich. Wo sie sich dran gwöhnt hod, aweng wichtich zu sei und mitbabbln zu könna. Die würd über Leichn gehn, um im Schdoddroot zu bleim.

Des woä aa die Reed vom Brandeisen, socht der Küps. Die Vollwaafn is voll verdächtich.

Edsäd brauch mer nuch den driddn im Bunde, sooch ich und bin gscheit gschbannt, wos kummt.

Der Dridde, socht der Küps, woä der Bföbfärä.

Der Bföbfärä woä mit dem Ding aufm Weihnachdsmarkt?, frooch ich. Des basst aber net zamm!

Mir is des aa gleich schbaanisch vorkomma, socht der Küps und grinst sich aans, weil die Leut im *Schbeedsi* dumm guggn und net wissn, wer der Bföbfärä is. Des wissn nämlich nur miä zwaa, der Küps und ich. Miä hom uns den Schbidsnoom füä den Bföbfärä mol ausdengt. Wasst ja nie, wer so mithört in Bamberch, wennsd bei deim Biä sidst und über die ganzn Schaumschläächa vom Leeder ziechst.

Früher worn der Ding und der Bföbfärä ja Freund, sooch ich.

Früher, socht der Küps. Bis des mit dera Verkehrsberuichung oogfanga hod.

Der Bföbfärä, sooch ich, der hoggd ja nur aus am aanzichn Grund im Schdoddroot. Weil er die Schdroos schbärrn lossn will, wo er sich a Häusla kafft hod.

Damit er sei Ruh hod, socht der Küps.

Dafür häddn die andern dann den Lärm und den Gschdank, sooch ich. Obä des is dem Bföbfärä wurscht. Jedm isser aufn Sengl ganga mit seiner Dodaalschbärrung. Dauernd hoddä neua Andrääch gschdellt und Eigoom gmocht, und den OB hoddä zugschwallt und Leserbrief gschriebm noch und nöcher. Der hod so lang rumgabföbfert, bisses im Schdoddroot zur Abschdimmung komma is.

Die Schbärrung wär sogoä fast geneemicht worn, socht der Küps. Obä der Ding hod dogeechn gschdimmt und den Schmarrn abgschmeddert. Und warum? Weil äm grood nuch eigfolln is, dass er ja durch die Schdroos vom Bföbfärä fohrn muss, wennä zu seim Schdammdisch will.

Do hod der Bföbfärä dem Dreeg a Aiäla geem, sooch ich.

Brauchst frääng, socht der Küps. Der woä bedient. Der hädd den Ding naufn Mond schießn könna. Obä offn hod der des nadürlich net gsocht. Der hod sich nur dengt: Laaf du mir mol im richdichn Moment übern Weech, dann schebberds im Kadong.

Rache is süß, sooch ich.

Süß wie a Boggbiäglühwein, socht der Küps. Also hod aa der Bföbfärä a Modief ghobd.

Drei Schdoddrääť, und jedä mit am Mordmodief, sooch ich. Des woä ja a feina Drubbn.

Füä den Brandeisen woä der Fall kloä wie Klooßbrüh, socht der Küps. Der hod einfach aans und aans zammgazählt, und an Zeuchn hoddä aa aufgadriem.

An Zeuchn?, frooch ich. Wo issn der herkomma?

Geechnübä vo dem Boggbiäglühweinschdond hom doch die Marktleut ihr Obst und Gmüs aufgäbaut, socht der Küps. Do is der Brandeisen hie und hod aweng rumgfroocht.

Blöd könnst ja sei, sooch ich. Musst der nur zu helfn wissen.

So a Maadla, wos grood beim Kassiern gwesn woä und drauf gwart hod, dass a olda Fraa ihr Kreuzerla ausm Geldbeudl nausgradst, die hod alles ganz genau gsäng.

Wos hod die gesäng?, frooch ich.

Angfanga hods mit der Amikabbm, socht der Küps. Der hod dem Bföbfärä a glaans Bäggla zugschdeggt, heimlich, damids der Ding net sicht.

Do woä des Gift drin!, sooch ich.

Freilich, die Amikabbm is ja von Beruf Chemielehrer, der werd des Gift bsorgt hom. Dann is der Bföbfärä zum Ausschank und hod a Rundn Glühwein gholt. Und wie er widdä zurückkummt, lengt die Vollwaafn den

Ding mit ihrm Geraadsch ab und der Bföbfärä schütt des Pulver vo dem Bäggla dem Ding in sein Becher nei. Sie schdoosn oo, dringn und – badsch! – hauds den Ding auf die Schlöbbm und er is hie.

Heilandsagg!, sooch ich. Hommä edsädla drei Möddä?

Edsädla hommä drei Möddä, socht der Küps. Der Brandeisen hod des gleich jurisdisch erglärt. Weil, der Bföbfärä hod des Gift zwöä in Becher nei, obä die andern hom zugschaut und quasi mitgmacht und net nur Beihilfe geleisdet. Des hasst dann »gemeinschaftliche Straftatbegehung«.

Mer lernt nie aus, sooch ich.

Ich hob des Drio dann festgnumma und midm Büssla abdransbordiern lossn, socht der Küps. Feierns halt Weihnachdn im Kaffe Sandbood.

Des werd net des aanzicha Knastweihnachdn bleibm, sooch ich. Die grieng scho a boä Jährla.

So schnell kumma die nimmä raus, socht der Küps. Vielleicht werns auf Ebrach verleecht, odä nundä noch Schdraubing, do sidst a ganzä Haufn Möddä ei.

Miä dringn nuch an Schlugg und schaun auf die Windälandschaft naus. Des Essn kummt, und der Küps haut sich sei Schäufäla nei, damit er endlich wos Gscheids im Moong hod. Und die andern Gäst zerreißn sich derweil des Maul über den Fall.

Also aans muss mer soong, sooch ich. Ohne unsera Schdoddräät gäbs net so viel schöna Gschichdla. A bessere Underhaldung konnst der goä net vorschdelln.

Sins weenichsdns zu aa wos guud, socht der Küps.

Dass es in Bamberch so grimminell zugeht!, sooch ich. Des hädd ich fei net gedacht.

Ich aa net, socht der Küps. Obä dem Brandeisen gfällds. Eds simmä in Frangn widdä vorn mit dabei, hod er jubiliert. Des schießt uns ganz weit nauf in der Möddäschdadisdigg. Und er hod scho die Schloochzeiln in der Zeidung vor sich gsehn: »Weltkulturerbe, Traumstadt der Deutschen, Hochburg des Verbrechens«.

Wos willsdn mehr?, frooch ich.

Nuch a Seidla, socht der Küps.

Die Göögägäng

Neulich kummt der Küps aufm *Schbeedsi*, wasst scho, der Kommissar, der glaa dick. Er ziecht sei Jubbn aus, und wie er sich noohöggt, steht sei Seidla scho doo.

Miä schdosn oo und dringn.

Heilichäs, wie des widdä schmeggt! Also wenn's des Schbeedsibier net gebn däät, wär die Welt nur halb so schöö.

Der Schnee is scho fast weggedaut. Vo die Baam drobft's Wassä nundä, und übä Bamberch liecht aweng a Neebl. Bald kummt der Frühling, hasst des. Dann könn mer widdä draußn sidsn und den Gänsäblümla beim Wachsn zuguggn.

Heut hammä an Fall glöst, socht der Küps.

Ihr habt an Fall ghabt?, frooch ich.

Freilich, socht er, an ganz großn Fall. Des woä a richdiches grimminalisdisches Räädsl. Wie bei die Dschendlmän biddn zur Kasse.

Ich überleech aweng. Dschendlmän ..., Dschendlmän ... Maanst du den oldn Film? Midm Derrigg?

Genau den, socht der Küps. Aber der Derrigg hat damols nuch net den Derrigg gschbielt, sondern den Meidscher.

Den Meidscher?, frooch ich.

Den Major, socht er, auf Englisch, verschdesst? Des woä der Scheff von der Bandn, voll der Dschendlmän, wie der Name scho socht.

Und wos woä des edsäd fürä Fall?, frooch ich.

Der Küps wardet aweng zwengs der Dramaddigg und socht: Miä homm die Göögägäng gfasst.

Die Gööggäng?, frooch ich. Dunnerkeil!

Die Gööggäng, socht der Küps, des worn ganz raffinierde Einbrecher, die homm Bamberch seit Jahren unsicher gmacht. Und miä worn immä hindäher, homm obä nie aan erwischt.

Des worn Doldis, wenn's mich froochst. Brechn nochds Imbissbudn auf und glaun des Wechslgeld. Weechn fuffzich Euro werd mer doch net grimminell.

Obä die homm ja net nur des Wechslgeld mitgnomma, socht der Küps. Jedsmol homm die nuch a boä Gööggä eigsaggt, färdich gewürzda Gööggä, mit Salz und Babbrigga und so weidä, obä nuch roh und aus der Kühlung. So wor's sogoä im Äffdee dringschdandn.

Die müssn an gscheidn Hungä ghobt hom, sooch ich und lach mich fast hie.

Obä wasst du, wos *net* im Äffdee dringschdandn wor?, socht der Küps. Miä homm bei der Bollizei nämlich an Bekennerbrief gricht.

An Bekennerbrief?, frooch ich.

So mit ausgschniddna Buchschdobn auf an Zeddl gebabbt, socht der Küps. »Wir haben es satt«, is do gschdandn. »Gegen Massentierhaltung! Für gutes Essen und gute Landwirtschaft!«

Glabbst des aa!, sooch ich.

Anfangs hommä gedacht, dass des a boä verrüggde Schdudendla worn, socht der Küps, odä Öggofanaddiggä, odä milidande Dierfreunde. Und dass des widdä aufhört, wenn miä den Bekennerbrief net an die Bresse weidärleidn. Obä des is alls so zuganga mit die Einbrüch und die Briefla. Und mit die geglaudn Gööggä.

Weil des Gschubbsde worn, sooch ich. Wer Gööggä zwiggt, is doch gschubbsd.

Jednfalls homm miä net weidägwusst, socht der Küps. Und die Leut homm sich scho lusdich gmacht über die Bollizei. Ob miä scho die entführdn Göögä gfundn homm, hods gheißn. Odä ob miä die Göögä selbä gfressn homm. »Herr Wachtmeister«, hod so a Blödl bei der Verkehrskondrolln gsocht, »ich hob graad an Göögä kafft. Schaun's mol nach, ob der gsucht werd. Der kummt mer verdächdich vor.«

Des Leben ist hart, sooch ich.

Obä dann hod sich der Brandeisen in die Ämiddlung eigmischt, socht der Küps. Weil er unsä Elend nimmä mitanschaun gekonnt hod.

Der Schdaadsanwalt?, frooch ich. Mooch der aa Göögä?

Halt dei Maul, socht der Küps, der Brandeisen hod a Idee ghobt. Inzwischn is in neun Imbissbudn eibrochn worn, in manche sogoä zwaamol. Mä konnt also davon ausgehn, dass es nuchamol bassiert.

Saubä gombiniert, sooch ich, weil mei Maul lass ich miä vom Küps beschdimmt net verbiedn, so weit kummt's nuch.

Willst es eds hörn, wos miä gmocht homm?, froocht der Küps.

Freilich, sooch ich. Wos hobd'är denn gmocht?

Miä homm an Beilsender in die Göögä neigedaan, socht der Küps.

An Beilsender?, frooch ich. Wie beim Dscheims Bond?

Des is so a glaans Käsdla, vielleicht so groß wie a Fuffzgäla. Mit am Dschie-Bie-Ess-Dräggä konnst des überall ordn.

Dschie-Bie-Ess hob ich in meim Naffi aa, sooch ich.

Kurz und gut, socht der Küps, miä homm a boä Beilsender in a boä Göögä neigmöhrt, und dann homm miä die bräbarierdn Göögä auf a boä Imbissbudn verdeilt. Die Göögäläsbroodä homm sich zwoä aweng angschdellt, obä des woä uns wurscht, miä sin ja die Bollizei.

Edsäd werd's ja richdich schbannend, sooch ich. Und der Fritz schdellt uns zwaa neua Seidla hin, weil miä beim Raadschn immä so an Dorscht homm.

Es dauert net lang, socht der Küps, und die Göögägäng schlägt widdä zu, diesmol in der Bödldorfä Strass. Und badsch!, glaun sie aan von unsära Göögä. In der Zentrale homm miä so an Riesnbildschirm, auf dem könna miä genau sehn, wo der Göögä grood is. Der Brandeisen gondrolliert des und gibt mir über Funk durch, wo ich hiefohrn muss mit meiner Sondäeinsadsdrubbn.

Um des Verschdegg vo der Göögägäng zu findn, sooch ich.

Genau, socht der Küps. Miä also dem Göögä hindäher, middn in der Nocht. Übän Bälinä Ring is ganga naus Hallschdott ins Indusdrievierdl. Und vo dort in an Feldweech nei, bis miä zu so am verhaudn Häusla kumma sin. Und dann wor des Signal blödslich wech.

Des Signal von dem Beilsender?, frooch ich.

Des wor wech, hod der Brandeisen gfungt.

Vielleicht hod die Göögägäng den Sender entdeggt und schnell hiegmacht, sooch ich.

Des hom miä uns aa gedacht, socht der Küps. Und dass miä uns schiggn müssn, damit uns die Kaschbä net entwischn. Miä also in vollä Mondur aus die Büssla raus, mit Helme und kuuchlsichära Wesdn und Schdurmgewehre und an mordsdrümmä Rammbogg –

Des wor ja wie im Griech, sooch ich.

Wie im Griech, socht der Küps, weil der Brandeisen hod nämlich a Deorie ghabt, wos hindä die geglaudn Göögä schdeggt. Und in derä Deorie geht's um Droogn.

Um Droogn?, frooch ich.

Wie beim Meiämi Weis, socht der Küps. Folchendes: Noch Frangn wern ja Droogn neigschmugglt, Goggain und Heroin und Grägg und Grisdal und wie des alles hasst. Und miä von der Bollizei froong uns immä, wie die Dreggsägg des mochn, direggt vor unsära Nosn. Und der Brandeisen is draufkumma, dass die Dreggsägg die ganzn Droogn in roha Göögä neiduun, und übä die Imbissbudn werns dann verkafft. Die Göögäläsbroodä sin dann quasi die Dielä, die schdeggn alla miteinandä undä aanä Deggn.

Des wär dann braggdisch a Göögäkardell, sooch ich. Obä warum sin dann die Imbissbudn aufgebrochn und die Göögä geglaut worn?

Weil die Göögägäng a neua Bandn is, socht der Küps. Die wolln des Revier vom Göögäkardell übänehma, verschdesst? Und die Bekennerbriefla worn nur zur Darnung odä a Jux vo irchendwelchä Oäschgsichdä.

Dann wär des a Droogngriech, sooch ich. Bei uns in Bamberch? Heilandsagg!

Miä schdehn also voll undä Schdrom und schdürma des Häusla, socht der Küps, miä rammln die Tür ei, die Gewehre im Anschlooch, und wos glabbst, wos mer findn?

Ich glaab der bald goä nix mehr, sooch ich und könnt den Küps umhaun, weil er sei Gschichdla widdä so nauszöchert, so mocht der des immä.

Sidst do so a olds Männla, socht der Küps.

Des werd doch net der Scarface gwesn sei, sooch ich.

Naa, socht der Küps. Wie sich rausschdellt, wor des a Rendnä mit am Hund.

Mit am Hund?, frooch ich.

Mit am Bernhardiner, socht der Küps. Der wor nuch äldä wie des Männla und hod grood den ledsdn Göögä neigedreht. Weil füä Hundefuddä hod die Rendn vo dem Rendnä nimmä greicht, und dodrum hod er die Imbissbudn aufgebrochn. Und die Bekennerbrief müssn Driddbreddfahrä verschiggt ham oder waaß der Deufl wer.

Miä dringn unsä Bier und soong a Zeit lang nix. Und ich bin froh, dass ich mir mei *Schbeedsi* nuch leisdn koo, weil es gibt halt aa Leut, die könna des net, sogoä in Bamberch odä Hallschdott.

Miä homm dann unsärn Grembl zammgebaggt und sin widdä abgezong, socht der Küps.

Host du den Rendnä net festgnumma?, frooch ich.

Naa, hob ich net, socht der Küps. Und werd ich aa net.

Fei echt?, frooch ich.

Ich hob des dann auf sich beruhn lassn. Die Göögäläsbroodä homm eh zu viel Zasdä, socht der Küps, so aweng Wechselgeld und a boä Göögä weenicher schood denna net. Und weil die Einbrüch aufghört hom, hot der Äffdee nix mehr drüber gebracht, und die Witzla über die Göögägäng sin eigschloofn.

Und des olde Männla?, frooch ich.

Des ärbärd edsäd bei uns in der Bfördnälooschn, socht der Küps. Do isses schö warm, und sein Hund konn er aa mitbringa.

Is des legal?, frooch ich.

Wos isn scho legal?, froocht der Küps.

Textnachweis

Partnersuche, erstmals erschienen in: *Tatort Franken No. 4. 15 neue Kriminalgeschichten,* ars vivendi verlag, Cadolzburg 2013, S. 75–91.

Die Lichtlein brennen, erstmals erschienen in: *Glöckchen, Gift und Gänsebraten. 24 Weihnachtskrimis von Rügen bis ins Zillertal,* Knaur, München 2012, S. 210–227.

Tempelchen des Todes, erstmals erschienen in: *Ruhe sanft in Sachsen-Anhalt. Kurzkrimis aus dem Land der Frühaufsteher,* hrsg. von Peter Godazgar, KBV, Hillesheim 2013, S. 49–67.

Fünf Leichen zu viel, erstmals erschienen in: *Unter Verdacht. Sieben Kriminalgeschichten mit bayerischen Tieren und Pflanzen,* hrsg. vom Deutschen Verband für Landschaftspflege, Ansbach 2012, S. 17–23.

Der Meisterfälscher, erstmals erschienen in: *Heide, Harz und Hackebeil. Kurzkrimis zwischen Schafsköddeln und Harzer Roller,* hrsg. von Cornelia Kuhnert und Richard Birkefeld, KBV, Hillesheim 2013, S. 27–37.

Rezensentenschicksal, erstmals erschienen in: *Literarischer Krimi-Kalender 2014,* hrsg. v. Norbert Treuheit, ars vivendi verlag, Cadolzburg 2013.

Solo für den Staatsanwalt, erstmals erschienen in: *Süßer die Schreie nie klingen. 24 Weihnachtskrimis von der Nordsee bis in die Alpen*, Knaur, München 2013, S. 248–268.

Wasser des Lebens, unter dem Titel »Mord auf Orkney« erstmals erschienen in: *Scotch as Scotch can. Hochprozentige Whisky-Krimis*, hrsg. von Thomas Kastura, KBV, Hillesheim 2013, S. 157–175.

Fnecken erfrecken, unter dem Titel »Kellergeister« erstmals erschienen in: *Küche, Diele, Mord. Kriminalgeschichten vom Keller bis zum Dachboden*, hrsg. von Almuth Heuner, KBV, Hillesheim 2013, S. 261–275.

Der Geist der Wahrheit, erstmals erschienen in: *Mit Schirm, Charme und Pistole. Very britische Kriminalstories*, hrsg. von Eva Lirot & Hughes Schlueter, KBV, Hillesheim 2014, S. 125–139.

Showdown im Steigerwald, erstmals erschienen in: *Chillen, Killen, Campen. Kurzkrimis aus Wohnmobil, Zelt und Caravan*, hrsg. von Regine Kölpin, KBV, Hillesheim 2015, S. 159–171.

Zwei Fremde rechnen ab, erstmals erschienen in: *Gauner, Geigen, Griegeniffte. Kurzkrimis aus dem Vogtland*, hrsg. von Petra Steps, KBV, Hillesheim 2013, S. 274–292.

Der Glühweinstadtrat, erstmals erschienen in: *Christkindles-Morde. Ein fränkischer Adventskalender in 24 Kurzkrimis*, ars vivendi verlag, Cadolzburg 2013, S. 108–119.

Die Göögägäng, erstmals erschienen in: *Tatort Franken No. 5. 18 neue Kriminalgeschichten,* ars vivendi verlag, Cadolzburg 2013, S. 89–94.

Die übrigen Geschichten sind neu und wurden eigens für diesen Band geschrieben.